叶澜教育思想文选

俯仰间会悟

叶澜随笔读思录

叶澜 著

庞庆举 选编

中国人民大学出版社
· 北京 ·

图书在版编目（CIP）数据

俯仰间会悟：叶澜随笔读思录/叶澜著；庞庆举选编. --北京：中国人民大学出版社，2019.12

叶澜教育思想文选

ISBN 978-7-300-27590-1

Ⅰ.①俯… Ⅱ.①叶…②庞… Ⅲ.①随笔一作品集一中国一当代 Ⅳ.①I267.1

中国版本图书馆 CIP 数据核字（2019）第 235065 号

叶澜教育思想文选

俯仰间会悟：叶澜随笔读思录

叶　澜　著

庞庆举　选编

Fuyang jian Huiwu：Ye Lan Suibi Dusilu

出版发行	中国人民大学出版社		
社　　址	北京中关村大街 31 号	**邮政编码**	100080
电　　话	010－62511242（总编室）		010－62511770（质管部）
	010－82501766（邮购部）		010－62514148（门市部）
	010－62515195（发行公司）		010－62515275（盗版举报）
网　　址	http://www.crup.com.cn		
经　　销	新华书店		
印　　刷	北京宏伟双华印刷有限公司		
规　　格	170 mm×235 mm　16 开本	**版　　次**	2019 年 12 月第 1 版
印　　张	16.25	**印　　次**	2022 年 1 月第 2 次印刷
字　　数	281 000	**定　　价**	68.00 元

自　序

出版个人文选，常常是做学问者的一种愿望，通常是在进入老年后的愿望，且尚有学生和朋友希望、促进这个愿望实现。

我未能免俗，决定出这三卷本的文选，也说明自己真的老了。由我作为导师的庞庆举博士担任编者，自然高兴放心。编文选，是对自己学术人生的回顾与反思，也是向同行学界的一个交代：本人，一个华东师范大学 20 世纪 60 年代初的教育学系本科毕业生，自 80 年代中至今做了 30 余年学问，除出版为数不多的著作，主编若干套丛书之外，还有些文字可汇聚在一起，以文选的方式呈现出自己的学术追求、苦思与研究，呈现出自己的精神与心灵世界。

三卷本的共同品性是诚实、直言。言我之所思所悟，言我认同和批判的观点，言我对教育与教育学的反思和力主的重建，言我在研究实践中走出的一步步脚印。我不怕别人说我肤浅。一直记着鲁迅先生评刘半农：虽浅，但浅的澄澈。我愿做清澈的溪，不做混浊的沟，从不故作深沉，也不模棱两可。我的想法很简单，即使自己的观点别人看来是错的，也是自己想明白的对。发表文章，不是为了表现自己多么博学，有才华，而是让别人听懂你的声音，由此或能共鸣、补充、生发，或能指出问题、错误，甚至全盘推翻，都有意义。

三卷本的差异主要在编排原则和主题上。

第一卷《方圆内论道：叶澜教育论文选》集中在教育基本理论、教育研究方法论、教育学的问题与发展研究等领域中一些具有普遍性的理论问题上。全书以“学术自述”开篇，以一个师范大学教育学系本科生的学术自我认识起笔，又以“当代中国高等师范教育改革”收篇，这是对中国已有 100 多年历史的、被誉为“教师的摇篮”的师范教育之未来命运的求索，对教育学系不能取消本科但必须改革的呼喊。一头一尾的呼应，也算是尽了作为一名教育学系学生维护职业、专业尊严的责任。

第二卷《变革中生成：叶澜教育报告集》的标题已明显传达了主旨。这是我在自己花了大半生时间、至今还魂牵梦萦的两项研究中，或阶段性生成，或如宴会中“热炒”那样的报告，一旦生成自己认为清晰、重要的观点，即同一起研究的同事、试验学校的校长和老师及时交流。他们常常是我新鲜思想（其中也内含着他们实践经验）的第一听众。在他们那里，我能看到明亮的眼睛、会心的一笑，还有报告后即讨论、研究下一步发展性的研究策划。我享受的是心灵的沟通、同甘共苦的坚定和智慧点亮的兴奋。现在收拢的文字稿，大多是报告之后的修改稿，故此卷被命名为“报告集”。

第三卷《俯仰间会悟：叶澜随笔读思录》的内容有点杂、散，涉及面也宽，故称之为“读思录”。我的人生读的就是两类书：第一类是无字的生活与自然之书，它必然以碎片、偶遇的方式嵌入我的生存世界，一个不大肯停的脑袋、有感触即想记录的习惯，使之成了可称为随笔或散文但绝不是符合文学专业标准的文字。几十年下来积了不少，自挑了一些认为还可看的、有点意思的篇目列入。第二类是文字之书，若有所悟所启，也必以随心而走的读书笔记方式写下，自然并非佳作，但我记下了这些书给我的不同程度和意义的启发。这些启发渐渐化成了我精神世界的构成、学术视野和理念观点，更新着我的思维方式。我感谢这两类书对自己心灵和人格的滋养。将“俯仰之间”的收获汇作一卷，以做学术人生的纪念。

在此，感谢庞庆举博士和中国人民大学出版社的厚爱，感谢本书策划编辑王雪颖的诚挚邀约，没有真诚的合作，就不会有三卷本的顺利、及时出版。

叶　澜

2019. 1. 12

目　录

随　笔

书序、刊首语

读书笔记

随　笔

一、生活启示录

进与退

我现在写东西，经常出现“半拉子”工程，写到一半，什么事情插进来，就戛然而止，逐渐淡忘了。再次打开本子，不是为了想续下去，而是想起了另一些东西要写，这时发现上一篇还没写完呢。有时是半句话，就匆匆补上两句，算一了结；有时只是行走了一半，再要进入，就会把现在想写的东西搁置，时间一长，又会淡忘，于是干脆先让它搁着，开始新篇。这就是现在在写的这篇得以开始的原因。这是一种关于“进”与“退”的关系方式。

为什么会出现这种状态？从“退”的一面来看，无非是这几个原因：前面没有写完，或是因为时间不够；或是因为思想变得丰富、复杂起来，开始动笔，未想到有如此之多可写，于是来不及；或是因年岁大了，思维、行文的速度都不如以前流畅了；或是三者兼而有之。后面不再马上续写，除了没有时间外，一个很重要的原因是要进入一种写作状态，起始时要有冲动，停顿以后的进入，还需要进入这种“场”的状态，但另一种冲动已经产生，自己不愿意丢弃后者而进入前一种状态。自然，也有续下去的情况，如有些读书笔记，原本可以写完，写不完时就改成“之一”“之二”……直至写完。这往往是在一个间隙较短的时间范围内。

这是一种并时选择式的进与退，即两者都是需要的和自己想做的，在具体情境下做出权衡后的一种选择。也许，过一段时间我又会把未完成稿完成。类似的选择，还发生在有多种想法可以成文，但时间却很少，例如近期内，我想写“理论与实践”，又想写“道德教育问题”，还想写“‘新基础教育’的教学观”，但直到现在一篇也没写，原因是每一篇的完成，都需要有时间，然而，我现在催在后面最紧的任务是三本书，首先是《回到原点的思考》，又一个面对活生生现实中一系列大问题的写作，需要时间，还需要阅读，于是什么也不写，只是抓紧时间读书，读一本是一本地读书。今天上午原本也想读书，但是这几天看电视和生活中的感触，使我十分想把自己的两个感受——“进与退”“记忆与遗忘”写出来，怕丢失了一些念头。这是一种面临多种需要、冲动所做出的“取”“舍”选择，是一种理性和感性结合的选择。这里没有“退”的问题，而是如何选择的问题。有进有不进，而可进的领域却十分开阔，需要做出取舍的情境也是生活中经常出现的：有时是以轻重为准，有时是以缓急为准，有时是以关系为准，有时是以利害为准，有时是以强弱为准，总之，同样会有许多理由。如果有时间的话，我可以统计一下，人在一天中要做出多少次选择（无论大小，只要是有两种及以上的可能，并在脑子里出现的，都可以算），可以从今天开始对其进行分析。

然而，从深层次里，让我想写“进与退”的是一种对人生的领悟。在人的一生中，会面临重大的进退选择。就从自己有记忆时开始，我做的第一次选择是考初中，是进已录取的“南洋中学”，还是再找一所中学？我现在也想不明白，自己怎么会如此强烈地不愿意进这所录取我的学校。最后在施伯云的帮助下，进了钱业中学。家里没有逼我，完全是我自己的选择，我惊讶自己怎么会有这样大的主意和胆量。第二次选择是考高中，我关注的是改变初中时期形成的生存状态，要努力成为一个好学生，于是会去报考华东师范大学第一附属中学，按我当时的成绩，绝对不是进这类学校的料，但我常常会被希望所激励，我相信只要自己努力，就可以做好。就是这种要求与自信、自励，使我在少年时期做了两次向自己挑战的选择，在很小的可能面前，我毅然选择了“进”而不是“退”，这也几乎是我后来人生道路选择的一个基本态度：朝自己认定的目标方向前进，而不是退缩。当然不一定有什么敌对的力量不许你进，只是在可能性较小的情况下，不求保险，选择进取。这是否已经有了一种冒险精神？这也许就是积极人生的构成？

面对对手的“进”，最典型的是当系主任和副校长这两件事。我性格中侠骨倔强的一面，是支持这两个选择的主要因素。原本想从系主任的位上退下来，因为想读书、做业务，但最后反倒是去承担了更大的责任。人的每一次重大进退，总是会有一个个故事相伴。再后面的选择，即从副校长的位置上退下来，那是第一次为一个重大的“退”做出决策，它决定了我55岁以后的人生道路目标。这里的决心是下在“退”上，因为华东师范大学副校长在他人（包括家人）的眼里，是一个有地位的位置。在自己的心目中，至少也表明本人不是一般人的身份，多少有点满足了虚荣心。这是一个坐上去已不易、很少有人自己要退下来的位置。

而我，经过深思熟虑，决心做满这一届，绝不连任，并向书记打了书面报告，表明自己的选择。最根本的是为了一个更强烈的目标：形成自己的教育思想，成就一个专业人员的大业。只有放弃这个职务，才能回归到自己的精神领地。

正是这一次，使我在很深处弄明白了自己最珍爱什么：独立的人格和独立的思想，做一个清醒、自主的人。尽管我常有迁就、妥协，但那都是临时、不太重要的，在节骨眼上，我是不妥协、不世俗的。也是这一次，让我首次清醒地意识到：退，丢失一些哪怕是十分令人羡慕的东西，也是一种重要的决策。在一定意义上，是一种更难做出的决策。常常遇到一些人，他们会说在这一点上服我，生出敬意。自然，这并不是我事先想求的效果。这是一种唯有退了才能更好的进，“进”与“退”是两条不同道路的选择。

最近让我思考的“退”，是从“新基础教育”研究和其他业务上的一系列带头人位置上退下。原因有二。一是觉得精力不够，特别是在去年有过一次支气管扩张咳血的经历之后，我脑子里就出现了怎样在有限的时间内，把精力用到最重要的地方去，用到最能见效的地方去的念头。二是突然发现自己背负的太多，我要为太多的人和事承担责任，真值吗？唯有自己才能完成的事，却无法让人来替我承担和完成。我必须“精兵简政”，才能圆自己想圆的梦。一旦把自己想做的事完成了，我将进入到一个真正“得大自在”的境界：想读什么书，就读什么书；想写什么，就写什么；想出去玩，就出去玩。这才是一种自在的天地。

另外，世上的事，总有做完的时候，“新基础教育”研究我们已经进行了七年，下面再做三年，我就应该有一个停留，至少是画一个分号，以求进一步的冷思考。我一直想再建一支队伍起来，但这支队伍的建设会较艰难。难还难在人心上，每个人都想做自己想干的事，想在自己的领地里耕耘，即使是建设大兵团，也是铁打的营盘、流水的兵。城头大王旗或旗手的更替总不如兵将的更替快。在没有什么特别保障的前提下，一个事业能做下来十年，真的已实属不易。情况还常常是这样，我不是在用人，而是在带人，但等你把人带出来，这些人却离你而去，另谋高就了。

再则就是“见好就收”的原则，不要等一切都不再有声息时再言退。带着一队人马，各人总有自己的一些心思，要把他们都聚拢到共同的事业中来，实属累事，且不可能持久。就在这五年中，我还经常变着法，促使自己和别人不断产生出新的生长点。我只是常感到累，负荷太重。

这是一种为进入“大自在”的退。

其实，在人生的道路上，真正的退是没有的，退总是为了进。至少，在我身上是这样。

(2001.5.12)

伞

前两天，在杭州参加吕型伟同志主持的课题结题活动。天不帮忙，到天长小学去的那天下午，突然下起雨来了，天长的领导赶快去买了一大把伞，人手一把。这伞像是广告伞，但是骨架不错，打开又足够大，让躲在里面的人顿感一身自在。

想起小时候，跟着爸爸撑的油布伞去上学。大大的雨点，打在伞上，嘣嘣响，看着雨水沿着伞架滴落下来，脚下踩着或躲着水塘，听着雨点打在石板上，同样清脆，有一种晴天或阴天所不可能有的享受。有时，风狂作，伞必须顶着风撑，要不然就会被吹成喇叭形。随着风向的转变而变着撑伞的方向，为感受到自己有一种搏斗的力量而自豪。父亲或母亲每当雨天与我共撑一把伞时，总会把我护得更紧，宁可让自己的身体淋湿，也不愿湿了我，暖暖的亲情和被爱的感觉，又会带来些许感动。自然，也有伞不敌雨时，浑身没有一块干处，衣服紧贴着身子，这种黏与凉的感觉特别坏。这时，就抱着横竖横的心，飞快地朝家里奔。到了家，擦干身子，换好衣服，这份受罪与舒服也是因雨而带来的，不会怪伞。

油布伞是所有伞中最平民化的，它厚实、耐用，绝不华丽，但能最有效地挡雨。后来知道还有黑布伞，作为一个女孩，有黑布伞做伴，是一件乐事。再大了，在大学里看到过纸伞也是油的，这是我福建同学用的伞，我很害怕它们会被大雨打破。油纸伞的骨架远比油布伞的分布要密得多，其实就是为了不破。大学毕业那年春天，与同学结伴一起游西湖，来到杭州才知道还有绸布伞，那是遮阳的。绸布伞的质感和清丽秀逸，是我从未见过的，好想拥有一把，但那时的我根本买不起，只好常在伞店观光，以饱眼福。沙滩上的大伞、警亭上的大伞，都在为人遮阳、避风和挡雨。而舞台上、生活中的艺术伞，化为行为艺术道具的伞，则在为人们的生活创造着不同的情景和氛围。

于是，想起大环境与小环境。人在遇到困难时，容易把问题归到大环境，从而为自己回避这些问题找到似乎是无可辩驳的事实根据。天要下雨，我有什么办法？我不能叫它不下雨，这样大家都可以逃避掉自己对大环境的一份责任。但每个人在处理自己的小环境时，都会尽最大的努力使它朝好的方向发展，使自己安全、舒适，从蓑衣、斗笠到伞、车、雨衣、房屋、屋檐、回廊等等，甚至不惜使大环境更恶化，也要完善自己的小环境。究其原因，就是因为前者没有可见、可感的切身利益，而后者却是生存环境的直接构成。有时，我们需要把直接变成间接，有时又需要把间接变成直接，这也许是一切关系转换的核心。

伞，还有一个最大的特点，就是随身携带，所以有关伞的技术改造，不只是从质料、造型、色泽（下雨天，雨披的黄色）、图案（从安全到美感，从实用到身份）等方面，而且还从便于携带、多功能的角度，发明了折叠伞和拐杖式的伞。

伞告诉我们，任何一个人都有可能营造一个更好一些的小环境，无论大环境有多么复杂。

伞告诉我们，在使用某一项工具时，在与环境的交互作用中，你会有许多感受，它不会是单一的，人要用心去感受生活实践。

伞告诉我们，任何一个物品，它的功能是可以不断开发和衍生的。这种开发和衍生，也就是人的创造力的蓬勃发展和有效开发的过程与结果。

伞，让人对自己有信心。

（2002.7.2）

“自己的”世界

世界浩瀚无边、多姿多彩，每个人都生活在其中，但他们既是又不是自己世界的构成。如果想要把自己的世界用较清晰的方式描绘出来，那么，可以用“自己接触、生活其中和感知的世界”来界定。做出这一思考的主要原因，是想来丰富自己的世界，明晰自己生活在一个怎样的世界之中，这恐怕也是珍爱生命的一个重要组成。

自己的世界是你出生时和生命过程中经历的世界，爸爸、妈妈、弟弟、妹妹，还有一切因他们而与你有关的人，有房屋、居住地及其周边的世界，有你学习、工作、游乐、休闲活动的真实空间、人与事。工作的调动、新的学习机会，都使你的世界不断变化、丰富。自己的世界就是你自己走过的世界，所到之地有短暂、有长久，但都是你感受、体验或参与创造的世界。走向新处，这是丰富自己世界的一种方式，至少要走遍自己附近的生活世界。可以说，我已走遍了自己的学校和东西南北的生活区，但是没有走遍上海。订一个计划吧！我行走的足迹已经到了世界的四大洲，到了全国的众多城市和农村。对于这个世界，我也许比许多人要丰富得多。

第二个世界是通过文字和传媒接触的文化世界，我在文学、艺术（摄影、绘画、历史、音乐、戏剧、舞蹈）、教育、科学、历史、哲学等多重世界中徜徉。

第三个世界是自己的内心世界，它由对周围世界、生活、工作、与人交往的感受和对自己的感受，以及人生的自我策划构成。

第四个世界是自己创造的世界，包括过程与结果。孩子、自己组成的家庭以及自己在生活中以劳动赋予意义和价值的各种过程及其作品。

还有没有第五个世界？

（续前，7.19）

自己的世界，是直接生存其中的世界，是行走的世界（空间的行走和生命历程的行走），是自己营造和钟爱的精神生活的世界，是凝聚着自己生命、创造出来的世界。

对每个人来说，第一个世界是都有的；第二个世界就有宽狭和长短的区别；第三个世界的区别，取决于个人的营造能力和价值取向；第四个世界具有性质、类别、水平和丰富程度的区别。“四个世界”不同的量与组合、生长变化与品质，构成了每个人生命质量的区别。

所有这四个世界，在一定程度上都可通过自己的努力去改变。在这四个世界中，对人们最重要的是一种满足感。只有在四个世界中能感到满足的人，才是幸福的人。

涉及到满足，就有价值取向问题，核心的是精神与物质（鱼与熊掌）、获取与奉献。

可能首先是精神与物质。我们在讨论这个问题时，通常把它推到两个极端来思考，其实各人取向的差别不在这里，而是在其权重和关系上，在于标准的不同上。我之所以看重精神，有很多原因，其中之一是：精神的世界是不断积累、丰富、重组，最后能达到创生的世界，而物质世界的满足是短暂的、消耗性的，不可能再生。在另一种意义上，是因为精神的享受需要自我主动投入，因而也更能展示生命力。精神的消费与满足，可达到提升生命、把握认识的价值。也就是说，精神对生命的意义更为重大，更有价值。

我们可以用同样的方式来思考获取与奉献。可以增加的一个维度是：奉献的满足，也是自己生命力强大的一种表现！同时，这种满足是心安理得的。它不是只为某个具体对象，而是相对于社会来说的，所以它不以求感恩和回报为目的，而是一种责任式的奉献，是生命力展示式的奉献。

（2002.7.10）

“车”与“道”的学问

昨天下午，从无锡江南大学回来。送我的，是江南大学简书记的司机，他看起来很一般，不像那些很“牛”的司机。一路上，我一直担心会堵车，因为上次到常州去的感受太深了，所以谈话就围绕着“车”与“道”的问题展开了。一开口，他就让我感到很不一般。

我坐车的机会较多，也常常会遇到会侃的司机，经常有的是以下几种类型：一是了解客人的情况，诸如做什么工作、工资、房子、孩子等等，当然，不属隐私、打发时间式的聊天，免不了谈这些。会夸人的，就会说你的工作多么好……二是发牢骚的，从骂警察、骂道路到骂政府。三是天南地北胡侃的，各种奇闻异趣，有时包括他自己的遭遇。我乘小车，先是怕晕车，后来变成习惯，喜欢坐前排，所以与司机侃的机会多一些，但说实在的，我还没有遇到过像他这样对自己的工作能做出十分有条理和论理分析的司机。昨天他的一番话，让我长了不少知识，也有了些许思考。

谈话从“超车”开始。常有一辆辆车从我们身边超过，或被我们超过。我观察到这位司机基本上是在快车道上行驶，与前面的车总保持相当的距离，速度也开得较均匀，不慢，也不是飞车。我感到这是一个有经验和沉稳的司机。于是谈起了“超车”。

司机说，能不能超车，要考虑三个方面的因素。第一是条件，天气如何、路面如何等，这些是能影响人但人不能去影响的因素。第二是车流量，车辆的多少与超车的可能是相关的。第三是自身的状况，即你驾驶的车可达到的最高速度，以及车上的载重是否超重，如果严重超载，其结果是要刹车时也无法刹住。这涉及了三个变量：不可变量、可变量和自变量，让我想到了实验对问题的分析思考。

第二个话题是从沪宁高速公路因堵塞厉害而进行扩道（每侧由二车道改为四车道）说起的。司机认为，没有必要全面扩道，因为车主要堵在苏州到无锡这一段。这一段还有从江阴大桥那里过来的北京方向到上海的一路车、沪杭高速的一路车，再加上沪宁线上的一路车，三路车流在此汇聚。一到苏州和无锡，它们就可能分道而行，不会再堵。但如果四车道通到上海，入城时又会出现瓶颈式的堵车。因此，拓宽的问题需要有三军统帅式的人物全程思考，不要一律扩，也不要一律不扩。他还主张通过增加苏州、无锡这一段分支线的方法来解决局部堵车的问题。连道路建设也需要分段区别对待，何况是人呢？我想。

第三个话题是关于运输车大量超载，又没有好的措施来解决的问题。他的看法是：第一，高速公路的收费，在运输车和汽车之间的差距太小，且在路面上行走，国道的收费站数量多于高速公路上的收费站数量，所以就总收费而言，还是走高速公路合算，这是利益导向和地方保护主义带来的对高速公路养护和利益的损害。应该比较这两边的收费情况，用政策来保证高速公路和地方公路的比例问题。第二，把抓超重罚款作为一种突击性的、集中某一个时期的行为，而不是常规性的行为，所以就有一个概率问题，有的人被抓住的次数多，老板认为他是倒霉蛋，就把他开除了，超重的问题却依然存在；有的老板超重十次只抓到一次，就总体来说还是合算的，所以他依然去超重。这个问题，光靠人力是不能解决的，还要靠技术手段来解决。这一下子就涉及了政策、利益和技术三大问题。

最后，他带我走了一条从无锡、苏州到我家的一条很好走的路。

一路过来，我一点也没觉得时间长。临下车时，我千谢万谢，谢他送我回家，谢他这一路给我“上”的从未听过的“课”。谢谢他的思考对我的启迪：他对自己的司机职业，并未满足于驾车技术的娴熟，从经验中提升的思考远远超出了职业的限制。也许，有些管道路建设的领导还没有如此整体的思考。

想起老话“行行出状元”，普通的人、普通的职业，都会有智慧问题。其实，智慧对爱智的人来说总是存在的，它并不受职业类型的限制，而是与从事职业的人自身是否爱思考相关。

想起《论语》所言：三人行，必有我师焉，孔子“每事问”“学而不厌”。事与人只要相遇，只要深思，就会有问。学习是可以时时、事事发生的。学习，不只是读书，今天，更应包括向所有你可能遇到的各行各业的高手学习。这样，什么枯燥都会消散，享受的是知与悟的乐趣。

（2003.11.10）

一位出租车司机的告白

昨天从参事室回来，因陈师傅有病，我和另外两位参事就一起“打的”走。在汉口路上，我们遇到一位大众司机正在擦车，人看起来挺壮实，问他走不走，他说走。一上车，我就告诉他路线，对话中表明他很熟悉路线，我也就放心了。

这算是一趟“长途”。他说他刚拉完了一趟来去嘉定的车，共赚了 90 多元，言语中流露出一份得意自足。车上，我们还在谈论杨雄副市长上午有关交通和房地产的报告。直到铜仁路，林老下车，剩下我和司机之后，我们开始了让我觉得值得一记的谈话。

话题是从房价的“高”扯出的。他说房价太高，谁买得起。我问他的住房状态，他答：父母、弟弟都住得不错，就他小一些。我说：是否你的收入相对少一些，他让我猜是多少，我自然猜不出，他说每月的纯收入就是 7 500 元。接着，就谈起了如何能取得当时一般司机难以取得的业绩和收入。

他说：一天的工作时间是近 12 个小时（两天出一趟车），但是并不累。常听到的开车累，并不是时间长短的问题，而是心里紧张。其实，开车的时候是可以休息的，比如，现在我遇到红灯，两手和肩都放松，不必紧紧地把着方向盘。开车的过程，心态要好，要喜欢自己的工作。虽然坐在车里不好动，但是沿途的风光可以欣赏啊！高楼、林荫、绿化都很美。真的遇到堵车了，还可以看看行人、时装、淮海路上的美女，只是不要看花了眼。开车心态好了就不累了，对客人要态度好。另外，不要亏待自己，身体要注意，饭一般是在车上吃的，车上有一个电插，买一个电热杯，饭、菜、茶就都可以喝热的。而且，早饭也要吃得好，今天早上吃的是红枣、黄豆炖排骨，身体好是本钱。

说到坏心情，他说这常常是和贪心联系在一起的。父母对我们说：不是自己的钱，根本不要动心。哥哥是做出纳的，父亲对他说：你看钱就要当纸那样去看。现在有些司机就是心里太想着钱，客人一上车，就在琢磨能否绕一绕，多赚一点。心老往那个方向走，就走错路了。脑子要用在怎样开车对得起别人，也对得起自己，开得舒坦，也就不累了。有的司机情绪不好，一副样子就好像全世界人民都对不起他似的。

要让客人乘车满意，还要业务过硬，开了十几年车，路熟，客人上车，一说就知道怎样开，遇到问题知道怎样解决，别人坐你的车就轻松了。车技好，也很重要。司机要做到这样，即使是别人的车碰到了你的车，有点擦坏，也不要不安，应该想：这件事，本来我的水平应该可以避免的，现在发生了，我有什么问题，要总结经验教训，琢磨问题，不要再发生。

有些事情还有小技巧，如一天下午在城隍庙，有三个人同时向你扬招：一个香港或台湾人，一个带着行李的人，还有一个是空手的。你朝谁开？一般讲，香港、台湾人是回宾馆的，带行李的人是上机场或火车站的，都有路程，都可拉，但不要朝空手的人那里开，因为他们往往只是到南京路，不要以为绕点路就能赚钱，路要朝最近的走，省下来的时间，至少有可能再拉一个起步。

总之，开车要用脑子开，不只是凭力气开；要开心地开，不要生气地开。这样，生意会做好，钱也赚得到。

我又遇到了一位智慧型的司机。他琢磨的不是“车”与“道”的关系，而是作为司机，如何处理人与人的关系，如何调整自己的心态，使原本累的事变得有趣起来。更令人叫绝的是，他确实为自己赚的钱多而自豪，但讲的核心价值却是不要钻进钱眼里，而是要用自己的服务态度、敬业和过硬的技能让乘客满意。恰恰是人满意了，才会有更多钱赚。

他还是一个讲故事的能手，一路上我插不上多少嘴，尽听他滔滔不绝地讲。若他说的都是自己的经历和琢磨出的道理，那真可称“了不起”。

我们的职业学校应该请他们来讲讲职业教育课。

可惜，当时没有想到问他的姓名，再也没有第二次遇到他的机会。

（2004.4.15）

观《印象刘三姐》的启发

在朋友的陪同下，游了漓江、阳朔等桂林地区的几个主要风景区。10 月 12 日，白天游览漓江与遇龙河，晚上观看张艺谋编导的《印象刘三姐》。

观看前，朋友已向我做过简要介绍，主要强调的是创意、外国游客的青睐、音响等设施的高档、票价的昂贵等。在游玩中，其他的人又谈到有人喜欢、有人不喜欢，说是已改了三版，但听下来，主要的修改：一是缩短了时间，做了一些删节；二是关于月亮上的女子独舞和洗发一幕中的裸体问题，这是男性感兴趣的话题，由此也带出了租用望远镜的生意。这是又一个因需要层次问题引起的改编重点。朋友还告诉我，国庆期间因游客火爆，演出由一场改为两场，引起了群众演员的反抗，要求加工资，这是参演者需要的一种表达。

经过一段时间的信息铺垫，12 日晚来到演出现场，门口、停车场都十分拥挤，通过两道检票口后，景色渐佳，再走了一段约 10 分钟的路程后，到达演出的露天观台。十分钟的引路，实际上已把周边环境改造成了一个花园。这种自然的阻隔，一方面造成了期待效应，另一方面也使剧场与生活有了间距。露天观台有三类座位：第一类就坐在无靠背的塑料凳子上，最近湖面，有距离和票价优势，但无靠背，坐长了，人会累，更适合青年人。第二类坐藤椅，票价从 180 元直升到 300 元。第三类是在 T 台上的亭子里看，类似包厢，设在最顶端，在我看来，观看效果最差，但票价最高，达 500 元。这样的座位，大概主要满足礼遇和显赫效应，观者更可能被其他观众当作被观者。剧场座位设计的差异，反映了经济思维和社会阶层的区别与交际的需要。这样的露天剧场，也许在四季不寒，又是旅游热点的桂林地区是较好的，至少会有相当一段时间较高的经济效益。有人预言，这个演出三个月就没有人看了，但现在已有了近一年的历史，看来比预期的效果要好。但就趋势而言，总不可能长演不衰。

演出持续了一个多小时。舞台建在水中，用升降机控制。四周的山与湖畔的田埂等都成为实景舞美的构成，属静止的一类。竹排和划行者则成为流动的实景。无主角、配角之分，只是有几个独舞者，但因其遥远，也无法就个人形象给人留下有名有姓的深刻印象。人们记住的只是策划者张艺谋。一般的表演，编导是幕后的，往往不太会被人记住，除非已是名人，但在张艺谋插手的不同类型的各种演出中，编导总是成了最重要的人物。这在一定的意义上表明，张艺谋的编导特点是在“谋”，在创意上。没有创意，张艺谋的作品不会引起关注。也正因为这些创意，使他常常成为争议人物。在我看来，解读张艺谋的作品，在一定程度上是解读如何创意。

从《印象刘三姐》来看，我认为他的创意表现在对传统的更新上。因为是更新，所以在创意中还留着与传统相关的线索，但已被淡化到概念式符号的水平。

这可以分两方面来看。一是关于内容本身，印象刘三姐来自广西 20 世纪 60 年代红遍中国的电影《刘三姐》，这后来成为广西桂林的一个符号，而且是知名度极高的符号。

《印象刘三姐》这个剧目名称，保留了“刘三姐”这个符号，保留了与桂林的地域联系。但加上“印象”一词，就使人有了期待，对新意的期待。剧目命名已使旧剧有了新的，至少是形态上，从戏剧到画意的转化。

就剧本的角色而言，只是在开始的时候，出现了群体女性对“阿牛哥”的呼唤和群体男性对“刘三姐”的呼唤，出现了一段人们还有些熟悉，包括桂林地区的百姓也会哼唱的山歌调（其他的音乐都与原剧的音乐旋律无关）。这使原来的刘三姐这一角色演化成符号，并使整个剧一开始就变成了“印象”，而不是原先的“刘三姐”。原剧中三个秀才的角色被删除了，在剧情上完全走出了原来的戏剧情节框架，变成了写意。对情节的解构，是使其有大创意、转型式更新的重要条件。

另一个角度是作为剧场演出的要素，张艺谋只继承了剧场作为一种演出和观赏的特殊地点，以及剧场演出需要舞台、灯光、音响、场景、服装、道具（这不同于行为艺术）等最基本的要素，但改变了这些要素的质地和关系（包括与剧本内容的关系）。说继承，大概主要就是这些了。这种类型的继承，使继承本身只突出最基本的符号元素，从而为更新、转型提供了极大的施展空间，改变了继承与创新关系的认识模式。

“继承”与“创新”被人谈论最多的是对立的方式：往往在强调创新的时候，突出与已有传统状态的差别甚至对立，而在强调继承的时候，则反对盲目的创新，突出与已有状态的共同与关联。这种思维方式的前提是两极对立，认为两者之间很难统一。总之，对已有事物状态的态度，侧重“同”，即为继承；侧重“异”，则为创新。其中，继承的极端是模仿，这在戏剧、演艺界最为突出，在游戏中即为模仿秀，而创新的极致是抛弃传统，从零开始。

第二种关系是分割式的继承与创新。就是对已有传统存在物做出精华与糟粕、有用与无用、有效与无效、适用与过时的区别，是一种平面的内分割式区别，用剔除和增补的方式来实现创新。与前者相比，已进入到对已有传统的分析，而不是全称判断式的肯定或否定，但总体而言还是简单的分析。

第三种是形式与内容的关系，常常是保留形式，改变内容（如京剧样板戏），或改变形式，保留内容（如京剧交响乐），这是在毛泽东关于形式、内容两分的框架内进行的。

张艺谋的做法是把戏剧演出当作一个整体来做继承与创新：突出（改变、改组）元素，淡化（消解、符号化）情节，将原来讲故事的戏剧、电影等基本模式，转换成诗化的剧本。通过各种元素来突出可感觉到的意象化之美，实现印象意义上的享受。这颇有印象派、抽象派绘画的特点：突出色彩、氛围或用线条、图形，淡化具象，表达自己的内心意向，作品转换成了人内在情绪体验的外化。就《印象刘三姐》而言，张艺谋完成了由表达情节向表达情绪，由戏曲表达向音乐舞蹈表达，由舞美背景向真实风景的转化。全剧充分运用了色彩（单一颜色的集中使用，红、黄、金、银等）、灯光的变换，或聚焦或摇曳、波动，尤其是八个山头的灯光变换，以及与音响天衣无缝的契合，营造出极唯美的“印象”氛围。更令人意外的是对群体简单动作的集合（水上运动的团体操式的加入），这种在一般戏曲中不用的手法，是一种大转型，突显了张氏的内心世界和表达的特有风格与元素，使该剧真的成了一种印象，而不是实像。

还要一记的是，该剧在戏剧转型上的另一种取向：剧本的生成性、内容的生活性以及与观众的互动性，至少让观众觉得自己身处情境之中。

演出一个多小时后散场，在回宾馆的路上，我惊异于张艺谋的大胆创新。说到底，他是把自己生命中积聚的个人独特的艺术气质，淋漓尽致地在自己的作品中表达出来。没有个人独特，就不可能有创新的资源。更重要的是，他善于转型，无论是从苏童的小说转到《大红灯笼高高挂》，还是从戏剧《刘三姐》转到《印象刘三姐》，都是一种内在的转型。这也许对其他领域思考和践行转型，都有哲学意义上的启示。

（2004.10.18）

听德德玛“精选（2）”

德德玛是我知道但称不上熟悉和喜爱的歌手。作为女中音演唱家，我更喜欢的是关牧村。关牧村的音色和演唱曲目的丰富性，是吸引我的主要原因。也许，其修长的身材和略带忧郁的气质，也是吸引我的原因。与她相比，德德玛的演唱就显得相对单一，以蒙古族民歌为主。尽管我喜欢蒙古族民歌中透出的那份悠远、从容和内在的宁静，但是一台相同气质的歌曲再好听，也会让人产生“疲倦”，就像浓茶喝多了，对“浓”和“香”的感觉都会降低。所以，我家的歌曲碟带中无德德玛。

情况的改变是在我今年暑假参加基本理论年会期间。8 月 22 日，会议东道主带我们去草原，回来的车上，大家累了，没有人再热闹，一路上播放的 VCD，司机选的就是德德玛“精选（2）”。最初，我没有太在意，但听着听着，却被吸引了。歌词和旋律吸引了我，前者的深度和后者的丰富，都超越了原来的蒙古族民歌，但它依然是蒙古族民歌，有着浓浓的蒙古味。听完后，我的愿望是买这盘“精选（2）”，但第二天一早又要去沙漠，无法购买。内蒙古师范大学教育学院刘文霞教授托人代我买了一大盒德德玛的 VCD，但就是没有我想要的这盘。曾经的学生小吴也买了一盒，同样没有这盘。到了机场，还在想着这事，一看居然有，很高兴，想买，但“天价”70 多元，因送我的几盒当时都还放在箱子里，没有打开，就存在侥幸心理，没买。回家打开一看、一放，都是老歌，只好遗憾了。上个星期，我家先生（音乐爱好者）居然帮我买回来一盒，他是按封面的头像挑选的，居然撞对了！了却了我的心愿，真是喜出望外！现在，这盘曲子已成了我们的早餐音乐。

静下心来，细细品味，由“好听”想深去，悟出了一些道理。

德德玛的歌，前后风格变了，但我依然感到其中的蒙古味，原因何在？主要是主题域和旋律带来了新的意境。与以前相比，主题域被拓展了，但核心还是蒙古民族的生活世界和情感；旋律虽然复杂和丰富了，但依然给你悠远、舒展和宁静的感觉。如果要比喻的话，那就像一个人从童年到了少年，有了很多变化，但依然是他，不是别人。

这让我想到了“传统”与“现代”的关系。如果仅仅从时间的维度看，它们是一个连续的演变过程和不同阶段。在传统没有发生可明显感觉到的变化以前，人们生活在传统之中，因而只有昨天、今天和明天的纯时间意识，没有传统与现代的富有变革内涵的概念。可以说，是“变革”产生了区别“传统”与“现代”的需要。

然而，任何变革都不可能最终将传统丢弃殆尽。传统是一种深到骨髓里的东西，它是由人与所生存的具体世界不断相互作用和积淀形成的一个信念，它有自然、物质和精神、生活方式等多种继承与传递方式，而人本身是传统最丰富、最有力的载体。自然物种变化之最根本的东西，在各类基因中保存，基因一旦成为活体中发生作用的因素，就必然与基因衍生、发育时所处的环境及其相互作用的方式、强度和着力点，相互作用内生成过程的机制、转化等相关。一旦离开母体，个体的生存环境和变化的可能性就更多，且以应对外部环境的生活方式、价值取向、行为习惯、操作方式等保留下来，成为标志其个人特性的构成。人之初被他人所赋予的一切，一个新生命和新生存环境，都饱含着历史与传统，它以既成事实的方式存在。在这方面，人在未长大成人、有独立生存能力之前，无可选择。但他以自身的投入程度与方式、内化的需求、努力与自觉程度来表达其选择。一旦这种内化达到生理变化和基因变异的层面，那就几乎是无可改变的。

从文化的角度看，可以当作基因的是语言。每个国家的语言被称为母语是恰当的。人之精神世界的构建，从吸收到表达，借助于语言（与表情性语言、象征物、场景、其他符号等整合）来表达。语言有口头、发声语言与书面、符号语言的区别，它们之间的沟通要通过语言文字阅读者的出声朗读或带有表演、传播性的朗读来实现。识字的人，在看形象化的有声媒体时，能边看文字边听，以听和欣赏为主；不识字者，就较难借助听来认字，即使从这个意义上说，掌握书面语言，多一种符号工具也是有价值的。书面语言也可能带来问题，即当个体沉溺于文字构成的（带有联想、重构意义的）世界时，会削弱对周围世界的感受力。只有口语能力的人，却容易较直白但真切地感受这个世界。人们经常生活其中的世界之恒常事物，会具有一个民族文化传统的主题、寄托物和象征，如，蒙古民族以草原、奶牛、奔马、蓝天、白云、月亮、太阳、飞鹰和在马背上的生活感受为标识。物质生活和精神生活的主题是统一的，他们的各种情：亲情、乡情、恋情、喜怒哀乐、孤独与欢聚，都与这个生动而真实的世界联系在一起。它们也构成了民间艺术的主题。

在现实世界中，民族文化主题的表现层面，集中体现在习俗和节庆（包括生日、婚礼、葬礼等重大事件）的处理方式中，这是最具有规范同一群体行为的传统力量。除了离开这块土地，越是古老的传统，在并无现实价值的同时，却完全行使着传统的职能。现代人常常以这样的心态去感受民间风俗。

传统的变化，首先是现实重要性的变化，它渐渐演化为一种象征。只要它不成为处理现实世界的方式，尤其是在传统处理世界问题的能力所不及和不合适时，这种退出更有助于传统的保持。如：每年的祭孔、祭天大典，起的就是这样的作用。

与此相关的是，系统解决新问题的方式的形成，这是构成现代的核心因素。传统的象征化是与新因素的形成直接相关的。也许，它最初是在工具（物质生产）层面，然后到了交流、传播层面，再到精神生活、科学、艺术等，从主题到表达手段诸方面的变化。但就其功能而言，还是离不开人的基本需要和需要的提升。正是在这点上，在与人的关系上，传统与现代保持了内容上、形式上都有变化，但在功能上具有一致性，实现了传统与现代的内在统一。

由此可见，传统与现代关系中的继承与更新之统一，最终凝聚在人身上，与人本身直接相关。就其起点而言，与人有关；从这一关系运作所需的机能而言，还与个人的机体相关，这是一种新陈代谢的方式。在这方面，有可能实现个人、世界与社会的统一性。在一定意义上，读懂个人，会有助于理解身处的世界。

德德玛的变化就是在传统的框架内，使主题细化、升华，使旋律丰富，配上和声和器乐，但她没有改变长调的节奏，而是使长调从单调中走出，变得富有变换和层次，是一种丰富的长调。尽管依然是长调，却具有了现代音乐和声与配器丰富、和谐、多变的特征。在借物咏情上，也有了细腻的变化。

由此联想到民族音乐与流行歌曲的关系。民族音乐寻找出路使自己流行化，其中有不少使用的是改变节奏和演唱风格，如将《南泥湾》《莫斯科郊外的晚上》等摇滚化，用沙嗓子吼，给你的感觉就是这不是《南泥湾》《莫斯科郊外的晚上》。前者的舒畅、庆贺，后者的幽静、抒情都被破坏了。那样使传统变为流行，依然是一种归一的思路，丢失了艺术本身在诞生时独特的气质和感受。

常说“传统”较单调，“流行”较丰富，其实，流行有流行的单调，如直白式地表达心意、感受，不像传统中的表达，大量运用比喻，即使这种比喻化为程式（如双飞凤、并蒂莲、比翼鸟等等）。又如快板式的曲调、快节奏，使之几近于说话，而显得曲调单一，缺乏旋律感。强烈的伴奏声撞击耳膜，持续时间一长，同样带来对强烈的麻木等等。因此可以说，单调与丰富，不是传统与流行的确定性甚至本质的特性区别。如果一定要区分，主题上反映群体（民族、青年、妇女、阶级、故乡、祖国）还是个体的直接、具体感受与情感，这可能是在切入视角上的总体性区别。

我们需要的是借鉴、吸收，不是简单搬运，无论是传统的现代化，还是现代的传统性。

（2005.10.22）

一百个理由

人们往往把“选择”看作一件大事，看作要他人赋权的事。于是往往在期盼的“选择权”降临时，却不做深思，仅凭自己业已形成的价值观、习惯的思维方式和行为方式，做出选择。

如果我们细想每天的生活，就会发现选择几乎无时无刻不存在。仅凭业已形成的自我所做出的无意识选择，不一定会带来发展。因此，从教育的角度，要研究的是：怎样使个体学会为发展而做选择，这里关涉到的就是选择的理由。

人在做任何选择时，都是有理由的。只要当你遇到两难，或者对各种选择会带来什么（风险）很难预测，或者一个选择的多种可能后果很难权衡时，就会反过身来再明确自己选择的理由。人们往往以为这种选择似乎是客观的比较的结果。其实，它依然会受到人已有习性和价值取向的潜在支配。往往只是为了坚定自己的选择，或者说为了在别人面前有个交代、搪塞，为了在他人面前更有理由，或符合身份而找出许多理由。因此，当我们面对一个在他人看来很难的选择，或者想要别人认同时，无论是选择 A 还是 B，或不做选择，或是选择 AB 之外，无论是对结果做哪一种解释、说明、原因分析，为其合理性或不愿承担责任辩护，都可以找到一百个理由。事实上，“显”是为了“隐”服务的，故而有“真相”之说。“真相”与“假象”是一对孪生兄弟。

一个求发展的人，要知己之性，且直面己性。自我诚实，是求发展的第一步。我们可以为自己找许多逃避和无所作为的理由，旷日持久，就会养成退却、散淡、无所作为还心安理得，甚至振振有词，蔑视那些奋发有为者的心态。当意识到这一点时，重要的是要朝相反的方向思考，可以问自己：还可以做些什么，哪怕是一丁点的有为。去体验有为的感受，哪怕有麻烦和苦恼。去打破一些平静的生活习惯，多几次体验、努力，也许就会慢慢生长出主动进取的心态和能力，渐渐地也有成功、贡献于他人的感受。如果你养成了冒险、好奇、大胆和敢于尝试的性格，且独立好胜、好强，那么当自己选择行动时，尚需三思，要询问自己：对最坏的后果做好可接受的准备了吗？对困难的估计足够了吗？对可能的条件或最不能缺的条件、起步性的条件有把握吗？最初的设计，第一步是可行的吗？等等。更要反复自问：这样做的意义究竟在哪里？唯有如此，才不会使选择成为冲动，成为昙花一现，成为无意义的损失或消耗。

用一百个理由支持自己的选择，再用一百个理由反驳自己的选择，此后再做出的选择，也许会更加理性。

用一百个理由去对待他人，是技巧；用一百个理由来弄明白自己，才是寻找理由的价值。一个连自己都弄不明白的人，是很难实现自我发展的人。他的选择只会滞留于现在、消耗自我，而不是创造现在、生成自我。

（2006.8.29）

从“办公室腔”说起

也许是受到什么情境的“刺激”，先立下了这么个题目，但没有写，可能是一时又忙别的去了，再也没有打开这个本子（尽管这个本子最近跟着我去了武汉和厦门）。今天，本来是想写点别的，却发现还欠着这一篇。自然，已经时过境迁，但静下来还可写上几句。

“办公室腔”，就我而言是讨厌的，不喜欢。对于一般人来说，遭遇“办公室腔”，不是浪费时间，就是被堵得慌，让你无法找到出路。粗略地从作为一般人的感受出发琢磨一下，“办公室腔”至少有这些特征。

第一，保持距离。细分两种：外表即可见的距离和内心的距离。一般来讲，人到办公室去总是有事，所以相互的关系是“求”与“被求”，以“事”为中心。办公室一般的态度是绝不管分外的事，绝不揽麻烦之事。即使是分内的事，也会受情绪和面子大小的影响，心变得“冷”。

第二，按程序走。哪怕是盖个章，也要你跑上一大阵子才能好！工作划分得十分细，从管理的角度，可能是防止权力集中、过度使用。但对于外人来说，实在是痛苦。我想起来了，这大概是办护照的体会。其实，这种分工，求事人最多烦一两次，但对办事人而言，则很可能由此变成机器中的一个零件，工作单调，人变得“板”。

第三，打太极拳。这是遇到烦事的做法。一种套路是对来者一问，二表示理解，三这里没有办法或能力解决，但可以帮你问问。问问、问问，后来就没有下文了。套路之二是等文件。文件上没有明确规定，照本宣科，不是不办，是无法办。帮我打扫房屋的小卢，知青回乡多年，儿子都要工作了。为办回沪户口，她跑了无数次相关部门，但十几年了，就这么一直拖着，我觉得实在不可理喻。套路之三是请示，以领导有无指示为准。这些往往是办公室人员智力释放之口，嘴变得“滑”。

第四，居高临下。势利眼看人，被求的心理，使他们往往不能平等待人，不体察下情，不设身处地，离普通老百姓越来越远，剩下的只有办公室生活了。这实际上是一种“空”的生活，脚不着地的生活。

“办公室腔”的复杂性在于，它不仅有对“外”的一面，还有对“内”的一面。简单地说，在对内的一面上，面对同级人员是“防”，不把真实的想法、性格表现出来，防别人排挤、告状、抢先等等。实在地说，这是因为职业生活空间相对太小，可升迁的空间也小，所以为了拼命出人头地，或“高升一级”，就不得不防。对内的另外一面是上司，用一个字来表达，或“靠”或“媚”。“靠”是保住自己现有生存状态的需要，“媚”是寻求升迁的途径。在办公室的上下级关系上，要做到真诚相待，是很难很难的，能保持冷静和距离，做到独立就很不容易了。“媚”到了极致就是“狗”。

写到这里，“办公室腔”及其内涵就十分清楚了。说到底是个体在职业岗位上为人处世的立场与人格问题。人性的独立品格遭损，被扭曲成依附和极端的私利。可以说，某种工作要求能造就出某种人，而某种人会乐意和顺利地做好某种事。然后，一种工作因在其中工作的人而形成一种传统，后几乎成为刻在人性骨子里的传统。

好像自从大学开始，我就清醒地知道我不适合也不愿意做办公室工作。现在，不仅是不愿意，而且怕与坐办公室的人打交道。

这篇写的有点像“愤青”。当然，我讨厌的是办公室“腔”，并不针对某些人。人在自己从事的职业中怎样提升人格，完善自我，不被世俗、行业潜规则吞没，对每个成人从业者来说，都是值得思考和警惕之事。

（2007.6.12）

“墙内开花墙外香”再解

“墙内开花墙外香”，这句话一向被当作一种非正常存在现象的形象概括，我原也以为如此，而且似乎对“开花”之“花”总有点贬义。最近，似乎有了一些新的体验，感受到这可能更多是一种正常、普遍现象。自然也不可一概而论。

先说特殊的一面，即确实是“花”自身的问题和“香”得过分的情况。这两者是相关联的，有问题的“花”常常会出现“过分”的效果。所谓有问题的“花”，常常与弄虚作假、虚胖虚肿有关。前者是无中生有，后者是夸大其词。这样的“花”因墙内之人互知底细和做派，故而不当其为事、为“花”，而外面只是遥望、传闻，会被“假花”“假香”或泡大、吹大的“花”迷惑，信以为真。更为可恶的是，这类“花”中的善运作者，还要成为“权威”，还要借花香得势，且以势压人，控制墙外大局，并以墙外大局再来获取墙内权力。这类人不只无耻，而且可恶。

然而，一般来说，墙内之“真花”不被看中也是有的，究其原因有多种：首先，墙内的空间有限，且任何“花”都处在一定的关系格局之中，等到能开“花”了，其实力不是处在同层次的前头，就是可能已跃到高一个层次上了。这两种情况都不利于花香被赞赏，因为圈内人往往不乐意、不服气，圈外人是看不懂、不在意。即使圈内有一些相对客观公正者，处在这样的关系群中，大部分是不介入、不惹事，在一定意义上，是保护自己的生存发展空间。这也是为什么在知识分子圈中很难形成实力相近或相关者之间内在合作的重要原因。若只是“墙内不香”，此“花”的遭遇还算是好的。更有恶者，要“枪打出头鸟”，恨不得把“花”置于死地而后快。然后，在背后说怪话，示不屑，有之；有权势者，使出手段打压，有之。在一般情况下，“花”总是处在冷气包围之中。最好连墙外也不香才好呢！

跑到上一个层面的“花”则往往处境更为险恶，如果在上层居于首者有霸气，则更是如此。

知识创造、研究能“墙外香”，是因为有公开发表的渠道。这条渠道向所有人，无论是“开花”者，还是尚未“开花”者，都是敞开的。于是，在墙外就不是一朵，而是多朵“花”，不同的“花”在另外一个天地竞开。各色人、各种场合都可能得到鉴赏与评价。而当不同层次或相同层次和领域的人，都能闻到此“花”之香时，“花”可能是真的值得赏了。

墙外与墙内对待“花”的态度之别，主要是因利益与名势。所以，“花”之开者，就不要太在乎墙内人的态度。墙内同层次的人，从内心深处难以赏“花”，唯有较其高一层次的人，能有宽心、大度，“花”才可能在墙内较好地生长、发展。对于“花”而言，“开”不是为了别人赏，根本上也不取决于别人赏，“花”只因自己而开。记住这一点，“花”就会从容、自主地开。花开花落，本只是生命的常态，以平常之心对自己开出的生命之花，尽量使自己的花能对他人有点可看之意即可。重要的是自己快乐。

离魔鬼远些，就能离天使近些。

有了这样的心态，自己不仅应该成为开花的人，也应该学会做赏花的人。“己所不欲，勿施于人”，如此，自己的世界才会变得更加多彩、丰富和富有春意。周围的世界也会变得更美好。

学会欣赏窗外、墙外的风景和身边的人事，是教育的必议之题，也是竞争社会人际关系和生态改善必需之良药。

（2007.6.12）

寻物：确定性与不确定性关系之悟

寻物，是我生活中发生概率较高的事。有时是寻大物，如书、包之类；有时是寻小物，如笔、眼镜之类。如果在家里，大概每天两次的寻物平均数是有的。为何如此？没有养成归位的好习惯是首要的，记得小学时一位班主任曾狠狠地批评我："你除了脑袋不会丢，其他都会丢。"另外，注意力转移太快，动作常在不经意中完成，是行为过程中的原因。后果是浪费时间，并经常招来"家长"的批评。

我自然也不喜欢寻物，但坏习惯难改，渐渐地也形成了我的一套寻物逻辑。现在反思起来，倒是能说明在人的生活中确定性与不确定性关系的生动一例。

东西找不到了，时常是在要用这样东西时发现的。寻找，实际上是回忆该物可能丢在哪里的一个过程，并循着所形成的思路辅之以排除法寻找。

发现丢东西了，第一个确定性与不确定性的判断是：可能丢在哪里？大概是在哪一时间段丢的？在这一时间段里我到过哪些地方？这是将时空结合起来确定大范围的判断。这个判断大致会有几种情况。

从丢东西到发现丢东西的时间段越短，人在这个时间段的流动性越少，则越好找。比如时间段是在晚饭前后，在这个时间里没有离开过家（或一个范围不大的地区），这是最容易找的，因为我可以肯定东西一定在家的某个地方。如果涉及空间流动较大的范围，那么寻找的难度就会较大，甚至没有信心，放弃寻找。这第一个确定性的判断，决定了要不要找和能否找到的信心。通过时空范围和该时空内自己的行动与动作回忆（如什么时候把手表、眼镜脱下来）作参照系来确定，这是相对于最后具体地点确定并找到而言的，包括多种可能性的范围确定。

接下来，判断是在这一确定范围内多种可能地点，即具体可能性地点的排找。先是列出有可能的地点，然后确定排找次序，一般有三种路线设计：先以空间、时间顺序由近及远来找；二是以可能性大小的范围来找，这里也有两种排法，一种是从可能性由大到小来找，一种是逆向的思路；三是把范围划成几大块，然后按块来找。我较多采取的是三种方式的综合。先是就近找，就近没有，在可找时间紧迫的情况下，先找可能性大的地方（如上次在俄罗斯，饭后返回的车上发现手表丢了，我第一想到的是餐厅和卫生间，因为上车坐一会就开车了)。在相对时间较多的情况下，我会采取大块划分，从可能性小的地方开始。采取这种策略，主要是基于三个方面：第一，我对自己记忆的清晰性和寻找能力缺乏信心，尽管已有无数次寻找的经验；第二，我想用排除法来坚定自己最后能找到的信心，一般讲，可能性不大之处，容易被排除，而先找可能性大的地方，一旦找不到就会丧失找到的信心；第三，排除后剩下的地方，会让我集中注意力去找，而不被其他可能性分散注意力，这就是俗话说的“死心塌地”地找，找到的可能性就会较大。有时，我也会从最可能处找起，但往往会出现这种情况：认为可能会丢在别处，所以大致找一下，找不到又到别处找，再找不着又回到最初找的地方死心塌地地仔细再找，往往就这样找到了。所以，只要时间允许，我宁愿采取由可能性小到大的顺序找，不吃“回头草”。

由此可见，为了实现最后的确定性具体目标，我采取的方式是排除“不确定的可能性”，以增大最大可能性的值。这里发生了一种从发散的可能性小能量，最后因排除而聚焦到一点，形成对这一点最大可能性的能量之增加。这也是我采取这一路线的心理原因：越找可能性越大，我的注意力会越来越集中，缩小“包围圈”，可以做到不漏过细节。

即使采取这种策略，也还是会有找不到东西的时候。这时我的态度往往是两种：一种是放弃，确认找不到了；一种是不着急，等它自己“跑出来”，先用其他的代用品，如手表、眼镜等。只要东西真的没掉，此后还确实会在非刻意情况下发现它原来在这儿！这说明就算是自以为非常缜密的回忆，总有盲点，受习惯支配，因太熟悉而熟视无睹。这时只有不熟悉的人，或者忘却已形成的思路，在改变思路的前提下才会被发现。最后的确定性已不是最初的范围的确定性，而是具体的确定，唯一的确定。

这可能是在一切有目的指向的行为过程中，普遍存在的确定性与不确定性关系的一种方式，是一种逐渐转化的过程。

确定性与不确定性的关系不只是一种并存的关系，而是在过程中因需不断转换的。它不完全是一种自然的关系方式，还是思维在解决问题的过程中必须要处理的关系方式。一旦进入过程，就不是简单的承认与不承认的问题，而是如何处理的策略问题。

悟出这个道理，算是给会丢东西的我，一个小小的精神补偿。

（2007.4.30）

悟“忧郁”

录音机播放着碟片《曼陀凡尼交响乐精选：秋叶》。每当其中名为“秋叶”的这首曲子响起，我都会自然地被它吸引，赶快按重复键，好让它在耳边回荡，伴我工作，放一段时间再恢复到前进键。放到“动人心魄”“舞台灯光”这两首曲目时，我的心又会再一次被抓住，说不清为什么，我对“忧郁”有敏感。

我喜欢柴可夫斯基，就是因为他的忧郁。我能听懂他发自内心的“悲怆”，我能看出他眼神中的“忧郁”。我不喜欢凶恶、张狂、飘浮的眼神，更不喜欢不敢正视人的眼神。清澈、澄明和智慧是另一类我喜欢的眼神。我爱读《荆棘鸟》《呼啸山庄》《简·爱》和陀思妥耶夫斯基的小说，因为它内涵着忧郁的气质。“忧郁”似乎很内在，但你处处能感受到，只要你有内在的“忧郁”，忧郁只与忧郁相通！

我忍不住要想：何为忧郁？我喜欢忧郁的什么？我何以会有忧郁？于是，放下手中的工作，随手来写《悟“忧郁”》。

在我看来，忧郁主要不是一种心理状态、现象，而是人整体精神生活形成的一种状态，一种气质，但不会是人精神状态的全部。忧郁不是一种病态，不是抑郁症。它是一种使心灵宁静的状态，喧闹中没有忧郁，无暇中不会生出忧郁，忧郁与沉思联系在一起，无思则无忧郁。

然而，不是所有的沉思都带来忧郁。只有带着些伤感、无奈且产生孤独感的沉思才会生出忧郁，忧郁是有感情体悟参与的沉思。忧郁中的孤独感不带傲慢，不以蔑视他人为体验孤独的条件，不是尼采“超人”的心志。他是入世清醒的常人，同情世中的弱者但又无助于他们的那种人，才会有这样的感情。他不愠，也不怒，只是忧郁，是尽力了但无助于世道改变而生出的感觉。忧郁不伤他人，只是个人自己的心情，是因有爱而难成所生的感情。这种爱不是狭义的爱情，它包含着大爱，对一个民族，对自己的祖国、对人民、对人类。所以忧郁是有温度的，忧郁的眼神是有内涵的。

正因为忧郁有思，有爱，有无奈，有孤独，故忧郁是复杂而丰富的，是可以品味的，是曲折而有力度的。大小提琴、弦乐最能表达忧郁，它是绵延、弥漫的，不是拨弦式的跳跃，它是外表宁静的内心轰动。

忧郁有独特的优雅和高贵。一般的民众难以忧郁，在一定意义上，忧郁是知识分子的气质和享受，是文化的产物。一个沉重的民族会孕育出一批有忧郁气质的知识分子。忧郁不会阻止他们创造和行动。这种创造会震撼人心，会唤起人内心深处的共鸣和感动，这就是柴可夫斯基的力量，忧郁的力量。

曼陀凡尼乐队则以其弦乐的特长，用旋律的质感，十分细腻地表达了这种力量。

CD时间放长了，音质渐渐变差。一直想再买一张，但一直没找到，尤其是由老曼陀凡尼乐队演奏所灌制的CD。

（2008.4.7）

心祭“汶川”大地震

2008年5月12日下午2点28分至31分，中国四川汶川地区发生了八级大地震。瞬间天崩地裂，数以万计的生命被用以居住、学习、工作的房屋，用来行走的公路，还有原先静静依偎着山坡的巨大滚石压埋。有的立即死亡，有的因无法走出而渐渐死亡，有的虽被救出但医治无效死亡。至昨日报道，死亡人数已近七万，还有近两万的失踪人数，估计近九万人殉难于这自然的惨祸。

消息传出，整个中国大地、中华民族为之震惊、悲伤，尽最大的力量抢救、捐款。很快，世界各地的华人也行动起来。几乎每一个中国人内心深刻的民族同胞情结都被唤醒，良知中的善端被激活。止不住的泪，道不尽的情，人人都自问：我能做什么？我该做什么？一场全民族共同出演的抗灾救生、一个也不放弃的大爱的生命剧，在中华大地上持续、自发、轰轰烈烈地上演了。

昨晚特殊的“六一”晚会，再一次把人们带进了抗震救灾的现场。儿童、青少年、教师，这次出人意外地成为受灾最重的群体，让人心头的痛更烈。然而孩子们表现出的惊人的勇气、镇静、坚强和友爱、懂事，展现出他们生命中最美好的一面；普普通通甚至被人瞧不起的朴实的农村教师，在生命最危急的时候表现出的大勇、大气、大爱、大责任，让所有人尊敬、自愧和深爱。他们是这场大剧中最令人心疼又最令人难忘的主角。自然，还有许多抗震救灾中的英雄，和平时代在灾难面前又涌现出一批真英雄。

这是我从未料到，更是从未见过的“生命大剧”，是中华民族生存史上的又一次不能不祭奠的“生命大剧”。我只能用“生命大剧”来称呼，不用悲也不用壮，这都不足以表达汶川地震给我心灵带来的巨大震动。此“大”，非地域、规模、人数、时间持续意义上的大，而是生命力量之大，精神情怀之大，震撼人心之大，以及它留给我们的思考和启示之大。此大，大到无法用语言来表达，只能用最朴素但也最丰富的“大”来表达。大音希声，大爱无疆，大悲希泣，大剧无终。

作为“生命大剧”，这次最让我感受的是“生命”的伟力。

在直接受灾者的身上，表现出的是面临突如其来的死而呈现的镇静、信心、坚持、互助和至爱。孩子们的镇静已经远远超出了他们的年龄。以往，我们在谈到死亡时，联想到的往往是痛苦和惧怕，所以“不怕死”是一个人勇气的最高表达，然而这次儿童群体表现出来的面对死亡时丰富的精神力量，让我们可以重新认识面对死亡却还有生的希望时，人会怎样面对、战胜死亡，获得生。首先是镇静，面对突如其来、一时又无助的大灾难，你会因惧怕而慌乱，慌乱就会产生错误的选择和行为。孩子们镇定地手握手，镇定地唱着歌让救援人员听到，镇定地读着书，用书来减弱恐怖的袭击，镇定地相互鼓励，问清对方的名字，知道有人和你在一起，就可以有更强的信心。第二是信心，信心是一种对生的可能抱着希望，十分强烈的希望和确信，相信自己能活着出去，能被救援队发现，于是他们关注着转机的出现，孩子们会伸出小手去拉救援队员的裤管，他们会用自己可能的力量扒开身边的碎砖，用身子拱出一些可移动的空间，一点一点地朝着有光亮的地方爬，十分地小心，又十分地有力，坚持，不是消极死等，而是寻找、创造更大、更快获救的可能，由此而产生智慧，集聚力量，走出困境，战胜死亡。与信心同在的是坚持。信心不只是豪言壮语，信心体现在坚持之中，直到获救的一刻或生命最终一刻的到来之前决不放弃。不放弃，是成人从反面表达坚持的词汇。首先是每个人要不放弃自己，这些受灾者还表现出相互呼唤这样一种群体性的不放弃、互助和至爱，这是一种超出只涉及个体且可以通过个体来实现的力量。他们的表达需要通过指向他人，且包括自己在内的情感来维持和体现。我们除了读到孩子们群体式的地下自救外，更看到了让人惊叹的一幕幕：一个已从死里逃生的孩子，为了救同伴竟然再返回去，再拉出三个同学，而他只有九岁！另一个女生李月，从快要倒塌的宿舍楼逃出，想到还在睡觉的同学，返身而回，把他们一个个叫醒，救出了十几条生命，自己走在最后，却被压住了一条腿，并永远地失去了一条腿，问她是否后悔，她说不，后悔的只是还未能唤醒更多的人！这样的孩子还能举出一些，如绵竹市清平乡的农家少年孟兴双，在地震发生当天，为了救出更多的乡亲和家人，爬了三天三夜的山路，用心记下每一个受困群众的地点、人数，绘出了一张“生命地图”。正是凭着这张图，救援人员救出了12名被困群众，其中包括他的父亲。这个智慧、勇敢的孩子被誉为“中国的骄傲”（《中国教育报》，2008年6月1日第一版，《你们“含泪的笑”令世界动容——献给在抗震救灾中迎接六一国际儿童节的中国孩子》，新华社北京2008年5月31日电）。这样的行为，即使成人也很难、很少做到，但却在儿童、少年身上出现了。

莫非人之生命最美的季节真是儿童少年？这种美不只是形象、快乐、无忧无虑，而是在大难面前金子一样宝贵的纯真，水晶一般透亮的真情。这次受灾者在获生过程中的表现，确确实实是一种“向死而生”，用精神的力量创造了“生命的奇迹”。这样的生，是最灿烂的“生命之花”。是否精神生命的奇迹只有在遭遇意外的大灾难时，只有在与死亡直接搏斗时，只有在物质稀缺到甚至连水与空气都稀缺时，才会充分集聚和迸发？是的，它是稀有的，但又是极为珍贵和本然的；它是出人意料的，但又是极为普通、日常的。因此，它会在孩子们的身上存有和表现，这是一次生命本真之力的真实而伟大的绽放。谁如果不承认精神力量，不承认潜力，不承认人有极强的自我调控和选择的能力，那么就看看这次地震中的中国孩子吧！正如一首名为《大地醒来你们睡去》（作者：云南省大理市凤仪一中，杨友泉）的诗所言：“是不是大地用颠覆/来烘托生命的强悍/是不是死亡用残酷/来打造生命的伟岸/是不是地狱用黑暗/来彰显生命的光亮”。正是这次地震，让我更懂得每一个短暂但又漫长而平凡的生命之珍贵。如此的奋战，就是为了维持这宝贵的生命。

在受灾人群中还有一批是教师，他们用自己的生命诠释了以身殉职和教育大爱。有的教师为了救学生不顾家人生命的安危和失去亲人的悲痛，有的人用自己的智慧保护了许多可爱的学生。这是一群用生命塑造的像战士尽忠于自己的祖国一样的英雄群像。像黄继光用身躯挡住机枪那样，谭千秋用身体护住了躲在讲台里的 4 个学生。好几个用身体护住学生的教师形象和未倒塌的都江堰，让我懂得了一个超物理学的道理：非刚性，而是有骨有肉、刚柔相济的身躯，再加上精神的力量最能扛压。它的强大，用常识无法解释。

在救灾中洋溢的是人类最宝贵的感情。有人说：再大、再大的困难，除以 13 亿，就会变得微不足道；再小、再小的帮助，乘以 13 亿，就会变成爱的海洋。民族情、同胞情，再一次在中华民族每一个人的血管里荡漾、沸腾，这个民族在世人面前挺立，在灾难面前挺立。

在这次灾难中，人们依然还会看到丑恶。这么多的孩子、教师受害，校舍倒塌，是对教育表面重视、实质不重视的揭露，并且其中有蛀虫，有人趁机捞一把的劣迹在灾难中暴露无遗。他们是千夫指的罪人，所有的优秀者表现出的是精神的力量，所有的千夫指都因物质的贪欲而形成。自然灾害用极端的方式让人看到了善与恶的根源。

大地震昭示了人性的伟大与卑鄙。人性向世界敞开。

心祭，祭的就是对人性的感悟！

心祭，祭的就是对人性在非自然常态下的呈现与自然常态生活中人性表现的关系。人生绵长的意义、成就，要从灾难中获得。这就是灾难之于人生存、发展的巨大意义。

让死者安详，让生者前行。

既然活着，就好好地活下去，活出个人样来！悲壮的“生命大剧”，以轰轰烈烈的方式开始，以深水静流的方式绵延无穷。

（2008.6.2）

临别赠言*

6 月，我完成了一个重要的告别，“新基础教育”十五年研究结束的一个内告别。23 日下午，在上海市闵行区新基础教育研究所召开了华东师范大学全体课题组成员和“新基础教育”研究基地学校全体校长的告别，当晚在酒店举行晚宴，相互间的热烈与初相识时的拘谨大不一样。昨天下午到学校，与今年同级但不同届毕业的三位学生——伍红林、袁德润、黄文琴，也是我培养的博士生中最后一批学生聚会、告别。这是我人生中的两个大告别：与“新基础教育”研究这个已融入到自己生命中的大课题告别，与培养研究生的生涯告别。两个大告别凝聚出来的是对“新基础人”精神气质的概括：“呈大气、显从容；顾大局、尽全力；求发展、贵自觉”。我把这十八个字送给与我共事过的全体成员，送给学生，也送给我自己，作为临别赠言。

三句话分别指的是做事、处世和立身。想起我在《试析中国当代道德教育内容的基础性构成》① 一文中提到的三个词：诚实守信、责任心和“立身之德”自我完善，我把此作为道德的底线。到今天，我从“新基础教育”研究中得出了这三个维度的理想水准，形成了从底线到高标之间的度的空间。

做事	处世	立身
呈大气、显从容 ↑ 承担责任	顾大局、尽全力 ↑ 诚实守信	求发展、贵自觉 ↑ 自我完善

呈大气、显从容，这是一个人面对自己的责任时，能够表现出来的高境界。

大气，是与小气相对而言的。小气者必短视，必狭隘，必计较；大气则是看清了事物发展的逻辑走向，具有远大抱负者做事的态度、方式。但大气不等于不

* 文中所涉的两个“告别”，实际上都没有实现。“新基础教育”研究此后又有新发展，一直持续至今。2012—2016 年，我还招了一次教育专业学位博士。但当时的告别是预定且真诚的，不然不会出此文。告别未成，都是计划外生成的。

① 叶澜．当代中国道德教育内容的基础性构成．教育研究，2001（9）．

做小事。转型性变革是件大事，但要做成这件大事恰恰要落实到学校工作的日常实践中，从每个教师、每节课做起。能呈大气的特点恰恰是善于把“大”附在或渗透到小事中去。大气是一种坦然，是一种用大志向、大智慧点化小事，使小事成就大业的能力。在“新基础教育”研究中，就是转型性变革与日常研究性变革实践内在关联的转化。

大气并不是一味求大、求进，能伸能缩、能进能退，恰恰也是大气的一种表现。对已有的不固守，敢舍弃，毛泽东的军事思想就呈现出这种大气。一切以能否最终实现自己的目标为准做取舍，就是大气。所谓“退一步海阔天空”，大开大阖大手笔，这是大气的一种呈现。

大气的另一个方面是敢于承担责任，遇到问题不是把责任推给他人，而是先检查自己。这样做的最大好处是能把问题变成自我发展的资源。你若归因都往外了，就不会发现自己的问题，看起来似乎与自己无干系，很轻松，但不会有发展，这是最大的损失。大气是变化、丰富的，不是凝固、单一的。大气是清风，是阳光，是雨露，它只有化在每一个具体之中，才会呈现出生机。

显从容，是对人在复杂、多变的困境、冲突、矛盾、前程未卜的境遇中做事的一种心态的表述。能从容的前提是一种对生活的信念：无论在怎样的环境下，人总还能找到生存与发展的可能。于是努力去寻找这种可能，从一点一滴开始做起。从容是尽责所必需的品质。

从容是一种智慧的呈现。在难以应对的环境面前，能走出来，能化解，一定需要智慧，这也是在现实中做事必需的品质。

从容还是一种内在力量的呈现。从容者必自信，但不狂妄。从容者不仅难不倒，而且吓不倒，骂不垮，打不烂。在各种负面舆论中，当冷淡、漠视、压制、蔑视、污蔑、谩骂、告密等都向你袭来时，还能依然不动摇，才可称“乱云飞渡乃从容”。

顾大局，反映的不只是事的关系，还反映了人的关系。在构成事的关系的同时，必然构成人的关系。因此每个人应该顾及的是，在自己的格局之外还有一个更大的格局，这个格局的成与败，尽管不是自己的全部责任，但自己必须承担一部分责任。只有有了这样的责任心，在事业、合作中才会有“我们”出现，才会有“大我”。

顾大局反映了具有一种全局的眼光，能识得自己在大局中的位置，不会妄自尊大，也不会妄自菲薄。它需要有一种超出个体局限去认识世界的能力。

顾大局，不是迁就、被动适应，而是要在积极的互动中，推进关系朝完善和双赢、多赢的方向发展，使关系不成为相互牵制，而是相互帮衬。

尽全力，和承担责任相关，但这里强调的是，做好自己分内的工作，不去计较别人做得怎样。只有尽全力，才能在工作中得到提升；不尽全力，不可能开发自己的潜能，不可能体悟过程中的独特和内涵，从而也就不可能更充分地在过程中获得和丰富自己。

尽全力，还包括当别人遇到困难或需要帮助的时候，愿意相助，给予帮助，并且不把这种帮助当作恩惠，不会去图报。图报是一种债主心理，结果是把主动权给了别人。本来在帮助别人时，自己已经得到了满足，对他人有用的一种满足。你若还期望着回报，那就失去了主动权，因为是否回报是别人的权利，不是你的权利，然后就会生出许多抱怨，把一件好事全搅了，这是自找烦恼。

尽全力，在一定意义上，还是独立个体的人生态度，即所谓做最好的自己。不羡慕他人的拥有，也不期望施舍，只想用自己的打拼去赢得、开辟自己的前程。

求发展、贵自觉，作为立身之道，这是我最早意识到的，在此不做展开。

我用我的人生体悟，作为临别赠言，献出最真挚的情和最切身的悟。

（2009. 6. 25）

初访延安

4 月 11 日，经历了从西安开始的四个小时路程，终于踏上了青年时代神往、中年之后难忘、一直作为必到之地的城市——延安。

自然，早已不是昔日的延安。从延安北高速下来，是混乱的堵车，一辆辆大卡车拉着煤，告诉我：延安富了，但乱了、脏了。

进城看到的延河，水少得只像一条线，宝塔山上的宝塔依旧，但已被电线、楼群包围。耳边再也听不到信天游，传来的是汽车与水泥马路的摩擦声和喇叭声。到处都有仿古一条街，但要看延安的仿抗战时期情景，只能在王家坪的大型展览馆中。一个对中国命运大变化起过支点作用的城市，就这样被一代代活过和正活着的人，被时代更替的潮水冲刷已净了。为何冲刷得这么快？我不禁要问。也许可以作为答案的是“穷”，而现在的中国是一个追“富”的中国。

延安由革命圣地蜕化为一个能源新开发地，那是土地下的资源：煤、石油、天然气的开发，是致富的源泉；延安蜕化为一个旅游城市，以革命圣地的名义，吸引尚怀念那个时代，或想了解那个时代的游客。然而实景多为空洞的窑洞和墙上的几幅照片，可谓人去楼空，声息黯淡。对我而言，最想知晓的是“延安精神”是否在这块土地上生根了。但听到的似乎是对革命的抱怨：这么多人到延安，张思德烧木炭，把山林给破坏了！真的是有些后现代，滑稽到让人哭笑不得。

我不禁思索：延安的精神究竟是由谁创造的？什么才是延安精神？是的，延安精神并非是延安这块土地上长出来的。它是由一批领袖人物、革命知识分子和八路军官兵共同合力创造出来的。那是一种大义担当、百折不挠的奋斗精神；是一种敢作敢为、敢于创造的精神；是一种追求理想、充实人生的精神。在这里，人的精神力量得到充分发展，人们天天在创造着自己的生活世界。南泥湾的开发是如此；抗日军政大学、延安大学、鲁迅艺术学院的创建也是如此；白毛女、兄弟开荒的演出是如此；抗日战争、解放战争几大战役的指挥更是如此。在艰难困苦的物质条件下，精神之花开得更灿烂，显得尤为夺目。延安的世界是这样一批独特的时代精英开辟出来的。这样的个人和群体的生命实践创造了当时的世界，这样的生命实践融在这些人的生活史中，成为他们的精神世界和个人发展的财富。但当革命成功，中华人民共和国成立，创建延安精神的这些人一批批走了，人走了，一切也就随之在这块土地上淡出了。何况当今世道与抗日战争时期不可同日而语，革命的主题曲已演化为经济发展，对老百姓来说就是以“致富”为中心。生活在本地的延安人自然不会活出原先革命前辈生命中存在过的状态，他们只能在自己的生命实践中造就自己。

大义担当的精英是不能少的。地方历史上的资源开发，是教育的重要任务。延安的教育做了吗？也许我们真的要自问：对革命传统的教育究竟应该突出什么？它与民族精神，与当代社会发展的关系是什么？至少，短暂的延安大学校史参观让我失望，因为越到后面越没有精气神，越没有魂，越与一般的宣传同调。

社会是人创造的，没有优秀的人群成为社会的栋梁，成为教育的支柱，就难以有辉煌的社会，难以有民族精神的继承、发扬与光大。再辉煌的历史，也只成了现实幽暗处的微光。

好久没有如此感慨了。

（2010. 4. 11）

治“白内障”有感

很少和医院打交道的我，因近视、白内障带来的视觉困难，下定决心去开刀。经吴遵民教授用自己的成功手术作证，我去了第一人民医院。那里有一幢五层楼的“视觉康复中心”，它标志着这个医院在眼科方面的杰出成就，让人有一种放心的感觉。

进“中心”的第一印象是患者之多，且大多是老人。体会老龄化，大概到医院是最好的地方，其中又以骨科和眼科为两个最盛的区域。我这个总体上还健康的老人，在这两方面也逃不过体质与自然演化的规定。候诊大厅的座位上，我去了三次，没有一次不是坐满了人，这还是特许门诊部。一接触，还知道病人来自全国各地，这就又放大了老龄化的特征。

给我诊断的张医生是原眼科主任，年龄与我们相仿。第一次看病，几乎等到最后一个。她观察用的仪器不多，我能体会到的是，她用自己长期临床诊断的经验积累和研究来做出判断。检查特别仔细，诊断清晰、干脆，没有游移不定、模棱两可，让你树立起信任和依赖。医生与病人之间在专业性上绝对是不对称的。病人只希望依赖最可靠的医生，于是就寻名医。张医生已是这样的名医。她给我的印象还是一个整体的、传统意义上的优秀医生。

待张医生开出检查项目后，我就开始进入到“中心”这个大工厂的生产流程，一个个科室走。先找排队少的。有意思的是到处都有排队的人，但不喧闹，这可能也是老人多的一个特点。

进入每一个房间，看到的都是测试的仪器和相关电脑。看的时间大多不超过2分钟，但等候的时间少则5倍，多则10倍，或更多。测试人员，当然，我应该称他们为“医生”，但更恰当的称呼确实是“测试人员”。他们的任务就是按标准做测试工作，然后将测试结果输入电脑，打印成报告就完事。你问他结果怎样，他们的回答几乎相同：“去问医生”，里面透着不耐烦。有了一次经验，就不再问第二次。对于我们，如此只有2分钟，但对于测试人员，则要坚持每一天。设身处地一想，他们与病人基本没有交流，完全可以理解。我们像物件一样经传送带（不同在于我们能选择先进哪一个房间）进入一道道程序，他们则像操作工那样完成一道道程序。眼睛里、心目中无病人，那厌烦可想而知。第二次的情况相同，只是有一个工序时间较长，约20分钟，因未预约而被排除，要求下次再来。我请求帮助，因家太远，总算开恩，给我签了个字，让下午早点来。我与家人干脆去南京路逛商场，换换空气和心情。等一切都检查完再回家。我松了一口气，总算结束了。只要等住房安排定即可。

回来以后，不禁感慨万千，原先一个眼科医生可以解决的问题，现在要由一个个房间、一台台机器和一台台电脑分单项，再加上辅助员工（至少一个病人要有7～8项检查，接触相应的7～8名不告知你任何情况的员工）来完成。从程序的意义上，已经工厂流水线化。受过专业教育的医务人员已经操作工化了。“摩登时代”的情景已经不再只是在工厂车床旁拧螺丝钉的工人身上出现，知识分子也成了机器的奴隶，沦落到排报员的地步。为何要如此？这样做对这些人的专业成长没有丝毫好处，对他们与病人的感情沟通、关心以及所谓医学精神的培养无任何好处。难道他们仅仅是学员？就是学员也不能只做这样的训练。

我突然悟出：信息化在医学中运用的本质，是让知识分子变成操作工。信息化是知识运用意义上的机械化，是工业化在知识领域的延伸。当它运用到与人有关的社会公共事业领域中，则同时把相关的人碎片化、物化。他们是拧螺丝钉的人，我们是被拧的螺丝钉。信息化没有在根本上超越工业化，它只是工业生产领域的扩张，是人脑的延伸，以效率和利润为原则。人对金钱、消费的追求，并未改变，只是到了所谓更加高档的地步。

检查时被碎片化的感觉，在住院的两天里得到了继续。试以入院后第一天早上6:00—8:00的经历为例说明。

6:00，测体温（有仪器在耳边碰一下，一秒钟完成）

6:10，收拾垃圾的清洁工进门

6:15，清扫房间的清洁工进门

6:20，拖厕所间的清洁工进门

6:22，刷床沿等灰尘的清洁工进门

6:25，叠被子的护工进门

6:30，拖房间的清洁工进门

6:43，辅助医生进门，询问情况

6:45，送早饭

7:00，问预定明日菜

7:05，收早餐的餐具（你送去，他还要问）

8:00，轮椅进来，医生动手术

两个小时，进出的人有12批，这哪里还是个宁静的世界。

带了几本书去，一字未念，照单带回。

教育能这样信息化吗？太可怕了。医学中的人文、以人为本……全成了空话。

工业化是可怕的洪水，它把昔日的村庄全部冲毁！人性的拆解——工业化的最终目标。

我算体验到了效益冰点的体温。

(2010.7.2)

生与死

新辟一个本子，专写关于“人与教育”的思考。先从人开始，或以人为主线，谈及教育。昨天在日记本上做了一个思路的策划，想把抽象与具体结合起来，以抽象骨架为框架，将类具体加进来，再结合自己的人生体悟。这里的教育是大教育，以人之成长为主线索的教育思考。

写的方法是分层，先从生命最大的问题入手，从本能的分析入手，寻找根基。写的过程是随机，有空即进入，最好有整段的时间。阅读与此并进。

生与死，是生命全程的两端，只要有生则必有死。这是生命本身所规定的，故而，人不必也不可能长生不死。再短的生命，即使是出生后即窒息而亡的婴儿，也经历了生与死的过程。

（1.12，续）

期望长生不死，是一种虚妄。何以会产生这种虚妄？是对生的留恋，对死的恐惧。何以恋，何以惧？都与生有关。尽管生死两极，凡人必有，但世间的一切都因有了生的过程而生，所以人们对出生无法选择，也无从思考，但对于死，却可以思考，可以选择。相对而言，人与人生之区别小，死之区别大。故先说“生”。

一、关于“生”

1. 个体生之区别

（1）就出生的过程而言，可分为顺产和难产。就出生的方式而言，在当代，可分为剖宫产和自然产。今日中国，尤其是在大城市，剖宫产成为较多人的选择，自21世纪第二个十年始，因反复宣传，趋势有所逆转，但变化不如预期的大。

（2）就出生的数量而言，有单胎、双胞胎和多胞胎。双胞胎又有同性双胞胎和异性双胞胎的区别，就常见而言，同性双胞胎为多。

（3）就出生的时间而言，可分为足月儿和早产儿两类。早产儿需要特殊护理才能存活。

（4）就出生时的性别而言，主要是男女之别。因社会习俗与传统的影响，有些女性婴儿仅因性别而被扼杀，自然生命被人为扼杀。即使活下来了，男女的性别差异，也成为生命中第一个最重要的差异，在不做人为改性的前提下，对其一生形成基础性的影响。

但是对男女性别的自然差异，究竟在哪些方面（在性系统之外）是清晰且不可更改的？似还没有一个完整的图像。这需要人体学深入研究才行。也许是我没有看到相关资料。

大多数人接受自己的性别，少数人会产生强烈的易性愿望。

（5）就体质而言，可分为健康儿、残疾儿、畸形儿，另有一些先天疾病或病菌的携带儿。有些先天疾病显性，有些隐性，有些甚至一辈子未发生作用，未被感知，但确实存在。体质也表现为体重的差异，超过或低于平均水平，都会带来养育问题，或意味着潜在的体质问题。

严重的先天疾病或畸形、残疾，会陪伴人的一生。这样的人生是别样的，从挣扎到抗争，可能战胜，也可能被吞没。这样的生命对拥有者来说是残酷的（滴血的生命）。

2. 个体之“生”对父母、家庭所带来的影响

（1）母亲：因“生”而受罪、难产甚至死亡。体质大损，早逝。

（2）父亲已亡后的出生者，被称为遗腹子，一出生就遭遇双亲的残缺。

（3）被遗弃的新生儿，或私生子，或因女婴、残疾、家庭无抚养能力而被遗弃。

（4）家庭多子女，出生即送无子女的亲戚或其他人。

（5）被偷走的婴儿，入人贩之手。

以上五种，都是使孩子出生后就没有血缘意义上的完整性家庭，甚至成为孤儿，被孤儿院抚养、好心人领养，或遭残害，开始痛苦、不正常的人生（从晚报上读到贩卖婴儿的报道）。

（6）孩子的出生给家庭带来喜气或困难、痛苦，这与新生儿的性别和排行有关，也与健康状态相关。母亲的地位，会因新生儿的状态发生变化，或受重视，或被轻视。

3. 从以上两方面整合看

新生儿的出生与成人之间，可能产生的最大影响因素，是性别和健康。这也是对他今后的人生产生持续影响，在有些人身上甚至产生决定性影响的因素。

早产儿在出生后，对其发展产生持续还是一个阶段的影响？不清楚。可能是概率性的。另外，与早产的时间相关，可能是越不足月，养育的难度越大，或者持续影响越大。这方面的研究也关注不够。

重要的是要明白，哪些是不可挽回的，哪些是可以改变的。如果明确（由科学）证明是不可改变的，教育就应不做无回天之力的无用功，但不等于可以不尊重这样的生命。

（1.13，续）

二、关于“死”

活了一辈子，特别是活过十岁以上的人，对“死”就会有感受，有想法。一是自己面临死亡，二是看到他人死亡，其中有亲人，也有其他人。

先说与死相关的事实。

1. 一般，人们首先赋予死亡一个色彩，情感的色彩，与死亡的年龄相关

尚未成独立的人——婴儿期发生的死亡，称“夭折”。

儿童、少年的死亡，从做父母的角度，大多称为“痛失”。对孩子来说也许还不会有太多的体验。

青年，尤其是工作以后，正在青春年华发生的死亡，一般被称为“英年早逝”。

中年，暂时还没有想到专用的词。

老年的正常死亡，特别是高龄后的去世，被称为“驾鹤西去”。如果没有什么疾病，只因年寿已高，悄然逝去，被称为“无疾而终”。

人类对死亡的态度，一般随着生的年龄之长短，通常是从悲多，到逐渐认为必然、不可避免的自然而去，在情感上趋于平静。个人本身也大多如此。

2. 死因

人的死因是多样的。首先，可以分为正常死亡和非正常死亡。

正常死亡一般都是因疾病或年龄“到期”而致。因病治疗无效或抢救无效，是这种死亡的说明。其中还可因病的发作是骤然意外，还是长期治疗而区分，突发、长期治疗是其中的区别。前者因关系人无思想准备而使人特别伤痛。

非正常死亡可分几类：

一是意外事件，如：自然灾难（地震、洪水、火灾等），交通事故（车祸、火车出轨、飞机失事等）。这些事情，不是生命主体自己的选择。

二是意外死亡，大多与主体的自我选择活动相关，如：冒险之类（登山、漂流等）；挤压事件（如今年元旦在外滩发生的三十六名青少年死亡事件）；无节制地做一件事，超身体本身所能承受的极限，且不得休息，造成猝死，超限度死亡（如电脑游戏过度、抢救类工作连续不休息、各种过劳死）。

三是自杀与他杀。是人有意终止和消灭生命造成的死亡。

自杀是个体自己选择的行为，尽管造成的原因有多样（破产、失恋、疾病、犯罪惧怕、保护他人［革命者、秘密团体成员］会出现的行为），觉得生命无意义，如马克思的女儿、女婿，主动要求停止维持生命的医疗行为。他杀有谋杀（事先有策划，因条件原因，如谋财害命、仇杀、情杀等。事先无策划，杀人者为保全自己不受法律制裁而采取的行为，如入室偷窃，被人发现，杀人灭口；遭遇反抗，用强力制止，过度用力致死）、误杀（杀错人，械斗中涉及无关者等）。他杀中还有一种特殊的是战争中的死亡。大量的士兵和一些军官在战争中死亡，都被称为“光荣牺牲”或“为国捐躯”，属广义他杀。触犯法律而被判处死刑的死，被专称“正法”。可以说，造成非正常死亡的原因，群体性的最大因素是自然灾害和人间战争，个体性的是自杀与他杀。

教育的作用，积极的方面，是在使非自然灾害所造成的非正常死亡降到最低限度，使疾病造成的死亡降到最低限度。教育要加强关于死亡的主题。

3.“死”的意义→“生”的意义

死亡，对大多数人来说，都是成年以后的事，是能思考自我以后的事，又是人人生命必达的终点，所以，死亡是人生观和文学、哲学、政治学等人文社会科学常议的主题领域之一。

（1）就死亡本身而言，人们的提问方式（对非正常的死亡）是为何而死？

为情：婚恋、愁、怨、抗、爱与恨！这通常是一般人中情感易走向极端者的一条人生归路。刚烈至此，脆弱的生命常在冲动中断裂、消殒。

为利（财、权、名等）而死，或自取，或为他人谋害而死（争权夺利，甚至上升到雇佣杀手进行暗杀的地步)。

为观念、习俗而死，如守节烈妇，俘虏自杀等。

为公殉职，被称为“光荣牺牲”“烈士”。

为信仰而死，如宗教，如主义，视死如归！杀身成仁。

(1.14，续)

为他人，有为朋友，为父母，也有路见不平、拔刀相助的见义勇为者。舍生取义。

触及法律被处死。

大致归纳起来，非正常死亡之因有三类：一类是为己；二类是为公，为理想，为大众，为他人；三类是犯法，被视为害群之马，罪大恶极，被当时的法律判处死刑者。

(2) 死亡的价值。

因为有了生的作为，对己、对人、对社会都产生了影响，所以，“死”除了引起亲人的悲痛，因亲人永远离去、无法相见而伤痛之外，还会引出价值评价，如毛泽东对刘胡兰的评价“生的伟大 死的光荣”，对张思德的评价：他是“为人民利益而死的，他的死是比泰山还要重的”。所有非亲人的追思、悼念之文，都出自对已逝世之人的生之怀念与评价。所以，死亡的价值不只是由死亡本身所决定的，更多的是对生的评价。

即使是正常或因病死亡，追悼会已成为城市的常态，这都是对生的评价，是典型的“他评”，且是死者已听不见、无法作答的他评。为什么人们需要这样一种形式?

为了活着的人，这是无疑的。

活着的人做此事，也有各种目的。

为了寄托哀思，宣泄心中的悲痛，做最后的告别，念故人之恩与情。还有关于逝者一生的多种追忆。都是活生生的、留在记忆深处抹不去的痕迹。孩子对于父母就是如此之情。我经历的最大的痛苦离别，就是父母的先后去世。爸爸的忌日是1月10日，正是我在日记本上开篇的那天，冥冥之中，似有相通。这几天较易伤感。爸爸刚走时，我几乎有两个星期离不开悲伤。从小，是父亲用他温暖的大手牵着我上学，慢慢长大。只要能记忆起的事，都不会忘。最早的一次，可能是带我到医院去看新出生的“达弟”，小我四岁，这是我第一次看到新生儿，抗战中出生的孩子，满额皱纹。从此，心中留下深刻印象：新生儿不好看，心里不喜欢。刚生完孩子的妈妈是怎样的，现在一点也想不起来了。母亲去世，也是这样。也许是因为经受了一次父亲的死亡，心理上的承受力大了一些，再加上母亲多年的痴呆受困，让我感到死对于她可能是一种解脱。一个看不清、听不见、不能行动、脑又坏了的人，这样生存在一个如死寂般的世界里，实在是令人心痛。她曾是如此聪明的人，却无知无觉。幸运的是她属高寿，无疾而终。死亡并没有构成一个巨大或漫长的痛苦过程，即使是肉体的折磨，也不多。这让我们多少有些释痛。

然后，让我自己意想不到的是，此后的回忆、思考不是淡了，而是往深处走了。我和父亲一起生活的五十年，半个世纪；和母亲一起生活的五十八年，大致可分三段：朝夕相处的十六年，密切依存的十年，结婚有了小家庭后的二十五到二十八年（因经常下乡、下厂，去大丰、安徽、西藏、南斯拉夫，都以年为单位，离开父母而减少了接触）。爸爸是在我五十岁那年离去的，母亲是在我近六十岁那年离去的（五十到六十岁，可能是大部分人与父母隔世的年龄段）。

这一深处，主要是努力地、有意识地去追寻、深思：父母生我养我的过程，给我留下了什么，在精神品质上、气质上，烙在心灵深处，并成为自己个性和人格的是什么？他们的养育成了我一生的财富，这是一种人格的力量。在普通人身上，在没有成什么所谓伟业的人身上，都有人格力量的差异，而构成这个力量的首先是价值取向。通俗地说，是怎样做人。这是会影响一辈子的。这让我永远感恩，父母虽然没有优越地位，赋予我们丰厚的物质生活，但是他们让我懂得人要有尊严地活着。父母的养育，形成的是人的“精神脊梁骨”。

我因自己的经历而体会到，高中毕业以前和父母不相分离的人生，是一个人形成人格和精神品质的最重要的基源。此后，如我，尽管会有自己的专业领域和天地，会与很多不同领域、各式各样的人接触，除了各种职业、专业、地位的外在显象之外，接触多了，能透过这些显象，或从这些显象中积淀下来，认识到的人格状态，还是家庭、童年、少年期的生存状态之结晶。

这就是人生底色之重要。而父母也不是从天上蹦出来的，一代代的家族文化，就这样通过每一代“具体人”的折射而保留下来，特别是渗透在习俗中的文化传统，是一种最悠长的流传载体。它使我们成为中国人，无论其中的差异有多大，是好，是坏，但始终是中国人，即在另一种文化中不会用此种方式生存的类特征。

另外，15 岁以后，可能志向、心性已定者为多。人开始独立承担自己的责任，无论是学习的，还是其他。

对死者的怀念，是对生者的生命启思。这是“死”对他人，更多是对亲人、挚友的价值。每个人的生命的离去，对愿意反思的亲人来说，都可能具有这样的价值。

除此以外，“死”的价值评价，除了非正常死亡中的因公、因己，为国、为民，以及事故之外而生的光荣、伟大之外，还有因为一个人在“生”之时于社会、于他人的贡献之大小，名誉、声望之大小，带来非常不同的社会反响或历史效应。后者一般以德性或专长，成为人们纪念的对象、楷模，有的则因其历史地位，永远留在历史的长卷中。要想继往开来，就绕不过。

前者如焦裕禄、雷锋，学界各领域中开创性的人物等。他们的生命滋养更多人的灵魂，但中国唯有孔子，成为因道德、人格、思想而在世世代代中国人的生命中留下精神力量的人。哪怕是不识字的老百姓。中国历史上没有一个哲学家可以和他比肩。在外国历史上有无这样的真人？若有，大多以带有神性、宗教的方式存在，如耶和华等。为何孔子的言教能起到这样的作用？可能就在于其言论的情与理，都出自人间，与人生有关。所以能化为日常之理、可行之理。是基于人伦的常情常理，故而能延伸、流传。合情合理的学说才是有文化生命的学说。“日常”两字实在是最富深意的两字，是与生命息息相关的两字。

孔子并没有什么翻天覆地的事功伟业，他只是指导人生，人该怎样活，这也许就是儒家的价值（关于儒家的异化，是历史现象，尚需专论）。当然，这与孔子出身史官，并有过一定的官职有关，不然，不会有言论留下。有学生，又是一个学派得以生成的基础。学生和再传学生中，又有几个有著作留世之人，如孟子、荀子。但学问已经与个人的处境离远了，特别到荀子，一篇篇都是专论了。这也是中国古代文体的一种演变方式，从对话到专论。孟子、荀子的形象也就不像孔子那样生动鲜明、历历在目了。写着写着，想读《史记》了。

第二类是历史上翻天覆地的人物，在中国就是那些帝王将相，诸如秦始皇、刘邦等，近代以来的孙中山、毛泽东等。然而过滤掉那些事功伟业，最后活在老百姓心中的还是个性、人格是否值得敬重，是否为民做出贡献，改变了大多数人的命运。这恐怕就是为何当今还常听到普通老百姓对毛泽东、周恩来等领袖人物的怀念。

人心是无法炮制的。情由积淀而成，恩是感受到的真诚。人都会用理想人格，包括普通人所言的好人、坏人，来衡量公众人物。其他的人，再首富、再明星、再大师，在历史的天空中，在人们的心中，依然是流星。

这也许可以导出我们教育的宗旨：让每个人过好一生，做个好人！自然，对这个“好”是什么，需要研究。我更看重这个意义上的平等，即每个人都要珍惜自己的一生，过好自己的一生，使自己有尊严地、像人一样地活着！

其实，世风说到底都是人性的表达。世风败坏之时，是人性中的自私、贪婪、无度享乐、无视他人利益等方面不但不受抑制，反而有制度可护，有空子可钻，不以为耻，反以为荣。疯狂者得志且猖狂。相反，则是人人都懂得自尊、自爱与尊重、爱护他人，形成有序和文明的社会。

符合人性中协作、发展、创造力的一面并促使其进步的社会，是和谐、有活力、有希望的社会。理解社会还要从人性的基本构成与协作发展意义上来评。

理解个人和理解社会，是在两个不同层次上对世界的解读。可以思考“文明社会”的根基、特征与构成。无论是用社会代替个人，还是用个人代替社会，都是缺乏系统层次观的表现。一个人的社会行为的价值，是用社会的标尺而不是个人的品性衡量，尽管其行为之所以如此确与个人相关。反之亦然，现在许多人的观点就是在两个层次上错层混乱。

以上关于“死”的分析表明，“死”的方式、性质都是“生”的过程之最后了结。“死”是“生”的终点式表达。西方的人生哲学主张“向死而生”，中国的哲学主张“活好今生”，还有人认为“好死不如赖活着”，更有人把死作为斗争的对象，来体现自己生的意志。

孩子自从知道“死”是什么之后，都怕见到人“死”。因为怕“鬼”，怕父母死。不知道父母先死了，自己该怎么活。我小时候曾产生过自己愿意比爸爸、妈妈先死的愿望，因为不知道生活会因父母双亡变得多么可怕。孩子也怕自己死，因为有摔跤、划破手脚、生病痛苦的感觉，由此推测死是一个痛苦的过程。我甚至有过希望自己是无痛、速死而离开人世的念头。孩子还不会有太多对生的眷恋，因为尚未有人生丰富的甜酸苦辣的体验，没有那么多的牵挂与不舍。孩子尤其怕见到惨烈的死！同样面对死，成人和孩子大不同。

关于“生”“死”的教育。怎么在孩子知道生死之后进行教育？这是一个可能会持续一生的问题：如何活？如何避免无谓的丧生？如何坚强地面对命运的灾难？如何面对不可避免的死亡？然而，更为重要和根本的是让孩子学会思考如何活。

（2015. 1. 11）

絮言“碎片”

今日立春，寒尽春生，新的一年，自然意义上的生长年又始。我开启了这本新笔记，题名为“成裘集”，意为：是多日“碎片”积累后，经主题化加工、思索后形成的笔记，以区别于读完一本或一类书后写的笔记。

说起“碎片”，当其与知识联系在一起时，往往是贬义，似乎唯有“系统”才好。即使是在日常生活中，“一地鸡毛”、碎片式的同义语，亦非期望态。人似乎好条理，好清晰，好有序，但细想起来，常态却往往是“碎片式存在”居多，且常常先有了碎片，才有可能慢慢有所积累，才有可能做系统式整理。这是近年来长期以摘抄方式收集所读的书及各类报刊文章，以日而行，数月甚至半年左右稍加整理（按大类），以备写作之用。写作时再细分，同时形成大致提纲，然后再慢慢展开写。以前的写作多以不同著作的主题式集合为据，但因为读著作是系统、连续的，一本本读，故未有碎片感。这次因为要理清四十年来我们社会的变化，只能在平时的非系统阅读中积累自认为重要的事实与观点。两个星期前就筹划写作，花了两个半天做梳理。最后，又读了一些文章，再做了一次梳理。碎片感被清晰化代替，而且意识到以往对“碎片”的轻视是一种偏见，应该为它“正名”。这种偏见是因对“后现代”强调碎片化，并以此贬低系统而生出的“反感”造成的。这是人在思考问题时，常常以“偏见”反“偏见”的又一例证。

其实，人的认识，无论是对人、对世界、对生活、对自我、对工作、对社会，无不是从碎片开始的。

人一出生，与世界的最初链接方式是刺激—反应，潜在的神经细胞和反应模式被激活，只要有新的刺激物，就会激活一组新的联系。最基本、日常的联系被不断重复，这个突触和通路就长得“坚牢”。这种不断重复是非连续式进行的，所以婴儿接收信息的方式是碎片式的，直到这些联系方式在一段时间里以一定的、不太变动的、有关联的程序方式被强化，婴儿的脑神经反应，才会组成一组，渐渐再向一个系统的结构，进入到有规律的生活状态。与身体相关的联系以这样的方式建立，与语言、认知、精神、情感、文字、知识的联系，也是如此，都是由碎片而渐入系统，最后方能进入到日常的文化及其他方面，从语言到其他方式的交流。即使是到后来的系统阅读，也是一句句、一章章积累的，在文的意义上，句子也是碎片，然后一段段、一节节延伸，逐渐组成为系统。因为，虽然作者是已经系统化了的认识表达，但表达还是必须一句句完成，只是是在已有了框架后的表达，而非“信马由缰”。当我从不同的著作中做出自己认为需要的摘录时，行动上是从系统中挖出需要的碎片，但头脑中则或是在强化某一种观点，或是在丰富某一种观点，或是在补缺、发现一个新的方面或层次，或是在汲取一种新的思维方式，或是在收集一种对相关问题的整体式构架与评价……对我来说，脑子里有个主题，有以往已经积累和经验式的框架，然后不断用碎片补充、开拓，甚至带来新的启发或原有框架与思维方式的突破。总之，无论在最初阶段还是认识阶段性完成时，“碎片”都有重要作用，不可或缺。当然，碎片不会自动变成系统，“成裘”的过程，要靠研究主体的能力和自己的独立思考，不只是在结构化的意义上，而且是在最后形成的观点之个性化独特性上，在表达的风格上。

自认为，这是我对碎片与系统关系的最新认识。以后有时间，再重读一些后现代的相关著作，看看是否有超出它们之处，而不只是简单地回到经典。这是我近年来一直在练的一种思维基本功：将对立、断裂处连接、镶嵌起来，在有机化的生成过程中实现内在关联，不只是不可分割。

（2018.2.4）

访神户大学

2002.10.6，晚，星期日

于神户大学招待所“学而庄”201室

地址：神户市滩区深田町1丁目1－25

Tel：(027) 854－0250

清晨，冒着点寒气，我们一行六人登上了中国国际航班，从上海飞往神户。这是我第一次去日本，为了参加与日本神户大学的学术研讨会。因是首次，故想把点点滴滴的印象与感受都记下，留作纪念。

上海到神户只需飞行一小时四十五分钟，与到北京的距离相仿，比到广州的距离还要近，但从心理上来讲却远得多，因为是“国外”。

到了神户，也许因为阴天的缘故，没有明亮感。机场是简洁的，海水是深蓝的。土屋其规教授（2018年仙逝，谨致哀思）独自一人在机场迎接，一个资深教授亲自来接国外来的一群朋友，这让我有些意外。吴遵民对土屋教授的感情自然、亲切，毕竟他在这片土地上生活了十一年。

在机场吃了“味千拉面”，我们一行就上了高速公路车。车程一个多小时。发车时，一位负责管理运行的员工，深深地一鞠躬，给我留下了深刻的印象，他们已经那样地习惯于鞠躬，也许敬业的精神就在这行礼中逐渐形成。

一路上的景色没有留下太多深刻的印象。这是一条沿着海湾行走的高速公路，一路上有好几座蚌壳形的小桥，和我们的斜拉桥上不封顶，形成不同的感觉。在诸多桥梁中，有一座最长，也显得华丽，但因旁边无人，我也不得问问。

进了神户，并没有十分繁荣的感觉，一是人不多，二是房子相对较旧，这与我们上海一股子朝气蓬勃的气象简直不能比。问一下吴遵民，知道了这个城市是在明治维新以后逐渐繁荣起来的，现在已过了它的最佳期，人们只是平静地生活而已。自然，这不过是最初步的印象和猜测。

原以为下午可以休息一下，土屋先生却说放下行李，稍事休息就到会场。会场上人并不很多，也没有横幅等十分醒目的东西，他们只是在很认真地讨论着关于发达科学学部的过去和未来，一件已经做了十年的事情，借庆典来一次大回放和思考。

晚上到宾馆已经近七点，由于没有茶喝，显得特别想睡，但一想，不能一开始就懒，硬打起精神，写了这几句。

（10.2，星期一）

清晨醒来，尽管云层浓厚，但还是有阳光透过窗户，恰好照在让我感觉到的居室内最有特色的一角：小茶几和带曲靠手、藤靠背的椅子上。茶几上，最令人瞩目的是直柄的茶壶和青瓷的茶碗。为了体现是旅居的客房，我把旅行箱摆在靠背椅的后面，拍了一张照，落地而放的电视机的一角，也作为特色的组成，进了镜头。

昨日累了，还没有描写我们的居住地，一个看起来像一幢住宅，实际上是招待所的“学而庄”。这名称颇为亲切，“学而”之名显然出自《论语》。

一进门，就是一排鞋柜。一边放编着号的拖鞋，一边放换下来的鞋子。拖鞋是一色的红皮拖鞋，为了不至于造成混淆，所以编号摆放。但我们一行粗心的男同胞常常搞错。

房子两层结构。底层是客厅、服务员工作室（面门而开）和由木门隔开的小餐厅。有空调，也放着一架立地式小风扇。上楼以后，在楼梯的一侧就是一排六间小屋，每室一人。一张最简式的单人床，一张写字桌，配有日光台灯和一把转椅。厕所浴室的大小，刚够安置浴缸、马桶和一人进出，转身。门是朝外拉的，自然也是为了节省空间。通往阳台的门是立地式的玻璃拉门。居室虽小，但一尘不染，要用的都具备了，这是日本式思维在经营上的反映。

7：30下楼去进早餐。一进门，每人一盒用木盒装好的早餐已放好，静静地恭候着客人。我们赞叹着，随意席地而坐后，服务员满脸笑容地弯着腰、打开拉门出现了。我为这一幕感动了，马上要求一起照了一张相。早餐的感觉不错，没有如人所说的吃不饱之感，但除了热茶和汤以外，其他都是冷的。晚上的宴请也是这样。日本人为何喜欢冷食？这个我不懂。

上午，一位年轻一些的老师来接我们走。路上我没注意，接我们的老师说看到土屋老师的小车也朝我们这个方向驶来。到会场一问，果真是他。原来他出门早了，不放心我们，还是过来看一下。

今天是在神户大学发达科学学部开会。学部给人的感觉也不豪华。这个百年老校，一切都显得沉稳，有钱也不往装修上花。在我们住所的对面是一所小学，六层的楼房和一个操场，平实得很。我们上海各校的大面积装修，是否有点暴发户之嫌？日本的文化至少在神户让我感觉到的是浮华之风少，就像日本的姓名一样，自然的感觉更多一些。

晚上算是校长请客，但由系主任出面。在滩区的酒心酒家，是较好的餐厅，但也没有车水马龙、灯红酒绿的感觉，一切都还是悠悠的静。服务员并不盛装，朴实得很，但没有我们住所的管理员可爱。

进学部后，先到系主任办公室休息，会客室就在旁边。两幅油画、一些展品，呈现了这个学部与国外交往的状态，我们在这方面又显得弱。会客室的桌椅透出些古典的气派。在同一个楼面上，又有开放的阅览室，阅览室的楼下是三层书库，书源十分丰厚。

上午的报告会，由土屋主讲。谈的是日本教育的宏观问题。他十分珍爱这样的国际交流，因为这是他一手栽培出来的“花”。下午两个报告，一个与人口相关，一个是郑金洲的，还是引起了很好的反响。会上真正的日本人来得不多，大多也只是学生。留下深刻印象的还是两面大的国旗。

(10.8，星期二，雨)

早晨起来，天就不好。按约定，土屋先生9点到学而庄接我们。去得早，主要是为了到神户大学正门去看一下。正门不大，但古朴。直对着正门是两层十几级的台阶，中间可以歇脚。今天上面正好歇着一辆白色的小轿车，两边是校友送的两棵大树，把轿车掩映，给人一种幽深感。在松树的边上，是一个神户地震纪念碑，写了在大地震中死去的学生，其中还有五名中国留学生。碑上写着：“他们的才智和为人将永远记在人们的心里”。

土屋先生带我们穿过穹形的门廊，进入了图书馆，阅览室给人的感觉像教堂。因为时间关系，匆匆一瞥就出门了。一出门，天就下起雨来，一个大半天再也没有停过。这是神户的秋雨，遗憾的是还没有到红叶满山的时候，樱花则早已开过。

见下雨，土屋先生就立即要了一辆车来接我。晚上，他听卜玉华说要陪我去逛商场，还有王芳，他不放心，坚持一定要陪同，怎么劝也劝不回，最后他说这是他的责任。如此有责任心的教授，我还真是第一次遇到。

白天的报告会进行得十分顺畅。我的报告回答了对当前社会变革与学校改革关系的看法，关于“新基础教育”的介绍，只能从简。因为在半个小时里要想讲清楚这样多的问题是不可能的。听者很专心，但给我的感觉是他们不完全听懂，反应不出来。这也许是语言和文化的关系。

晚上，由学部请客，吃的是中餐，大盆上菜，我才算体会，吴遵民到上海来为什么会喜欢点这样的菜。从他身上，我感受到一个人不能在一个圈子里停留得时间太久，太久了，人际关系会紧张，心胸也会变窄。

（10.9，星期三，晴）

今天结束了研讨会。早晨，大家到吴遵民家的老房东那里去看一下。说是去看庭院，但惊动了主人，总不可能不进去。

这是两个老人组成的一家。男主人已经83岁了，女主人约年轻十岁。男主人有养老金，女主人一家11口都被广岛原子弹炸死了，她因当时出门在外而成为唯一的幸存者，故享受着政府补助。门外的空地正好成为可供他人停两辆车的停车位，换来约每月十万日元收入，这些成为老两口日常生活的基本经济来源。他们共有三个子女，由于父亲爱好音乐、书法，所以孩子们都爱上了艺术，分别在公司的文化部门、艺术院校等处工作。这就是拥有一幢私家住宅的人的生活构成。

吴教授在留学期间，先后两次多年租住他们的房屋，并经常向其请教日文，老人给予很多帮助。按吴教授的说法，亲如父子。

进屋以后，女主人拿出点心，沏上茶，男主人也十分高兴。谈着谈着，竟主动提出是否唱一首童谣给我们听，真是意外极了，我们很高兴。他唱了，是教孩子们唱时钟的节奏和说再见，像是幼儿园小孩子唱的一首童谣。一遍唱完，他又教我们跟着唱，一个早晨就这样从童谣中开始了。

上午，我们在新神户乘新干线到了京都。京都是德川时期的都府。德川作为一个“挟天子令诸侯”的人物，是统一日本的历史人物，类似秦始皇。在京都，我们参观了德川府（类似故宫），建在唐宋期间，从建筑风格来看，更像宋朝，整体的印象是气派、凝重，再加上蓝天和白云，组成了一幅幅很美且富有日本感的图景。

参观完了二条城，到京都御所，即以前天皇到京都的行宫。只因已过下午3：30，没有让参观。我们稍事休息，就到岚山。岚山作为一个风景区，不仅因其景色（望月桥、岚山）有山有水而闻名，且因周恩来总理年轻时两次雨中游岚山，廖承志在总理逝世后建议日本政府刻石立碑而闻名，成了中日友好的象征。行程匆匆，结果几个小伙子都喊累了，我还可以，看来还未到衰老之时。

晚上7：30，匆匆赶到新神户附近一家料理店。几位前后学部主任和学术推进委员会主任，还有两位年轻一些的副教授（陪同我们游览的吉田和大副）及那位很聪明的女士，都等候已久。分别就座后，小石先生首先代表日方发言，他说自己尽管未能自始至终参加研讨会，但听说会议举行得十分成功，他很高兴，希望这样的交流能继续。而后，现任主任和田先生又发表了讲话，说两天来大家辛苦了，希望今天像一家人一样过一个轻松的夜晚。我也做了答辞，表示收获和感谢。然后就进餐。渐渐地，气氛活跃起来。吴教授问了一下大家对会议的看法。三个人发表了意见，归结起来大致是：

第一，意外。我方人员的认真和发言水平的高质量，尤其让人意外。他们感到这是一次高质量的研讨会。我们出席人员的年轻，也给他们留下了深刻的印象。

第二，会议发言有比较性，不是各说各的，这是以往的交流所没有的。

第三，观点鲜明，问题清晰，并富有冲击力。遗憾的是发言后讨论的时间太少，希望下次会议能多一些讨论。

总之，他们对这次会议十分满意，希望下一次能在上海继续举行。

我即时回应了三点：

第一，日方对中国一些问题的研究，资料掌握之详尽，令我们意外。

第二，实证式的研究方法留下了深刻印象。

第三，会议的气氛是认真而坦率的。

大家越说越高兴，最后的晚餐确实成了高潮。

我们作为教育学系组织的首次访问日本，参加学术研讨会，算是获得了成功，我十分高兴。

有了这一次的开头，我们今后对外交流会更有信心。

在去岚山的电车上，看到了六个日本小学生，他们上了车不入空座位。共换了两部电车，一直如此。我请吴教授问他们为何？答曰：让老人、大人坐；问是谁教的？答曰：父母。后又听说日本有公共场合尊老爱幼的舆论，孩子们几成习惯。

访西班牙马德里大学

（2009.10.8，星期五）

10月7日下午1：15分，乘汉莎航空公司由上海到法兰克福的飞机，开始了这次近两个星期的西班牙、德国学术访问。这次学术交流活动，由我校比较所的黄志成、徐斌艳两位教授出面联系、促成，一路都由他们承担联络、安排等大量工作，我从心里感激他们的真诚帮助。

西班牙和德国与北京时间的时差，均为6个小时。从上海到法兰克福是晚上7：15，我们飞了近12个小时。从法兰克福转机只需在护照上盖个章就算过了。法兰克福出关时，行李经过安检，站在安检出口的几个警察个个人高马大。

法兰克福机场据说是欧洲最大的机场，我们出登记口走到A区25号登机口，至少走了20分钟，这才体会两个小时的转机时间是需要的。

从法兰克福到西班牙马德里已经晚上11点多。意外的是马德里下了一场大雨，我们到达时还在下。机场居然漏雨，取行李处满地是水，他们说马德里难得下雨，机场才会出现这种状态。第二个意外是哈维尔到机场来接我们，只是为了迎接我们，表示欢迎。我们住的宾馆算是四星级的，洗漱后入睡已是凌晨1点多，我们决定第二天的活动10点开始。

（10.9，星期六，晨）

8日，时差还没有倒过来，上午就开始公务活动。早晨6点多醒来，天还未大亮，推开窗帘就看到了马德里天空的第一片朝霞，拍摄下来，成了我到西班牙摄影的“开张之作”。

上午，到马德里自治大学教育学院。在接待室里，大家相互熟悉了一下，就进到学术报告厅开始交流活动。院里也贴出了海报，题目是“中国和西班牙：教育与教育学研究”。原以为的小型座谈会，成了一个中型报告会。参加会议的师生（包括系主任）至少有一百多人。学生们都听得很认真，听众中基本上没有人到过中国。这次报告会也是我和政涛、家成的第一次出国合作，同一个主题由三个人的报告来完成。

马德里大学也请出了他们原先的资深教授、副系主任（现已调到另一所大学）介绍了欧洲、西班牙的教育与教育科学发展情况，思路很清晰，但并没有自己的评论和观点。黄志成教授还追问了一下，给我的印象是一个出色的综述者。另外一个副系主任是莎拉，她主要讲述了社会教育问题的研究。他们自 20 世纪 90 年代开始研究该问题，2000 年已正式成为一个专业，可以授予学位。她的报告让我受到的启发是：如何提高社会的教育基础，是一个教育的问题，不只是一个社会的问题。教育社会学的研究在领域上，还要拓展到社会中的教育问题，而不只是社会学在教育领域中的应用。社会的教育基础的改变，要通过教育的努力，这在一定意义上回答了我们今年正式立项的“教育的社会基础”这个课题的一个方面。

我们三个的报告在内容上基本具有一致性，只是还需要找个时间一起来讨论一下磨合问题。

双方报告结束，我们收到两个问题。第一个由该系系主任提出，他从报告中感到我们很重视实践研究，请问理论人员是怎样培养的。这还是一个古老的问题，理论与实践的关系问题。我的回答从对象和源头开始，回溯了历史上理论与实践的关系问题，认为丰富的实践不是不需要理论的依据，实践研究恰恰是新的当代教育学理论发展的需要。不能用其他的丰富（包括实践本身、其他学科发展本身），作为消解教育学自身发展需要的理由。第二个是一位硕士生的问题：为什么中国都较尊重教师，这稍稍游离了主题。

报告讨论会给我的感觉是他们很精心地组织了这次活动，但因用报告的形式进行交流，问题交流尚未进入到深层，这还与该国教育学科也是从国外引进相关。我们所存在的依赖性问题似乎有普遍性，不仅在国内的社会科学中，也在国际相关研究中，在大多数非理论原创国中更是如此。看来我们是触及了一个国际深度问题。中国应该是可以改变这种状态的一个国家，我们有自己独特的汉文化作为依据，目前我们正处在力图走出“引进—依赖”路径这样一个阶段。我们把西班牙作为一个南欧国家去了解，欧盟的情况也基本清晰。美国已经成为一种新崛起的教育科学意义上的代表性存在，这也是他们的传统，以复数代替单数。但复数也是由单数组成的，只是在这些单数中缺了一个层次，从整体上来把握教育的单数学科。

我期望到洪堡大学是一个小型的研讨会，能让我们的观点得到一些深度启发。

访德国洪堡大学

（2009.10.16，星期六）

10 月 15 日上午到洪堡大学，这是我们访问的最后一次学术性交流。前天下午在洪堡大学门前与洪堡兄弟的雕像合影。昨天上午第一个安排是到校长办公楼与校长见面。正对楼梯的墙面上，就是马克思的一段语录：“哲学家们只是用不同的方式**解释**世界，问题在于**改变**世界。”这样的马克思语录在国内现在已经很少能见到了，且是用金属字母铸成的。

上到二楼，走廊上是一排诺贝尔奖获得者校友的照片和简要介绍，其中包括爱因斯坦等，有三十个左右。走廊的另一部分墙面画的是历任校长的大型油画画像。这是即将迎来两百年校庆的洪堡大学的历史记忆和骄傲。

校长会面以后，该校的外事办主任也与我们见了面，表达了他们关于国际交流的进一步设想，那就是不以广泛交往为目标，而是转向深度交往，多国网络式交往。我们这次的讨论正是一种学术意义上的深度交往。在校长室，我们还在洪堡兄弟雕像边与校长留了一个合影。

会议在 10：45 左右开始，由比较教育的汉茨教授主持。前天下午，汉茨夫妇已邀请我们喝过咖啡。一大早，他就带着夫人织的围巾、中午的干粮，在办公楼里等我们，大家已经有了老熟人的感觉。座谈会还来了一位学校教育研究方法的教授和成人教育研究的副教授（代表院长），还有几位中国留学生，共计 18 人左右，这是非常适合座谈交流的人数。

汉茨教授提出了要求，他说已看过我们的材料，希望我们把观点择要叙述。我从中国教育学发展历史切入当今中国教育学的丰富与迷失，提出了依赖与独立的一对矛盾，而后再进入到丰富的整合性、有计划地提升教育学研究水平，同时，我们还进入实践与文化两条主线的扎根研究，这是一个巨大的工程，通过这次出访，我把这条建设路线也搞清楚了。

通过和他们的交流以及对问题的回答，我又明白了几个方面。

第一，教育学因丰富而迷茫、丢失自我，因移植而依赖，因分支而解构，这已经是一个世界性的问题了，所以我们在学科建设方面所做的研究，触及的是一个世界性的教育学问题。

第二，生命的认识必须从终身的意义上去思考，才更具有教育的全程性与生命的全程性，这也是为何当今世界关于教育的要求会走向终身的原因。目前，在这个领域里较多看到的是学校教育与社会的不适应，学生的社会适应性不够强。

第三，中国的教育学理论与教育问题只能由中国人自己来解决。所谓中国的教育学理论是指以东方文化为背景，汲取和体现东方思维的教育学理论。它在研究、解决中国当代问题中积累、形成、清晰和系统化。但形成以中国文化和问题（包括历史、现实与未来）为背景的教育学，还不是追求的终结，其目的是与西方对话、沟通，最后形成在当代意义上，也许是首次能在真实意义上进行东西方交流的教育学。只有在这个意义上，才能对话，才能形成在东西方意义上的普通教育学。当代中国需要有教育学上的“汤因比”。

我得出的观点是：只有具有了自我，开放才会带来发展和丰富，没有自我的开放和由此而得的丰富，其结果是杂乱、自我的迷失或完全的消解。应该说，这是我这次出访最大的收获。

二、与自然对话

梧桐知秋

今年暑假，除了两次集中外出，基本上都钉住在窗前的小桌上，看着、写着，只要一抬头，不用起身，就看到窗外对面人家屋后的一棵树。

早先也没觉察什么。一个炎热的漫长夏季，只觉得一片绿、深绿。连着下了几场雨，连小小院子里的草都疯长。夏天的烈晒与蚊虫之类的叮咬，闹得我今年都没心思去管它，常常只是在阳台上张望一下就罢了，太乱了就请物业帮忙割一下草。

今天清晨，偶尔抬头，不经意中，竟晃进了一些焦黄色，它来自何处？窗前的树叶与旁边长青的桂树形成鲜明的对照。是啊，立秋已过，处暑已过，尽管天还是一样热，空调照样开，人怨无秋，叶却已知秋了。

我想，它可能是片梧桐树叶。梧桐与夹竹桃是我心目中夏将至的信使，而秋也常是它先知。首先是从一片漂亮的落叶开始，而后渐渐地随着飘落，渐渐地满树叶子变得焦黄，再由一阵阵风把它们一批批吹落，直到真正的冬天到来，我们还常常能看到枝头挂着几片残叶的梧桐，剩下的，是一年就能长出很多、造型虽不算优雅，但依然有力度的枝干，挺立着，等着寒冬的敲打。

梧桐见证了一个完整的秋。常说“一叶知秋”，但世界上的叶，有许多未必都知秋，像桂树，基本不知秋，它不落叶；樟树也是如此。有的也许知秋，但黄得快，落得也快，不像高大的，叶子出生、长大，前后很不同的梧桐叶，是一叶先知，渐渐普知，再阵阵落地。一个秋天，如华东师大校园里的梧桐，把从前门到后门的一条大道，把办公楼前的草地，洒满落叶。每当风起，有从地上被卷起的，有从枝上下落的，飞舞着，由于叶枯黄，踩在上面会发出声响。梧桐用它年轻的生命之最后的力量，舞出了独特的秋韵。

秋天里的两大“黄”，梧桐与银杏，梧桐更像邻家女孩，银杏可称为小家碧玉。

不知为什么，我更为梧桐感动，尽管银杏的杏黄要比梧桐的枯黄华美。

（2007.8.26）

溶·融

一年一度的春天，在寒冬之后，没有浩荡春风的伴随，悄然而至。年前就立春，过了雨水，惊蛰无雷，已经暖暖、晴晴了一个多星期，真想脱棉袄了。

前天的《新民晚报》上刊登了赵丽宏撰稿的《玉屑集》。其中一篇《春在溪头荠菜花》把古今的春意做了一次集聚。《玉屑集》并非每一篇都耐看，但这篇我细细地品了一下，也许是因正合时令，而且我自己也需要调节吧。

赵丽宏选取的诗，时间跨度很大，从《诗经》一直到清诗。诗人有激越的辛弃疾、老道的韩愈、哲理的朱熹、唯美的李牧，这些诗人的风格被人公认很不相同，但对春的吟诵视角却十分接近，用两个字来表达就是“自然”。岁月已逝去几千年，人间沧桑，几度翻覆，但自然依然故我。用“自然经济”指称社会发展水平，在我看来要比“农业经济”好。自然天成，人与天地融为一体。自然不仅是生养人的“父母”，而且成为使生境发生四季变化的伟力，万物由此生生不息，变化不已。它同时又成为人的审美对象，在审美时，人在自然中。尽管诗人在诗中并没有写自己，但我们可以随着诗人的眼睛看世界，随着诗人的想象飞出局限的世界，与自己的感受和经验世界相连，产生共鸣。诗的感染力是诗人的心灵和语言的感染力，只有诗人的心灵和语言融入赏诗者的心中，才能使诗有魅力。诗的魅力是心灵与心灵的融通。

古人咏春的诗，都以景的描写为主，人隐在自然中，如“桑”“茧”“东邻”是虚指养桑蚕之人，“沽者”青旗沽酒人家也是虚拟的写景。唯一实写的是“儿童散学归来早，忙趁东风放纸鸢”，然而却带不起想象，经不起吟诵，显得过分直白，且与前两句“草长莺飞二月天，拂堤杨柳醉春烟”不能相配。这种感觉也许就是因为破坏了“融”而生。

在写景中，你除了能读到诗人的眼光之移动，还能感受到他在自然中赏春时的脚步、身影移动，以辛弃疾的《鹧鸪天·陌上柔桑破嫩芽》最为代表。

第一二句是诗人踏上阡陌时细看的春景：“陌上柔桑破嫩芽，东邻蚕种已生些”。一“柔”一“嫩”，不细近地看是看不清的。一个“破”字，写出了春的力量，生命迸发的力量。第二句可以看出他已到邻家，且是“东行”。“平冈细草鸣黄犊，斜日寒林点暮鸦”，这两句点出了时间近黄昏，故用“暮”“斜日”，人则走上了平冈，景进入中景。“细草”对“寒林”，表达的都是早春的景色，一是春之初，一是冬之尽。“黄犊”“暮鸦”，一“鸣”一“点”，增加了动态，动物之态和声音、动作，画面与第二句比，范围更大一些。接下来两句是放眼望去的全景：“山远近，路横斜”。这是立体式的地图，“青旗沽酒有人家”则写出了初春时的闲适。最后两句将人带到想象之处：“城中桃李愁风雨，春在溪头荠菜花”。桃李虽娇美艳丽，但是经不住风雨，一个“愁”字衬托已尽，而春的“驻扎地”却在朴实的贴近泥土的荠菜上。这两个反衬句，把辛弃疾的性格又突显了出来，爱朴实有力的荠菜花，一反常人对桃李不绝的赞美。

在读这些诗句的过程中，我渐渐悟出了古诗的特色，虽有对举，但不严格，有声有色，有景有人，有意有形，有动有静，组成一幅幅耐人寻味的画面，无怪乎须咏唱才能知其真味。

我读咏春之诗，最触动的是韩愈写的“天街小雨润如酥，草色遥看近却无”。“酥”是一种味觉，是一种化的感觉，似无却溶进、充满水中。草色的遥看有、近却无，马上让我联想到初春最美的一行行柳条，远望绿盈盈的一片，近看却是枝条泛青，抽出点点新绿，远没有遥望的感觉。韩愈的诗写出了春的真谛。

我想用“溶”与“融”表达春之意。春天是水泡出来的，是阳光暖出来的。冬天也许并不乏雨水，种子、根、枝条都吸足了水，但没有阳光，那是冻水，生命被冻住而无法伸展，它只是在期待，在蜷曲中守望，用生命内在贮存的热量保持、存活着基础性的存在。春雨酥而绵，它不断由外而内地浸润生命，终于融化了冻僵的身躯。水的“溶”、阳光的“融”，两种不同的滋润、唤醒生命的力，在春天合在一起，化出了以生命装扮的春意。

无论“溶”还是“融”，都是一个缓慢的、优美的过程，在无声无息、不知不觉中，一切都在变化。忽而，你被溶·融后的世界惊醒：春来了！

溶和融还是一种人对春意的感受。水溶化出的生命是朦胧的，大地在似醒非醒之中。春天的雨有声、有色、有味。青、绿本身又是水色，所以整个春天就让人有滋润感。人也被溶在春色之中。“融”则是似界无界的感觉，融为一片。“融”是化寒为暖的过程，它需要的是热量。想必一切生命都有体温，只是我们不知怎样去量。春天给人带来的暖意用“融”是最好的一种表达。

溶和融，水和阳光，生命的能源，最原始的力量、生命、春、绿，在溶和融中舒展出人间最美的季节。在严冬和炎夏之间，我们庆幸拥有一个溶融的“春”。

然而，一到四月，春就开始闹起来了，万紫千红，百花盛开，夏却悄然而至。每个季节来到人间时，都是悄然的，一到成熟，就张扬、浓郁起来。就像人一样？

（2008.3.9）

草花马兰头

自从搬到九亭，屋前有了一块属于自己的不足40平方米的“土园子”（名之“紫园”）后，我的心里多了一份秋天的牵挂，不是落叶，不是芦花，而是小小的马兰头花。

真不知道上海人春天餐桌上十分喜爱的这种凉菜原料——马兰头（用来拌豆腐香干）的学名是什么。“马兰头”是对这种长在田埂边的小小野菜春天长出的嫩芽的称呼，就像把婴儿称作“小毛头”一样。上海人也实在是会吃，知时节，专吃野草刚冒出的嫩芽。由于它的普通，因此自小始我们就以“马兰头”称呼它，至于长在地上的野草的名称，从来没有细问过，谁叫它是野草呢。

小时候只看到过餐桌上的马兰头，直到高二那年，我和同学们一起到华东师范大学来玩，好友王广范带着我一起挑马兰头，在与荠菜的区分中，我算是认识了马兰头，但依然没想过这个名称是否合适。马兰头就成了这种草的俗名，人们只记住了他们饮食需要的那部分，并不在乎它自身的名称。这种命名法，也反映了人与自然的关系吧。

自此以后，我再也没有认真注意过马兰头。有意思的是，搬到九亭后的第二年春天，我无意中发现“紫园”里有马兰头（无荠菜）。春天嫩嫩的芽冒出来，有人路过就会说：你家的院子有这么多马兰头，可以挑来吃啊！也有人说：长马兰头的田是肥田。我没有去采摘做菜，但心里还真有些喜欢，尽管不是农民，但有一块小小的肥田，也带来从未有过的别样满足。

第三年，紫园的格局基本形成，我会经常去走走，访访这些我喜爱的花木。慢慢发现马兰头的生命力强得惊人。它有根，通过根的不断蔓延可长到花园的每一个角落，连更不知名的野草也长不过它。它顽强，不枯萎，一年四季地绿，就像铺了一层草皮一样。自然，这不是它的罪过，但它淹没了我有意栽种的葱花草，包围了我心爱的牡丹、芍药，还有每月开的月季。我怕它的旺盛吸干了别的花草所需要的肥和生长空间，于是开始清除它，主要是围绕着我种的花之周围。但徒劳，它依然毫无顾忌、不可阻挡地生长。忽然想起小时候唱过的童谣：“马兰花，马兰花，风吹雨打都不怕”，何止啊！它是什么地方都能长，我有些烦它了。

然而，就在这年中秋左右，我在园子里突然发现马兰头开花了！这太出乎我的意料了，草本身不大，花自然是小的，意外的是它清新、秀美：十二片菊花似的浅雪青色的花瓣，围绕着粉绿的花托上淡黄细腻的花蕊，这种和美的色调，犹如大家闺秀。花的生命力如草一样，可以开好几天。花瓣是一片片地掉，即使掉光了，那绿黄的花蕊依然可观，不像开败的杜鹃，像稀泥似的耷拉在叶子上。它不灿烂，不浓密，不硕大，但星星点点地散布在花园里，每一朵都那么耐看。我把它采摘下来，一朵朵地采，细细的茎，撕去老而大的叶片，留下几片与它相称的小小叶片，插在一个小小的玻璃瓶里，放在我的书桌前。一次采摘可以维持差不多一个星期。静静地、美美地，时不时地和它对视，平添了一份温馨与宁静。我还曾给它拍了大特写，让博士生和参事室的同事们猜这是什么花，没有一个猜出来，即使给了相当多的启发。有人判断是菊科类，我想对的，不然它怎么在秋天开放。行了，我干脆就称其为“马兰头菊”吧！

许多人只知道马兰头的口味之独特清香，却不知它还有菊式清雅的花。我为自己的发现欣喜，于是，我基本上不再去清除它。葱白花，让它们自己去竞争吧！这么秀美，让它开放吧！

就这样，我期待着秋天，每年一次的与马兰头花的相会。淡淡的花，雪青的小花，无需精心护理自然开放的花，伴我读书、思考、写作的花，它从中秋开到现在。今年的立冬已过，马兰头花还开不断。我没有记住什么时候马兰头不再开花，它淡雅的身影已在我心中永远定格。

即使是野草，也有素雅。生命，一个也不能小视。物用与物美的统一，才是对生命认识的全部。

（2009.11.8）

追春一路

一

时值春分，自今日始，日渐长，夜渐短。至夏至，日最长，夜最短。再到秋分，表现形态还是日夜平分 24 小时，此后的走向却是相反。这也许可以说明时间在以最为自然的昼夜意义上的两极转换，以及人即使在相等的状态下，如何用走势的不一样去区别两个相等的量。

再过一周，就是清明，很有意思的名称，想象中应是天气之清、天空之明，但诗人写的却是“清明时节雨纷纷”。清明祭祖、踏青，此“青”是草地、自然之青。也许，清明之“清”由草色、树色、水色映出，让人的心像被水洗过似的清。此“清”分明是仰仗水而得，无水，草木何以发？这似乎又深了一个层次。原来，对一个季节的名称可以做如此多解，现在是到了可以细细品日子的时候了。

对我们早已形成的天时的认识，我依然是非识时务者。把今年春季调查的重头戏安排在春分后的两个星期，无奈之下，只好把去杭州探望桃花的时间提前到春分之前的两天，完全忘了农历的价值。

时务、时势，中国文化中对“时”的认识是对天的认识的具体表达，且通过对时的把握将天与人联系起来，这又是一悟！人对天的认识是从时开始的。原始社会，当人还没有意识到对自然的改造之时，人通过对天象的观察来认识天。先是日光的变化，天亮、天黑。亮使洞明，可外出活动，觅食、喝水；天黑看不清，行动不便，自然疲劳（生理机制）让人睡眠。这是人适应天的第一大能力，也因此人的生活（不只是生命）变得有节律了。

生命和自然的协调，首先也是从对时的变换开始。一天是昼夜变化，一年是四季变化，一个月是月亮形态的变化。生命的节律内涵于生命之中，生命是自律、自控的，生活的节律却要与天时相适应。

生活在作息的意义上受外界环境控制，是由他控养成的习惯。人类养成的第一个习惯可能就是日作夜息，到今天我们还把一天的时间安排称为“作息表”。

顺此思路下去，将写成的是学术论文而不是偶悟。此悟确实是因去杭州时间安排的被动性反思而得出，也可算偶悟。意外的收获是有了一篇可作论文开头的记录。

二

3 月 19—20 日，算是为感受西湖春之美，尤其是白堤上的一支桃和一株柳而去杭州，实际上是因前一阶段赶书稿，累了，想去换换脑子。春天最美还是西湖的印象，始于大学毕业那年的春游，是初见西湖时的惊叹留下的。

但当时的我并没有记住苏堤和白堤，更没有记住桃柳相间的栽植是同一行中的间隔式还是两行式、行略错式。这次的第一大收获是知道此景在苏堤，桃柳是两行并行错开种植的。

我们星期五一大早离开上海，到杭州还早，放下行李先奔“太子湾”公园。原以为此名是后人所起，谁知确实是南宋时两个太子的居住地。

太子湾公园以玉兰和樱花最为独特，都是长在高大树上的花，可统称为“树花”。虽高，但其茂盛与簇拥，确有春色满园、扑面而来的强烈冲击。

树似不该有花，树与叶的组合是常见的，因此人们往往习惯于称“树叶”，不叫“树花”，也许是因为树开花的时间短，长叶的时间长。人们习惯叫树叶，但期盼的却是开花。梅为冬，桃为春，夏天有无开花的树？似无，可能是因为太热？想起来了，有，广玉兰、栀子花香气扑鼻，还有夹竹桃，尽管无香也无果，却是初夏到来的标志。桂为秋，那清甜的香是秋之预告，果实香甜的预告。

尽管是星期五，但游玩的人却不少，不过和第二天比起来算是稀少。忽而想起古时候的人为何称春游为踏青？为何见青忍心去踏？其实，未必真是人踏之意，也许是马蹄之踏，也许是行人沿路行走所见的满眼之青，也许是当时并没有那么多人像今天这样出游，故而虽踏亦无碍。今日之人更爱称其为“探花”，像走亲戚那样去探望想念的朋友，这一“探”话出了一份友好之情。

傍晚，我们坐在西湖边花坛的石沿上，看了一个完整的西湖落日。

第二天游苏堤，天阴，但不妨碍游。期望的桃柳相间在苏堤被发现了。苏堤与白堤相比，所种植物品种丰富得多，且因我们去的时候还算初春，不但能见到柳树轻飘、桃花初放，还看到了远处挺直无叶、士兵式的排排杉树，枝杈优美的樟和细枝如丝、尚未吐绿的槐，让我拍出了能表达“复杂”结构的作品，也让我拍出了有柯罗风景画式的作品。这是一次很有成就感的创作。

三

3月27—28日，是我常州调查两周中的休息日，我决定不回上海，追春之路从浙江转向江苏。27日去无锡，28日在常州游了三个免费公园。江苏在浙江、上海之北，春天也迟一些。我用间隔一周的时间在异地再一次感受春天的气息。

到无锡是为樱花而去。26日是无锡樱花节开幕，27日周六，只见一群群孩子和旅游团川流不息地进入鼋头渚公园。估计门票也不菲。但景却没有让人留下多少印象。所谓千棵樱花树，只是刚栽下去，尚不成气候的花，还没有人热闹。倒是原先栽的一些数量不多，但颇有年份的大樱花树开满了花。

有一棵大树栽在大草坪中，草坪上围坐着身穿各色衣服的一家家人，铺着塑料布，摆着塑料袋装的糕点、水果，但我怎么看都觉得不舒服，与满树的花在一起不协调。忽然想起日本樱花节的画面：穿着和服，以考究的饭盒装着食品。这才意识到人与景在一起的内在和谐问题。也许不仅如此，穿和服、用礼盒，原来在我看来是多余之举，在此却不但不多余，还表达了对难得一年一盛开、只能短暂生存两三天的，成为日本民族某种精神象征的国花樱花之敬意。人是应该向自然表达敬意的。

28日，第一次到常州已来去十年却未曾去过的免费公园赏春。从圩墩到东坡园，再到红梅公园，三个公园记载了三段不同的历史。圩墩是在五千多年前原始社会遗址上建造起来的，最突出的文物是橹，说明五千多年前这里是水系十分丰富的地方，人们需要橹做划水的工具。公园现在运河边上，一个用黑钢铸成的大字“家”，将平面的字变成了立体，这还是第一次看到。沿河有树，最多的是垂丝海棠，河中心有两个小茅屋，尽管是人造的，但在景中看来也有风味。在此又发现了一种桃柳相间的栽种法，那就是上下结构：柳在上，桃在下。柳不在水边，就靠了婀娜和顾影的风韵。我只能由下而上地拍，形成了独特的发射式柳树与桃的合影，真不知道它们哪个是新郎，哪个是新娘。

东坡园是与宋代文人和清代乾隆皇帝遗迹相关的公园。东坡一生多难，终老常州。人一旦成为历史名人，就会以各种方式留痕后世，古代帝王和才子最易生成此资源，有的还能为后人造福，东坡先生是十分典型的一位。我在四川、杭州和常州都与他有过神遇。常州可能是地方不大，尽管成一园，但景观似不如四川的“三苏苑”宽阔、恬静。当天游人不多，印象深的景观、花木也不多，但是一个由石搭成的假山门洞，却让我看出了虎跃狮伏之势。

红梅公园是最后一站。除天宁寺为古寺外，文笔塔与之相对，想起杭州出租车司机说的：雷峰塔和六和塔是夫妻塔的说法，构成标志性的远望台。红梅公园的水面和春、夏、秋、冬四季有景的植物布局，给我留下印象，因为原以为红梅公园是一个类似西湖边的小公园。

在这里，我看到了类似日本的樱花林，密密匝匝、一团团的红与白，这种视觉冲击让我心跳，兴奋得无法思考，无法静下来找到最好的拍摄视角，恨不能把它整个儿的印象都摄入景中抱回家。遗憾的是见到那盛景已是下午快结束时。

抱着寻桃问柳的意愿一路追去，没想到最后追到的竟是樱花。没想到追了一路，回到家，还是我家“紫园”的桃花最红、最艳。

（2010.3.22—4.2）

人间“节”语*

一月，刚过完阳历元旦，人们又期盼着农历春节了。喜气，洋溢在一年最初的两个月中。

两个不同计算方法的新年始日，成了一年最大的“节”。它是人类赋予日、月各自的“生日”。“年”，可算是唯一将宇宙与人世的生存时间统一共用的计量单位，是“天人合一”的生命时间之表达。如此重大的“生日”，怎能不大庆！为已经的拥有和可能的未来，满怀感恩和信心，这是新年独有的人类情结，是年的“节”语。

属于人世的“节”则更多，若以地球为空间单位，可能天天都有，细数起来，似大多与事、业、组织、生命的开端有关。国家的生日为国庆节，学校的创建日为校庆日，家庭的诞生日可设为家庆，每个人都拥有的最重要的日子，是自己生命的诞生日。这些“节”，虽不如年节之大，但意义却相通，对新生的纪念，让它们都涂上了生命的色彩，并由此开始创生的历程。每年至此日，一回头、一展望，历史就这样，用一个人、一家人、一群人、一族人、一国人的生命谱写、延伸。时而多姿多彩，时而多灾多难；时而生机盎然，时而徘徊不前；时而跃迁转折，时而风和日丽……一页页，写满生命成长的轨迹。人世的庆生之“节”，就这样对我们诉说。

世间还有诉说各种情怀的“节”语：劳动节、妇女节、儿童节，喊出弱者的抗争，发出保护与尊重的诉求；父亲节、母亲节、重阳节，表达对双亲、先辈深深的敬意和感恩之情；情人节、七夕节是月夜喃喃的细语；狂欢节则是激情的宣泄；中秋节奏出团聚与思念的复调……“节”是人类最基始的各种内在情感的时间表达。人世间的生活世界因“节”而波浪似地涌动，时时溅出美丽的浪花，让人总有期盼，总有分享，总有不同的感受和满足。“节”以自己独特的语言，充实、温暖、丰富、调节着人的心灵！

不能不提的是中华民族为自然又融入世情所独创的二十四节气。尽管我们不

---

* 本文首次发表于《人民教育》，2015 年第 1 期。现经作者修改定稿。

去过每个节气的“节”，但它们的“节”语，充满诗情和智慧，是祖先留给我们常遇而不知，却是最重要的馈赠。天象、气象、物象、世象的变化，都凝聚、集中到一个个栩栩如生的节气之中，伴随着我们度过每一年：“立春”是春之序曲，大地回暖，万物复苏，多少“春之歌”，都不如一个“立春”这么简练、明亮、爽朗，直唤起人心中的春意。随之而至的“雨水”“惊蛰”“春分”“清明”，淋漓尽致、有声有色、有情有义地诉尽了春之变奏的华美。此后，夏、秋、冬的不同节气都有同样的气质，朴实中透着大气与庄重。

由此联想到，当前我们的校园里也有各种各样的“节”：科技节、体育节、读书节、艺术节、外语节……林林总总，筑成学校独特的风景，开发了学生的潜能，增添了学校生活的乐趣，也让各科老师尽显才能。然而，我总觉得还缺了些什么。这些节多为单项，且往往与学科更相关，可能缺的是与文化传统、自然的持续联系，于是想到了二十四节气。我向与我们合作研究的中小学提出建议：以综合的方式，来命名学校的四季生活——“探春”“嬉夏”“品秋”“暖冬”，将上述各种节都化揉到四季之中，随季而变、而生、而长。这样岂不更有味?

创造属于学校生活的“节”语，内含着天、地、人、事、情意、智慧、童趣、教育美的，多元综合渗透的学校生活“节”语，这是一件很有创意的事。“节”语原本就是人所创、所悟和所言，学校“节”语，我们何不一试?!

感谢芦花*

十月，一个十分清明的秋日，在去九寨沟的旅途中，大巴突然因故障停住了。我和几位同伴无奈地走下车。刚抬头，就看见远处一片在阳光下闪着银光的芦花：那白，那亮，那随意随风的轻摆，把我“才上心头”的无奈一扫而空。

不一会儿，车继续行进。坐在车上，眼前依然是那片闪动着的芦花，思绪却不由自主地飞扬起来。我问自己：为何每一次与芦花相遇，无论是在哪天哪地，总会唤起我的一份独特情感：不只是欣喜，不只是赞赏，而是出自心底的感动，究竟是什么使我如此为芦花所动？

也许，我爱它的素雅和独立。淡淡的白，几乎所有的花都凋谢了，连树叶都枯黄落地了，它，却孤傲地开放了，不加任何修饰，只是淡淡的白，真正的本色。每支芦花都有各自独立的身躯，即使生长在丛中，也不牵扯，更不依附什么而上、而立。虽然风吹来它也摆动，但轻易不被折断，更不移根。风一静，它依然挺立在原处。其实，何止不移根，芦花是年年生新根，一年又一年，渐渐地成丛、成片，密密匝匝。

也许，我爱它的朦胧。小小的绒花成团、成片，让人感到茫茫，一片茫茫又牵出浅浅的忧愁，一种莫名的心态，然而却是人生常会遇到的心态：当丢失了什么看似寻常却又不可丢失的“什么”时，当期待着什么好似明白却又道不清楚的“什么”时。正是它，使生活不显得太白、太直，添上了些许诗意和悠悠的遐思。

也许，我爱它平常却又富有动韵的身姿。其实只要有水的地方就能见到芦花，它是普通而众多的。“众多”常常让人忽视，但芦花不会，因为它有独特的动韵。别的花往往给人一种凝固的感觉，不管是富贵的牡丹，还是苦寒的红梅，但芦花不会。唯有它，唯有这高高、细细、柔柔、轻轻的芦花永远是摇曳着的。它用摇曳显示自己生命的律动，这种律动不只是在整支芦花上显现，而且渗透在构成整支芦花的、每一根小小的丝丝绒毛上，它们都会闪耀出生命之光。即使在静静的夜色中，它们依然轻摇，低吟着自己的歌。这是最微弱然而又是最顽强不

---

* 本文发表于《人民教育》，2015 年第 6 期。现经作者修改定稿。

息的生命之呼吸。

我从未见过芦花开败的情景。它会结果吗？会留籽吗？是一次开放以后，就永远结束了自己的生命，还是像蒲公英那样，由风把它的生命之精灵送往人间的任一角落？

我不再问，也无须再问。人与自然会有各式各样的遭遇、相聚，但真正的感悟与沟通能有几回？

深深地感谢你，芦花，你让我读出了自己心灵深处的珍爱。

“云”缘*

从小在大城市里长大的人，儿时是很少会有意观云的。狭小的居室，很难让窗外的天引起注意。走在马路上，要注意的是别撞了人和东西，诸如电线杆之类，所以眼睛不是看着脚下，就是看着前面和两旁，很少抬头望天。云被我盼望着，常常是在太阳十分猛烈的夏日：盼云遮日，由云而雨，带来清凉与舒畅。故而，头脑中对布满天空的阴云和台风吹来、快速移动的墨云，尚有印象。但对蓝天白云，尤其像诗歌或散文中描写的变幻多姿、引起人各种想象的白云，实在是没有感觉，只是羡慕和佩服作者，他能看到如此优美的云，有如此丰富的想象力，真的是自叹弗如。

第一次对天上的云有强烈感受，是在 1980 年冬去南斯拉夫的飞机上。当晚八点多登机，一路自然不见什么，疲倦袭来，空荡荡的飞机上可以卧眠。一觉醒来，正是旭日东升时，漫天的红云让我惊呆了！从来没见过如此绚丽、灿烂、由红云构成的天空。从此以后，我乘飞机，就盼着看到日出和日落，盼着再次看到当日的景色。以前一直以为大海边的日出是最美的，十分向往，这次看到了高空日出的壮丽，我相信，它不比海上的日出逊色。遗憾的是当时的我还没有相机，但它已深深地印在了我的脑海中。我与云的“缘”，有意识地观云、寻云、拍云，甚至想画云，可能就是从那次开始的。

此后，尤其是有了傻瓜相机后，我只要乘飞机，总是首选靠窗的座位，只为了要看看窗外的云，期望有让我惊喜的景象。正是这样多次的观看，我终于感受到天上真的是一片“云的世界”。只有在穿过低空的云层，并达万米左右的高度时，才会发现云的世界所呈现的多样，有时犹如人间的自然景象。一大片的云，有的像棉团，有的像羽毛，还有像沙漠的。相对而言，这样的景象还不算难遇。

较奇特的是并不布满空间而在远处可见的各种云的图像，其逼真到如各种实景。我曾拍到过端坐在云中的“佛像”，被风吹得头发飞扬的“小女”侧面像，险峻的“山峰”，投射着三棵大树影的“车站”，飘扬着旗帜飞驰的“军舰”……

---

* 本文发表于《人民教育》，2015 年第 18 期。现经作者修改定稿。

天上还有一种云景不能拍下，但在机舱里能感同身在其中，那就是在气流中飞奔的云。它们呈立体状，十分有力度和气势，等你钻进它的腹中，就能感受到它强烈的躁动，偌大的飞机颠簸不停，眼前能见的却只是浓雾似的可感到湿漉漉的水汽。此时的云，有了地上水之初始的雾态。

在飞机升降的时段，云成了透过它能看到大地上风景的轻纱。没有它，地面上的风景太清晰；有了它，拍出来的风景就显得朦胧而富有诗意。在我的感受中，从这样的角度拍出来，最美的是海岸线和五彩的土地，还有高山、湿地、森林与河流。你能生出与大地上行走时很不一样的感觉。

云在天上尽管是主角，但它并不孤独，蓝天是它永恒的陪伴。只是，云有时太张扬，会把蓝天遮得严严实实。阳光则是使它变得亮丽多彩的化妆师，还会将放射式的云系，照出“条条大道通罗马”的感觉。夕照与晨曦，尤其在夏季，只要有云，特别是在台风来临之前，会带来最美的、永远令人陡生惊喜的景色。太阳自身不同的光谱，会因被云遮盖的程度而显得多样，从耀眼的金红，直至沉静的暗红。阳光若从云朵的边际透出，宛如为云镶上一道金边，这最让我希冀。每逢此时，我都会不停地拍，不知道为什么，就是喜欢！

除了蓝天、阳光之外，天上与云相伴的还有风，它是使云行走和变幻出千姿百态的力量。风的存在，又通过云的变化和行走成为可见。

从天上认识了云的世界后，我开始养成从地上仰望天空之云的习惯。高大的建筑、渺茫的大地、险峻的山峰，有没有云做陪衬，感觉大不一样。自此，我知道了，摄影除关注光线外，还要有“云”。

地上看云，除了仰视之外，还有俯视和平视。俯视是观水中云，越宁静的水面越好。平视是长途乘车，我爱坐在副驾驶的位置上，前面的路与天，一直可望到尽头相连处，可直视，侧身一下又能看到不同的云。

就这样，通过不同情景、时空的长期相望，我与“云”结下了“缘”，无数的空中之“云”构成了我眼中、心里的“云”世界，“云”也就成了我的“云”。

与云结缘，真好！有的缘，要用一生才能结成。云，将伴我终生。

亲吻月光

在宇宙天体中，与生存在地球上的人类关系最密切的是太阳和月亮，但人们对两者的态度和情感很不相同。在我看来，对于太阳的爱属崇拜型，看重其功能。太阳强大的光和热是人类生存不可或缺的能量，没有太阳则暗无天日。但太阳的强烈也常常带来灾难，招致怨恨，如大旱之年、高温炎夏，中国古代神话中就有"后羿射日"，但并没有"射月"的故事。我想，最被人喜爱的太阳大约在冬、春两季，前者驱散寒意，后者带动万物勃发的生机。在夏季，只有在初升和落山时，太阳才有美学的欣赏意义，且还需要有云的"合作"。

月亮则不然，人们，即使是普通人也对月亮怀着一份温和的情谊，何况是诗人。月似乎更易与人生的风云际遇、情意思绪相通。诗哲苏轼的一句"人有悲欢离合，月有阴晴圆缺，此事古难全"，道尽了这一关联。李白对月分外有情，这位豪放诗人的情思和浪漫，常与月相关：小学课文中就有《静夜思》，举头、低头皆由明月；花间独酌，"举杯邀明月，对影成三人"，月化成了共饮、共舞的好友，神来之笔因有了明月，顿时幻化出一幅曼妙的画面。据传（不知有否史实记载），李白最后客居当涂，为与水中月相拥而落水身亡。让人想起"猴子捞月"的有趣童话故事，它要告诉孩子的是"镜面"现象。

生于城市的我，小时候对月亮的第一次有意识关注，不是美，而是惊异。一天晚上，母亲要我到附近的杂货店买一点做菜的调料。一出弄堂口，马路上的天际就宽了，看到一轮圆月在我头顶，好亮。好玩的是，我发现我朝哪里走，月亮都跟着走；拐弯过马路，到了小店，我不走它也不动；我返回家，它也会陪送。到家后，我把此事告诉父亲，寻求答案，他笑笑，未答，只说大家都这样感觉的。无疑，这是我的错觉。此后，凡在有月的夜晚外出，我定会不时看看，月亮是否跟着我，这个情结一直持续到小学毕业。

再长大一点，记住了八月十五是中秋，但全家人聚在一起有丰盛晚餐的日子，并不体会中秋团圆之深意。直到上了大学，与许多外地同学一起过中秋，才知道有离别，才有了对团聚的渴望。当时最诱人的期待就是芋艿、毛豆加月饼，还有螃蟹。孩子都贪吃，月亮之美，说实在没有太多的记忆。也许是我的性格太大大咧咧的缘故，别的女孩不至于如此迟钝。

感受月之大，光辉之清明、柔美，印象最深的，是在我当援藏教师的第二年，一个十五的夜晚。当时，我随西藏自治区教育局的处长等，一起到林芝一所山区小学，调查该校开展勤工俭学、自力更生办好普及教育的经验。小学在近山顶的一处平地上，我们到达后就住宿在学校里。晚饭毕，坐在学校的空地上，一抬头就看到一轮大如盆的圆月，月色纯亮无瑕，整个地面和我们都被月光轻轻拥抱，从未有过的对月之大和月光之柔的感受浑然一体滋润着我的心灵。我庆幸自己援藏、做调研，在世界屋脊上看到了最大、最清亮柔美的月亮。仅此一次，即使在拉萨两年，看到的也只是如盘而非林芝那晚如盆的月亮。从此以后，我常常会望月，每次抬头，那晚的美月就会从心中升起。

本以为，我和月亮之亲近，在距离和心理上都已达极致，但错了。

记不清是哪年哪月，约在 1988 年，一个夏日的半夜在自己家的床上。我从梦中不知为何突然醒来，只见月光透过百叶窗的缝隙，清清楚楚地以横条的方式，一条条地照在我伸出被外的手臂上。我手动，月光也随着变动，但一直未离开手臂，只觉得好玩，默默地游戏了一会儿。我忽然想到：莫非是月光唤醒了我？世界如此寂静，连喧闹的城市也进入沉睡，月光要我与她玩？人们常说孤独寂寞，但谁能比得上万人皆睡、唯她独醒、高悬天际的月之冷寂？原来，月光可以唤醒人，人需要月亮，月亮也需要人，她用光来与人沟通……我不由得轻轻举起手臂，给月光一个深深的吻。李白举杯，我无需举杯就和月光有了最深的真实亲吻，赏到了再也没有第二次的月光之清凉。

月亮，就这样一次又一次，每一次都用不同的方式，进入我的生命世界。

是的，无需登月飞船，只要有心、有情、有意，每个人的生命都可能与月亮、苍天、白云……广袤浩瀚的宇宙天体万物，发生最直接、亲密、浸入心灵世界的关联。

（2018.12）

从摄影识自我

我与摄影真正结缘，是在拥有了数码照相机之后，在 1996—2000 年之间。1982 年，从南斯拉夫访学归来，家里有了第一台照相机，海鸥牌，出口转内销的。自知动手能力差，焦距意识不强，且大多是充当拍摄对象，故很少有什么作品。自从有了自动对焦的数码相机，技术上的自卑不再成为障碍，且轻巧便携，再加上外出时间增多，“万事俱备”，只欠自我头脑开窍之东风了。

第一次爱上风光摄影，是在乘机空中飞行之时，可谓“高起点”。蓝天中云的多姿和变幻吸引了我，只觉得天上有个奇妙的“云世界”。有一次，居然拍到了一张似大佛端坐云中的图，回家冲洗后，凡观者都称奇并喜欢，由此信心大增，并把自己的拍摄定位于风光摄影。

当然，拍摄对象首先是云。此后，乘飞机总是挑靠窗的座位，时不时地向舷窗外眺望，生怕错失了美景。也许，这就是我为什么至今依然喜欢拍云的原因。无论是在高架上坐车，还是在窗前书写，抬头，总希望能看到云。即使是拍摄树或树上的花，拍摄海和山或是其他建筑，总希望蓝天上有朵飘着的云。在太阳遇到乌云时，期望看到被阳光镶着金边的乌云，在这里看到阳光的奋力之美。今年以来，常在傍晚时分，在有云的日子里，不断看到彩霞构成丰富的画面之美，而且能看到阳光透过云层折射出瀑布似的光流，如此力度，除了用“震撼”之外，无法找到第二个词。云只有和阳光结合，才能呈现出如此大的力量和多姿多彩。我几乎看到云中有的各种大地上的图像：人、鸟兽、花、树、瀑、山，还有天鹅湖畔似的仙境，村里的水码头，通向城堡的天路，太多平和优美，偶尔也有峥嵘。云还因漂移的速度让你兴奋，常常过一会儿，就找不到最初相遇的感觉，所以一旦有感觉，就忙着取相机（现在是手机）。

拍多了，就开始渐渐地透过摄影来看自己，看出了我心中推崇的美：优美、变幻和力量。还有因阳光而带来的灿烂，那种色调因天青而更美，时而强烈，时而柔美，再加上意向性的图像，带来意外的惊叹、温暖的回忆，犹如回到儿时的童话世界。只要天晴有云，就不忘看天，这已然成了我的习惯。

就对象的角度，除了云，第二位就数叶、草、花和树等自然景物。水可以另列一类。

先说叶，可能是因为姓叶而对叶有更多的关心。最深刻的印象发生过两次，那是成片成片彩叶的视觉冲击。一次是在金秋十月去九寨沟的途中，另一次是在第一次去加拿大访问期间，也是乘车途中，停顿后的细拍，是在皇家花园。这样的美，只能用“醉了”来表达，让你长久沉浸其中，不愿走出来。这是对整体的叶之感受。

此后，关注不同形态的叶和不同季节、不同颜色的叶。初春，最爱拍的是嫩芽和初展的叶，有红的、嫩绿的，特别爱拍老树干上初长的叶苞，内心感动的是其顽强的生命力以及老树稳稳的呵护。夏天，树上长满了叶，喜欢拍透过叶之缝隙的阳光、星星点点的繁叶，还有因光的照射而带着明亮的边和一片叶中泛着不同色度的叶。此外，彩叶、叶的基脉，都会成为喜欢拍摄的影像。能画出图案的是爬墙草，其多姿多彩，不亚于云。时时还能看到爬墙的花，我在上海市闵行区华坪小学见到过，顿时惊喜不已。秋天，拍的重点是落叶。起先关注的是一片片铺满草地和道路的散叶，印象最深的是在新疆喀纳斯湖畔的小道上，每一脚都无法躲过金黄色的叶。后来发现，飘落在水中的落叶会自然构成图案，加上幽幽的水，也让人动容。雨天，还能拍的最多的是雨后挂着欲跌未跌晶莹雨珠的叶，一片或一串，这适合慢慢细拍。要找好角度，能有透亮感。我在泰州市梅兰芳纪念馆的拍摄，因恰逢中雨，又可在廊中行走，终于拍成自认的“杰作”。水中的叶以荷为主，无论是初生、饱满，还是残叶，都能拍出情致。自从到茅盾纪念馆参观以后，认识了天竺，爱拍，从墙角、廊边直到今春在南浔宾馆刚拍到的，成片、连续，又和其他植物构成色彩丰富、复杂且有序的一张，也是得意之作。唯一想拍却未拍成的是飘落的叶，它太轻盈，下落速度又太快，花瓣也是。

树和花的拍摄大致也如此，只是更多爱用放大的特写，似乎这样供我选择的余地大一些，更能将整体一般的植物拍出意外的效果。树，我更喜欢冬天落光了树叶后千姿百态的枝干，有乱发直立式的爆炸头，有遒劲、曲折的造型，还有纤纤细细如小姑娘般秀气的枝，透过枝干，若有云、阳光，则更佳。看到这样的树枝，总觉得它们都是入画的“料”。

水，是爱拍的又一个主题。或瀑或泉，或幽潭或小溪，或乱石溅出的漩涡与浪花，或船、鸭划过后引出的波纹，还有洒在水面上的光路，跳跃在细浪上的光珠。水，要有人搅动，有势差、有撞击、有变化，才会呈现出特有的鲜活。水的另一个可拍之处，是倒影，若有水波晃动，倒影比真实的物更有美感。有一次拍出了一张两岸虚实结合的影，自感有创意，颇高兴。

除此以外，都属于拍不太好的对象。一是动物和人，动物是动得厉害，难捕捉、定格到我喜欢的形态，如游鱼、小鸭、鹅、小猫等，还有机灵到惊人的小鸟，几乎没有成功之作。人，我是怕拍不好，另外身边有高手，就懒得主动，练的机会少，偶尔有几张较好，总体不成。

建筑也是我觉得难拍好的对象。整体性往往嫌刻板，角度难选，局部又难以保持建筑本身的特质，也是我怕拍的一种。这反映了我两方面的问题：捕捉动态之物和把握宏观全局式的拍摄能力不够。

在对光线的敏感和布局、构图方面，自认为还是较强的。我比较喜欢去发现别人不关注的拍摄对象，自以为好的作品常常由此而生。

摄影对我而言是一个发现、构建美和创造作品的过程，更是一种与世界沟通的方式。首先是一种对话的方式，我已超越了记录实物影像的阶段，但远未达到以表达内在自我为目的的最高境界。呈现的是心情（也许有时部分地会产生物我交融之感），但还达不到以景、以物有意识地表达心态的目的。

上述分析可以看出，摄影作品是可以帮助人认识自己和别人的。也许，你对拍什么的关注就是自我呈现的第一步。

（2017.3.15）

不再寂寞

寂寞与孤独，自小起就有感受，但并不会区别。经历的次数虽不是经常，但比寻常要多。

小时候，寂寞常是因为没有玩伴，或者别人不带我玩，最主要的原因是我的动作学习能力较差，比如玩两队输赢的游戏：跳橡皮筋，我常因此不被选中，或是最后一个被勉强“收容”。这多少有点心理伤害，也因此强化了对自己不足方面的自卑。长大后，上大学了，常常是与自己爱发表意见，不肯轻易改变自己的观点，从而被人认为骄傲等，被一些人远离、冷落，缺少能从思想和精神上沟通的朋友，或者与自己感受到不公正的评价或批评，包括来自父母的，但又无人倾诉联系在一起。自己的个性似乎从小如此，不怕苦与累，就怕受委屈。因此，他人对我缺点的评语，就会有“骄娇”二气的说法，自然，我不认同，更感孤独。“文革”以后，20 世纪 80 年代始，我开始较正式地研究起学问，渐渐地自以为形成了一些新的观点、认识乃至理论架构，但与同一时代的同事可沟通的不多，于是又生出“高处不胜寒”之感。读了尼采，才知道寂寞与孤独不同。说“孤独”，还要被尼采问：“你配吗?”原来孤独是高人的专利，俗人只是爱热闹，得不到。至多也只是个寂寞者而已。

寂寞、孤独往往被看作是一种消极的情绪。但从自己的体验来说，它们恰恰有助于读出人对交往、沟通的需要及其层次的变化。寂寞、孤独都因与他人的关系而生。不过，寂寞是一种无奈，而孤独是自找的，如果不到“高处”，不是就无“寒”可言了吗?

近日来，却又悟出些道理，人是可以不再寂寞的。也许是因为自己到了年近七旬的人生阶段，且自觉地渐渐退出中心、退出人群的缘故，我开始思考生命的丰富性问题，也开始由关注人间转向关注自然。“不再寂寞”的体验正来源于此。

积生活至今的经验，人与人之间的沟通与理解，大多是一厢情愿之事，或是交往中强势者一方的感受。人自以为有共同可用的“语言”，就可以沟通。然而，可以肯定地说，语言的力量，无论在影响达到的深度、强度、广度上，还是在时间上滞留的持续度上，都是有限的。有了这样的认识，自己就应调整对交往深度的要求。如，人与人之间越是具体、清晰的知识和技术，越是可传递的：信息、情报是可传递的；友善、礼貌的表达是可感受的；冷漠、厌恶、轻慢、不在乎、过分讨好等都是可直接传递的。若要论到深奥之处，则必须有理论准备才有可能。若要期望情感上的深度共鸣和互体，那是更高的要求，这就是为什么"知音难觅"的原因。于是，物以类聚，人以群分。人之群，除了地域、亲族、共事等有外在规定性的区分以外，还有一类是精神气质意义上性别、年龄（代）的区分，这是一种内在的区分，由先天赋有和后天养成两方面合成，因而，这是最难也最珍贵的一类，属志同道合、情意相投类。"志"实为价值取向，"道"为认识、观念和行为目标与路径等的基本一致。在这样的集合中，沟通系数最高，但沟通依然是有区别和难度的，特别是当大家不只是沙龙闲聊，而是一起做事并想做成事时。这也许就是教育之难处，它不能只停留在知识、经验的传递上，而是要用言行去潜移默化，要创造条件让人经验。在经验中体验、孕育、养成，是教育之大道；言说、传授是小道。教育的大学问在前，不在后。

因此，明智者应调整自己对人际可沟通度的期望，要区分类的层次，在没有奢望的情况下，保持对不同沟通可能度的清醒认识，从而在有限要求的意义上得到满足。这样，也就不会有太多的寂寞、孤独感，因为调整了需求、期望，满足度就增加了。心平才能气和。

然而，我对不再寂寞的体认，更多是积极的转向。一是转向"自求"，即自我的对话、发展与丰富。二是转向"史求"，即转向已经存在的人类精神智慧的结晶，因开放而向更多的高人求学问道，看到更高的高处，他们不会因你的阅读能否与之沟通而苦恼。三是转向自然，体悟自然的变化之道，万物的生长之道，与虽无共同语言但同样有生命的世界对话，与虽无生命但同样呈现变幻多样的世界对话。春天，看每一棵树木、小草，发芽、冒绿、泛青、生长，期待着与每一年的各种花期相遇、探访；夏天，看生命世界十分的茂盛、丰硕，感受其猛长的饱满；秋天，在硕果与每一片落叶的坚持中，感受生命的顽强；冬天，则想念着地下的根，望着雪压的枝在寒风中挺立，感受生命的坚韧与内在伟力。我们天天可以看到天际的云聚云散，变幻无穷；满天的飞霞，日落、日出的明与暗；感受四季都有的风雨变换、寒热对话。看似不变的天地，无时无刻不在变与动，不在上演着大剧。你会因宇宙的环抱、赐予人如此之多而感动，心中充满的是美好。与博大自然的沟通能让我们感到人间烦恼的渺小，人变得豁达开朗，能容下各种问题。

真正的不再寂寞，来自与自然宇宙的沟通，来自心灵精神的丰满，且感谢每一个哪怕能给你一点温暖和理解的人。不奢望，不苛求，不在意别人的不理解、误解甚至故意曲解，因为你懂了这是人际交往及关系的常态。

处在整个自然拥抱之中的我，怎么还会寂寞！在整个人类精神世界中遨游的我，怎么还会寂寞！在自我丰富的心灵中体悟自我的我，怎么还会寂寞！

（2010.4.3）

紫园花事 *

命名

别以为“紫园”是何处的名园。她只是我 2003 年搬到九亭新居房地产商所配送的，屋前一块约 30 平方米的土地，是原来一大片农田中的小小一块。然而，她于我而言却是了却了心中几十年的愿望：希望自己家有一块院子，还有阳台，可以种一些自己爱的花草，可以在阳台上看日出日落。在我心中，这块土地，就是我最想拥有的“好朋友”，是我可以自己设计并守护的“私家花园”。

最初，她荒芜但并不贫瘠。在友人的鼎力相助下，我按照好养、四季能见绿和花开的目标种植花木，用冬青作一侧外边，再用 S 形的小径，把园子分成两半。为进出园子方便，用装修碎料铺了一条从前门通向各家的小道，留用了原有的木栅门，使园子多了些田园味。

园子的中心种了三株桃。S 道的左边是一颗桂树、一株蜡梅和一棵红梅。最靠左的路边还放了一盆茶花。桃树右后方种了两株牡丹。一棵盘槐，紧挨着的是从花盆中移植的蜡梅，成了守门将军。在通道左边留下的狭长空间里种了紫藤，用装修所剩的木料搭了个简易的架子。其他的空地，除了放一些盆花，就由野草当家了。如此一种，荒芜之感尽去。园子像园子了！

2004 年秋，是园子得名“紫园”的起始年。经一年时间，园子里各类花草树木都经历了春夏秋冬四季：初醒的春、蓬勃的夏、温醇的秋、渐寂的冬，给我带来了从未有过的与花草树木可日日亲近，静观生长，察其变化，心潮时有激荡，此起彼伏，总怀着期望，乐此不疲。渐渐地，体验着从未有过的对无声之草木世界的生命话语。一年下来，对花木色彩的感受丰富了不少，但最强烈的是紫：紫藤花盛开的季节虽不长，约两个星期，但卵状的花苞迅速膨大，第一朵紫花很快带出一串，然后成片成片地开，犹如大朵紫云飘落眼前，让你不能不心神迷醉，目光不能不久久停驻。

---

* 本文首次发表于《人民教育》，2019 年第 5 期。经作者修改定稿。

最意外的是，我家的紫藤竟花开三度：首次怒放在 4 月；7 月盛夏期，新生的一枝枝藤又二度开放，且都在棚顶，我从阳台上看下去分外惊喜，夏日透过紫色花，叶也多了些亮色；没想到，至 9 月，在紫藤即将落叶的前夕，紫色的花居然三度开。就这样，满眼的紫，多次意外呈现的紫，成了我对园中花木印象最深的颜色。再加上我常爱买些草花，点缀季节，无意中发现花中最常见的颜色也以紫偏多。也许是我本来就偏爱紫，从浅雪青、雪青、浅紫、紫红，直到近于蓝的深紫，所以总会多挑些偏紫的花儿。就这样，我决定将园子命名为“紫园”。而且，“紫”字由“此”“系”两个独体字上下构成，“紫园”亦可解读为“此园系我心”。

“紫园”之名，虽因有了室外园地而起，但她却涵盖了整个屋。冬天，我把盆中的花草从园子移到屋里，让她们与每年春节朋友们送来的各种盆花共度假日，于是，阳台上、书房里、卧室内，都能看到花草的身影，她们伴我过冬。春天，再把室内的搬出去，让她们享受阳光和春雨。最让我不能忘怀的是，每当发现室内有些盆花出现萎靡状态，我会立即将它放到园里“接地气”，有的干脆移种到地里。多数情况下，生命的光泽重返叶面。时间长了，盆里的根长到土里了，整株枝叶长得蓬勃欢欣，泥土显出了作为植物母亲的伟力。屋外的园和室内的屋，就这样透过花草的生命连接在一起，构成了一个生机勃勃的“紫园”，我生命中唯一的与植物世界可朝夕相处的“紫园”。

“土著”

紫园最早迎接我的是“野草”。它们是名副其实的“土著”，无需种植，四季常在。不管你喜不喜欢，它们自由自在地生长，你不去干涉，这个世界将全部属于它。

冬日里被修剪成“贴地黄”的园子，立春后渐渐返青变绿，早晚从三楼阳台看下去，成就了韩愈“草色遥看近却无”的诗意。其中，我认识的只有马兰头和蒲公英两类。紫园里的马兰头很多，它的春芽是上海人深爱的时鲜菜。每年此时，儿子带着孙女来看望我们，必做的“功课”是挑马兰头。邻居们见了会夸：你这块地长马兰头，是块肥田啊。我心里喜滋滋的，真有点农人感：地肥，就能保证园里的植物都长得好，这对我这个爱花木却不会种的人太重要了。马兰头的叶长得十分普通，但九月后开出的花却似精美的小菊，紫色的花瓣，黄色的花蕊，开满它所到之处（由此，我发现马兰头的生命力旺盛，它由茎生根，蔓延极快）。我常常剪一把，插在窗前的小花瓶里，成为我书桌前的秋景，伴我读书写作。蒲公英是春天的亮眼，只因它明亮的黄。

除此之外，土著们大致可分两类：一类大而粗，常常是我在雨后乘土地松软时连根拔除的对象，但其生长力很强，拔掉大的，小一些的很快又长大。野草不仅烧不尽，而且也拔不尽。另一类是细小贴地的，不仅草叶秀，还会开秀秀的小花。有两种最入眼，一种类似蝴蝶兰，我总想：她也许是蝴蝶兰的祖先。后来，我们微信群中的“花仙子”告诉我，其学名为“阿拉伯婆婆纳”，这让我肃然起敬，从那么遥远的地方到我这紫园，经风历险的意志和自我调适能力该有多么强大！还有一种是类满天星的粉蓝色小花，她一株一花、星星点点、一簇簇布满紫园的西侧。直到现在我还不知其大名，就自称其为“满地蓝”。每逢晴朗的春日，我总想去瞧瞧这些可爱的会开花的小草。春天，也是她们一生最美的时期。

夏天，土著们疯狂生长，充分展示出生命中的“蛮性”。紫园因之成了蚊蝇和各种小虫的娱乐场，喧闹、燥热到我不敢进入。即使从园子进前门，也要赶一下蚊子飞速跨入，不然，晚上睡觉将不得安宁。一个夏季，至少要请小区园工用机器除两三次才行。每逢酷热，下一场透雨，这草就蹿得更快更高了。暑期里最后一次除草的时间，常在 9 月底 10 月初，此后，草不会长得太快。当树上所有的叶子都掉完，只剩下这片不太黄的深绿草地，伴我度过一年中最后两个月。不再蓬勃，也不再鲜亮，但依然用生命的绿温暖寒冬中的人。

花香

记得有一个小姑娘曾对我说过“好看的花不香”。当时，我看到一朵美丽的花，却说“可惜她不香”。孩子的话，我一直不忘，原来，花有两种方式引起人注意，一是形美，二是花香。

紫园里的树，大都会开花。春天的桃极艳，但确实不太香。夏初的牡丹、芍药，人们虽把两者区分为小姐和丫鬟，但仪态都属雍容大方。大多数赏花者只是爱看，不大会凑近去嗅。唯有柠檬，每次都是由一股不常闻到的香唤我寻找，才看到一朵小如茉莉般的柠檬花打开了。然后，每天都一朵朵依次开放，待花多时，我就剪几枝插在小瓶，放到书桌上，整个书房夏日里即刻添了清凉之气。桂树是紫园秋季唯一的香源，她的花小如米粒，长在枝叶交接处，不仔细找无法发现。桂花香带有弥漫性，在稍远处即可闻到这独有的甜香，熟悉而亲切，常令我想起妈妈做的桂花酒酿小圆子。只要打开窗户，园子里的桂香就会浸润式地慢慢将你包裹，不会生倦意，只是想舒心地沉醉其中。因为有了这棵桂树，我才知道桂花之色有金、银、丹之分，开花时节有早桂、晚桂和四季桂之别。有幸的是，我家这棵属“四季银桂”，那是偶尔得知的。有一年冬日，我在阳台上向下看，发现蜡梅、红梅、茶花并开，连桂树也在开，即使到了初春换叶时，也还会有零星的桂花开放。不过，后开的花香都不如秋天初绽的那拨浓醇，也许是凛冽的寒风凝结了香之远送。

桂树、樟树、冬青等还常被称作不落叶的常青树。有了紫园供经常察看，才知常青树并非不落叶，只是落叶不在秋冬，而在春季，且非成批凋落，同时还长出新芽。唯有在常青树上，我们方能看到更多不同生命期的叶呈现的丰富色彩，黄绿青红褐，有时还会聚于一叶之中，让我不禁感叹：秋叶美于花。

蜡梅与红梅是紫园中冬春的最俏，因冬树叶落花少，分外瞩目。若遇有雪的冬，再冷再大的雪，我都要去拍摄，不知冻只有欣喜，能留下老天赐予的美。蜡梅还较常见，其香也浓郁，红梅只是有了紫园后才看到，最让我意外的是其香之幽雅清冷，唯有春节前后开放的瑞香可与其相比。若将蜡梅与红梅比，又组成一对小姐与丫鬟。

“鹤祥”

约在 2006 年，紫园靠近窗的西南角上自己长出了一棵树芽。我发现它时，已有小小的树干和明亮、比小树干大许多、伸展的心形绿叶，十分清新可爱。只是无法弄清楚，它是什么时候长出来的。我问相识的邻居，都认不得这是一棵什么树，也许是小树苗的差异较难辨，尤其是长相大众化的。只告知，平白无故自生的树，一般都是小鸟的功劳。

因为这小树的叶子大又可爱，我没去除掉它。谁知，后来它的长势快于园中其他树，到第四年已长到近三楼阳台。年年默默地使尽地长枝散叶。2011 年是我“随心所欲不逾矩”之年。3 月初，奇迹般的事发生了，这棵自己长到我家来的树，竟开出硕大的白玉兰花了！一个破壳脱颖而出的笔头状花蕾，渐渐长大，饱满后绽开。因靠近阳台，我看到花心是绿色的，长着一圈黄色丝状的细蕊。每天清晨开花，傍晚收拢，如此约一个星期，当一朵花再也无力收拢时，她的生命就接近凋落了。然而，就在收不拢又不掉一片花瓣的那几天，她呈现出一种独特的“白鹤飞翔”的姿态：两片成东西向打开的，成为鹤之“首尾”，南北向打开的，则组成了翅膀。此时，我恍然大悟：原来这棵紫园长出的“家树”，是为我

“庆生”来的！就是这朵白玉兰将谢未谢时的“鹤翔”姿态，让我立刻命名这棵家树为“鹤祥”。

自此以后，鹤祥越长越高越大，花开由十几朵到几十朵，现在已一百多朵。每年 3 月开满一树的鹤祥，十分壮观。走到近我家的路旁，远远就能看到。她总是给我带来春的活力与欢乐。前些年，我外出较多。3 月里外出时间长了，就牵挂鹤祥，怕我回来时开败了。曾有过两次截然相反的体验：一年回来时正当鹤祥盛开，就像迎我归来；一年在一场春雨大风后到家，看到的是一地残花，脱口而出的是：“对不起，我来晚了！”心里全是惋痛，此刻，我方意识到鹤祥已是长到我心里与生命息息相通的“家树”了。

鹤祥即使花瓣落完了，花心也有独到的美，慢慢地会长成果。果的样子之前从未见过，胖墩墩的，上小下达，像个小卫士。鹤祥已高过书房，为了找这些小卫士，我从书房的阳台抓住就近的枝干看个明白，却出乎意外地发现，在盛开过的花枝旁叶间，已有小小的毛茸茸的，要等明年 3 月才开放的花苞冒出。发现了一个，放眼望去，何止一个，明年满树的花苞都在孕育。前些日子之所以未见，只因我的眼光全被今年鲜亮开放的花锁住了。

从发现明年花苞的兴奋、惊讶，渐渐复归平静而陷入沉思。

人的眼光是多么容易被眼前的突出所遮蔽：鲜亮、破败、新鲜、惊艳、动感、寂静、强烈、委婉，都能成为我们关注的中心，最不易看到和发现的，恰恰是最重要的，每一个生命日日在发生着的变化与成长，尤其是细微的初生。多少文人墨客对梅、松的赞美，还不是被明艳、对比强烈的色彩与寒冷的直接感受所征服？在此次发现之前，我从未想到过白玉兰的花苞，也是从初春孕育，经历酷暑、寒冬的逼拷后，才能有一年一春的大绽放，也未读到过对这一艰难、顽强孕育过程的赞美诗，感受到人们对她的深深敬意。连这些长在眼前的情景都会视而不见，更何况深埋地下的根和各种生命，他们的坚韧、顽强，一年中度过的日日夜夜，我们能知多少？

唤醒

紫园，是我人生中第一个，也是唯一一个自己打造的园，不过是种了一些花草树木，但她们，却打开了人生的另一个世界，与天地草木沟通的世界，她们成为我心中的我们，不只是眼见的她们。她们使我意识到自己对周围世界变化、生命成长已近麻木的状态，看重的只是工作、读书和写作，心灵变得干涸、粗糙，原来这是丢失了与自然接触、主动亲近和失去敬畏所致的现代病。人漠视自然，最终是自己被自然所弃。

紫园里的每一棵草木，都用自己无声的生命语言在告诉我，天地与人的相通，必须通过这些看起来极普通，乃至被蔑视的，实际上却是集天地之精华的草木来实现。人欲通中华文明之古今，也不能不识花草树木。她们不但与我相伴，更使我知道自己的贫乏，使我在观赏、寻找、发现她们的同时，引起深思，使我的心灵世界得到活力滋养，向更大的天地开放。从此觉得自己有了一个不限于人类的生命之大我。

紫园唤醒我：心灵有多大，眼光有多明，世界就有多大、多明……

说不尽的“紫园”，真的从命名转成了“心系此园”，再也不会忘怀的“紫园”。

（2019.1.6）

三、纪念抒怀

智慧从容　大气恢宏*

十分有幸能参加吕老（吕型伟）教育思想研讨会，可以直接向吕老祝贺积其一生心血和对教育之爱的教育文集出版，并与在座各位相聚，共同思考和探讨这样一个问题：我们可以从吕老身上学到什么？

吕老是我们大家熟悉、敬重和喜欢的老教育家。一个一辈子从事教育的工作者，能做到让许多人熟悉已属不易，能受人敬重则更难。在我看来，在熟悉、敬重之后，再加上喜欢，则难上加难，真可谓凤毛麟角。但吕老兼备了。我们不禁要问，是什么使他能成为这样的教育家？

吕老用自己一生的所作所为、所思所言做出了回答，用四大本文集做出了回答。粗读文集让我渐渐悟出了一些吕老教育思想的精神特质，那就是“智慧从容大气恢宏”。在此，我说的是吕老教育思想内含的精神特质。任何反映真情实意的言语或文章道出的都是心声，是精神，是言谈者或作者个体内在人格力量的外化。读文要读人，听言要听声。我喜欢“读人听声”，为的是读出文章的精神。

智慧从容，是吕老处世、从事教育的一种生存方式。在吕老的文章中，我们听不到愤世嫉俗的诅咒，能看到的是处变不惊、冷静思考、从容应对的自主和自如。他初中时就“不安分守己”“敢于选择自己的道路”。他的一生不缺磨难，但没有一次磨难能把他打倒，无论是政治的、精神的，还是身体的。他在“文革”中“靠边站”，当过看门老头，让人意外的是他竟说出“我一下子喜欢上了这个工作”。这种笑迎逆境的心态不是从容又是什么？吕老用一段十分隽永的哲言概括了自己何以能从容：“人的心志可以永远是自由的，而且这种自由是唯一与生俱来的。

* 本文发表于《中国教育学刊》，2007年第10期。现经作者修改定稿。

在任何恶劣的环境中，人们都可以有这种自由，那就是选择自己的心志。”

还有一种从容，只有在成功和荣誉面前才会呈现，这是一种淡定的从容。吕老的头衔和知名度不可谓不多、不高，但我们与吕老相处，绝不会感到一些名人名家身上常有的，不管是经意还是不经意中流露的状态：或孤傲，或自负，乃至于无法克制的吹嘘和炫耀。更为可贵的是吕老从不在成绩面前停步，他永无止境地追求和创造，造就了事业和自己的教育人生。这是一种积极的、踏实努力的从容。听听吕老 60 年前（1947 年）正值而立之年的自白，我们就可以知道，这种从容来自何方：“敢于攻击黑暗固然需要巨大的魄力，而迎接光明往往尤其需要重大的魄力。”

凡从容者必智慧。吕老的智慧只要是与他接触过的人，就不会不留下深刻的印象。他要说的道理，经常在谈笑风生中完成，幽默成了他独特的语言风格。自然，吕老的智慧不是只显现在语言中，而是体现在对教育的关注、研究和实践中。他关注中小学教育一些具有发展价值的新鲜事物：第二课堂、青浦经验、愉快教育等都与他的敏锐发现有关。他思想解放，敢于在变革的大时代探索新路，在 1979 年就提出中学教育机构改革的建议，并在他的建议、策划下迈出第一步。他总是“在新起跑线上思考”，又总是处在“新起跑线上”。吕老遇问题不回避，遇难题独立思考，从不搬弄教条，人云亦云。他总能想出好办法，解决新难题，把事业不断朝前推进。吕老的智慧来自他对事业的执着与热爱，来自丰富的人生经历和爱思考、善思考的头脑。他说，他从小就爱思考；他说，他喜欢读书；他说，他喜欢到下面搞调查。无论到哪个岗位上，他都会有“点子”，更有创举。智慧就这样在献身、学习、思考、研究和不断开拓的实践中炼成。

如果说“智慧从容”是对吕老生存方式的一种概括，那么“大气恢宏”就是对他生存状态和生命质量的一种描述。四卷本的《吕型伟教育文集》，从副标题就能感受到作者生命的恢宏气场：教育是为了未来的事业，“为了未来”之标题表达了他从教一生不变的志向；当今谁都知道“发展是硬道理”，吕老要接着说的是“发展也要讲道理”，标题点明了他从教一生对“明理”的重视；教育通过孩子的成长实现其特有的价值，以“立足于孩子成‘人’”为题，体现了他对教育真谛的理解和对儿童的真切关爱；将自己职业生涯回顾的汇集，命名为“一生与教育有缘”，一个“缘”字道出了他心之所系，情之所至。这样的“志”“理”“情”“缘”，怎能不酿成生命的大气象！这样的大爱至情，怎能不让我们深深感动！

吕老已经走过 90 年的生命历程，写出了 120 万字的教育文集，今天显然无法让我在此细品畅谈其详细内容，但文集确实已在我们面前铺展出了一个当代中国教育家的精彩人生。这些文字帮我们随着吕老走过近百年中国教育的风风雨雨，教我们懂得什么是智慧，什么是从容，什么是大气，什么是恢宏。

感谢吕老为我们提供丰厚的精神食粮，提供来自中国实践、来自他深思熟虑和生命体悟的真知灼见。我们为吕老而骄傲，并真诚地祝愿他心灵永远年轻，思绪永远飞扬。

（2007.6）

缘系中国教育学会*

中国教育学会清楚地记载了自己的诞生日——1979年4月21日。那是一个万物遭劫后的春天，是我国新的历史时期起始的春天，是教育事业和教育学研究开始复苏的春天，是学术研究团体雨后春笋般生长的春天，是一个充满喜气和希望的春天。“中国教育学会”，多么气派的名称，多么博大的包含！

作为中国教育学会一员的我，却已说不准确自己哪年、哪月、哪日开始成为其会员，何时开始参加中国教育学会的活动。只记得自己当时是作为团体会员中的一员入会的，因为我是华东师范大学教育学系的教师，自然就是中国教育学会的成员。缘起于如此这般的自然，无怪乎说不清何时结缘。

第一次参加中国教育学会的会议在1984（或1983）年的初夏，地点在当时的中央教科所。这是教育基本理论分会召开的一次会议。议题主要是关于教育学教材体系的研究，与会人员大多是讲授教育学的教师。我与雷尧珠老师作为华东师大的代表参会，会上我做了关于“教育概论”编写思路的发言。这是我第一次在超出学校范围的专业人员讨论会上发言，第一次与校外的一批前辈相遇：北京师范大学的黄济先生、中央教科所的张同善先生、华中师范大学的郭文安先生、曲阜师范大学的陈信泰先生等。我的发言引起了与会同人的关注。意外的是，在会议结束前进行的教育基本理论分会主任委员的推选中，我这个第一次参会，且只是一名讲师的普通教师，却被选为分会的副主任委员。老先生们用这一推举让我体会到他们对青年教师的期望与厚爱。对我来说这是一个难忘的开始。由此，我和中国教育学会结下了承担一份责任的缘。中国教育学会也为我搭建了与全国教育理论研究人员开展学术交流的舞台。多年来，联系、指导教育基本理论分会的是中国教育学会原副会长、我校教育学前辈瞿葆奎教授。在他的带领下，在张同善先生、王道俊先生两届主任委员领衔和全体副主任委员的通力合作下，我们分委员会的工作正常、逐步推进。每两年一次的年会，瞿先生必亲临，主题必反复讨论。这是一段学术快乐成长的历程。作为初步承担分会工作的我，从他们那

---

* 本文发表于《中国教育学刊》，2009年第8期。现经作者修改定稿。

里学到的远不只是学会工作，而是学问、胸怀与人品，是中国教育学会使我结缘于诸多良师。中国教育学会将几代人凝聚在一起探讨学问，促进了我和当时一批中青年教师成长，我们都得益于教育学会的工作和活动。我忘不了当时较真、开放的学术氛围，民主、平等的交流争论，不争利、不言权的学会品格，让我享受着只有在这个群体内才能感受到的学术情缘。

1989 年，中国教育学会开展了第一评奖活动：十年优秀论文奖评选，这是学会庆祝成立十周年的活动之一。我不是评委，也未提交论文，事先并不知道此事，但事后却得到了奖状。我在《中国社会科学》1986 年第 3 期发表的一篇论文《论影响人发展的诸因素及其与发展主体的动态关系》，被评为优秀论文一等奖，这是我获得的学术研究的第一个奖项，它给我的鞭策和鼓励极大，让我增强了对自己研究主题和研究能力的自信。从今天看来，这个奖项也许并不大，但在我的学术成长史上，它却是零的突破。尽管没有奖金，没有隆重的颁奖仪式，然而，这是前辈们认真评议的结果，是沉甸甸的，它内含着纯真年代最朴实的光华，永远留在我的心中，也给了我在浮华年代不随波逐流的定力。这是我与教育学会的心缘。

2000 年，在学校推荐和顾明远先生等前辈的提携下，我当选为中国教育学会副会长。自然，在我入会时无论如何都没有想到会有这一天，有了这一天，内心除了感谢和荣誉感外，更多的是一种不安。作为全国最大的一个群众性学术团体，内结构和成员构成又十分复杂和多元，中国教育学会副会长的责任自然是重大的，我怕担当不起。于是，只好这样想：好在有德高望重的顾明远先生当着会长，好在有一大批出色的北京驻会常务副会长顶着，我作为“新兵”，又在上海，责任可少一些。这是在我所担任的各种学术领导工作中，自己最多依赖思想、最少贡献的一项，名不副实，心中常存负疚。

然而，我依然受惠于中国教育学会。在这个岗位上，我看到了学会工作的全部丰富性和复杂性。学会不仅有各地的分会，还有各专业分会和第三级的专业委员会；不仅有一大批从事理论的研究人员，还有更多的来自中小学的教师和各地教育研究人员；不仅每年要举行一次年会，还要与各地方学会结合，举行各种各样的专题研讨会、报告会和论坛。无论在西部的农村，还是东部的都市，都能看到教育学会的身影，听到教育学会的声音。这些年来，中国教育学会尤其关注和加强了对教育改革和基层教育研究的支持和指导。建立学会的教育实验区、开设学会的研究课题、开展教育研究优秀论文的评奖、编写教育研究论文集，有限的人力、物力、财力，做如此多的工作，也可称为“中国奇迹”。有幸的是，我主持的“新基础教育”研究项目的实践基地——上海市闵行区，也成为中国教育学会的实验区，使该区从事这项研究的研究人员、校长、教师，有可能得到学会更多领导的具体指导，有机会和其他实验区的教师多次开展交流。他们中不少人在研究中写成的论文，在学会论文评选中获奖，就像我当年一样，他们中许多人的第一次获奖也来自中国教育学会。正因为此，“新基础教育”研究的发展也得力于中国教育学会。五年前举行的“新基础教育”发展性研究结题活动和最近举行的“新基础教育”成型性研究成果发布暨现场研讨活动，都是与中国教育学会联合举办的。顾明远会长、谈松华常务副会长、张民生副会长两次都出席了会议，做了富有启发性和令人鼓舞、感动的讲话。他们还深入到试验学校听课、评课，与教师一起讨论，给教师们留下极为深刻的印象。其实，他们何止到一个实验区呢？到实验区指导工作的又何止他们几位呢？但我从他们身上看到了中国教育学会深深地关注中国大地上每一个地区、每一所学校、每一位师生成长的教育情怀。为此，他们会忘却年龄，会不知疲倦，会全力投入，会大声疾呼，会躬身亲为……这一个个高大而又平凡、忙碌而又淡定的身影，是教育学会的精神和力量、情怀和追求的象征。我和教育学会的缘，说到底，是深深的教育缘。结缘于中国教育学会是我一生的大幸！

已过“而立之年”的中国教育学会，将迈向不惑之年。不惑于何？不惑于复杂变化的时代，不惑于名利、权力之诱，不惑于教育改革的百般艰难，不惑于捧场或诬谤……始终保持一份清醒和坚定，保持一份努力和从容，保持一份草根情结和创造活力……我相信，我祝愿，中国教育学会的明天更澄明、更高远。

（2009.6）

我心目中的刘佛年校长

今天，华东师范大学教育学科系统的全体成员，在此集会，纪念敬爱的刘佛年校长一百周年诞辰。在我看来，一个人离开世界后，还被人们深深地怀念，一定是他的生命留在人间，留在人们的心中。我非刘校长的及门弟子，也非直接共事者，但刘校长却对我专业生命的成长产生过重要影响，是我心目中的楷模。他是一个磊落处世、执着事业、温厚待人的大写的人。

先说“磊落”。我曾听闻过的几件事，使我对刘校长的人格深怀敬意。

在“文革”中，刘校长被称为“中国的凯洛夫”，被打倒。造反派曾出过一招“考教授”，刘校长也在被考之列。第二天，大字报就出来了：“白卷教授刘佛年”，说他交了白卷就走了。这确实让我震惊，并让我联想起新中国成立前刘校长作为“大教联”成员，为护校而做的斗争。正是这张白卷，让我看到了他的磊落，在造反派的高压下，维护着自己的人格尊严。

“文革”以后，我从未听说他重提“文革”中遇到的迫害，听到的消息是：他把所有补发的工资都交了党费。这是一个共产党员对自己组织的信任与磊落。

一个经受过荣誉，又遭受过灾难的人，能如此一贯地处世，不是光明磊落是什么？

再说“执着”。刘校长的执着体现在他对中国教育学建设的事业上。这种执着，一是坚持，二是开拓，合起来就是从不满足，一直向着更好的目标努力。

“文革”前，刘校长已经是教育学的全国领军人物。1961 年，刘校长应中宣部点名，主编了全国第一本统编教材《教育学》(初稿)。后因“文革”开始，未能继续修订成稿。是刘校长的努力，为我们华东师大教育学科在全国奠定了领先地位。70 年代末，“四人帮”刚粉碎，师范大学恢复教育学系和教育学的公共课程，迫切需要教材。这一重任又落到刘校长身上，他立即组织人员修订该教材。当时受时间和多方面因素限制，无法大改，但增写了附录，并在序言中坦陈不足。于是，这本 60 年代初编写的教材，历经 20 年，才正式出版，成为“文革”后第一本被广泛使用的教材，“解”了师范大学“拨乱反正”的“燃眉之急”。

但刘校长并没有满足于此。他一方面组织人员翻译国外教育学方面的著作，一方面亲自领导了中小学“一条龙”教学改革试验。我被组织到参加语文小学组的教学改革，从此有缘直接受到刘校长指导，当时印象十分深刻的是苏联赞可夫十年教改试验的介绍。刘校长说，教育改革就是坚持长期的试验，赞可夫可以做，我们也可以做，也应该做。因参加这个试验，我第一次以研究者身份进入到实践中去。

80年代，我参加了刘校长主持的“七五”期间“马克思主义教育理论研究”课题，有机会与各位前辈一起讨论，由此开拓了自己的思路，有更多机会听到刘校长的教导。给我留下深刻印象的是他对教育学的大思考。他不断地拓展教育学的研究视野，带领大家开发了许多新兴领域，但他从来没有说因此可以取消教育学。为了使华东师大的教育学研究队伍后继有人，刘校长带的队伍，不仅面广，而且层次多，一带就是五个层面。我当时是属于第四层面的中青年教师，最后一个层面是在读研究生。正是由于刘校长和老一辈教授的共同努力，华东师大的教育学科创造了自己的春天。

80年代后期始，我有时参加教育部主持的一些会议，能经常听到的就是对刘校长的赞扬。是刘校长奠定了华东师大教育基本理论的领先地位，使“教育学原理”专业成为华东师大第一批博士点。没有刘校长等一辈人的执着与探索，这是不可设想之事。

最后，要说的是“温厚”。这是作为小辈之我最深的体会：他对后学的专业成长给予无私支持和激励，在此我只举两个小例。

其一，1988年，刘校长要求我和当时他的博士生丁证霖老师，一起编写教育部师范司委托编写的公共教育学教材。这一机缘使我有机会得到他更多的直接指导。每次向他汇报，总是得到鼓励和肯定，要我们大胆去写。这本书最后由刘校长亲自审稿并写序言，它就是华东师范大学出版社1991年初版的《新编教育学教程》。这是我唯一一本由他人写序的书，也是唯一一本由刘校长为我们写序的书。序言中对我们的介绍是：作者常常“直抒胸臆，而不遮遮掩掩，没有某些教科书那种沉闷的气息。这种文风，我想也是青年读者所欢迎的”。做学问要直抒胸臆，我记住了这几句话，并努力践行。

其二，1990年7月5日，我和陈桂生教授主持的一个调查研究项目“普陀区中朱学区大面积提高教育质量研究”的成果发布会，在普陀区教育学院礼堂召开。当时袁运开校长出席会议并致辞。教育学系的一大批教授都为我们的研究报告写了评语，参加了发布会。刘校长在会上做了这样的发言和评价：“它（指研究结题报告）的材料是真实的，事实是经过三番五次核对的，分析十分正确，真正把实践的东西提升到理论上进行总结，这在国内是很少的”，“即使摆在国外的一些调研报告中，我们这一报告也毫不逊色，甚至还带有我们的特点，略胜一筹”。自然，这是鼓励，我们记住了，要实事求是做研究，理论与实践要结合，对自己的研究要有信心，有特色，有自己的东西，这样，我们也可以在国际比较中“略胜一筹”。

刘校长用自己的一生，为中国的教育学和教育事业做出了自己的奉献，为华东师大教育学科的发展奠定了基础，打开了局面。他用自己的生命写下了一本大书，一本值得我们永远铭记的大书。

（2014.10）

四、学术随笔

我的“基础教育”情结*

我出身于一个普通的小学教师家庭，小学就是在父亲任教的学校上的。每天清晨，随父亲走进学校的大门，一声声“叶老师好”扑面而来；每逢过年，总有毕业多年的学生来访，父亲和他们的融融交谈给家里添了独特的温馨。那时我就觉得当老师真好，长大了我也要当老师。也许正是此时，“基础教育”的情结就潜入了我的心田。

高中毕业，我以第一志愿进入华东师范大学教育学系学习，志在将来当一名好老师。因为在我看来，要当好老师不懂教育学，就像要当好医生不懂医学一样不可思议。大学毕业，我以优异的成绩被留系。最初的两年是下实践，到华东师范大学附属小学实实在在地当老师——担任一个班的班主任并教语文。自以为不会有什么大问题，还想做出一些大名堂以显示专业力量的我，却被最初的实践“重创”到几近崩溃：因管不好课堂纪律而常常哭鼻子，有时还会哭着离开课堂，有时教室的喧闹声会把路过的教导主任引进教室，坐镇在教室的后面，才能让我把一节课上下来。将近一年的时间，几近噩梦般度过。这让我感到：教育学学得再好，在实践中也用不上。我埋怨小学生：为什么老师不“凶”就不守纪律！得出的结论是：自己生性不会“凶”，喜欢从事或更擅长的是理论研究，所以适合当大学教师，与大学生打交道不会有问题。第二年，因教二年级上的孩子，不那么调皮，也学会了一点“凶”，情况好多了。

这谈不上成功的两年实践经历，虽然在当时似乎对我的业务发展没有积极影响，但现在回头看才觉得它给了我很多：我懂得了小学教师的辛苦，自此以后因

---

* 本文发表于《素质教育博览》，2000年第3期。现经作者修改定稿。

亲历而对小学教师的职业又多了一份理解、亲近与尊重，我懂得了只有读书时学好的理论，考试得到的好成绩，不能保证实践中当好老师，当好老师还需要有另一种智慧和能力，学问不是只能从书本上讨到。这段人生经历对于我的基础教育情结生长之作用在于：拥有了一份真切的当小学教师的生命体验，产生了教育理论与实践关系复杂性的问题意识。值得庆幸的是，这次“重创”并没有把我对理论探究的兴趣和对理论力量的信念打掉，这是大学教育留给我的最宝贵的精神财富。

我真实意义上的大学教师经历，始于1983年独立开设一门本科课程。当时我担任了本科一年级“教育概论”的教学工作。当时，这是一门新设的课程，还没有系统的教材，这为我重新思考教育学中一系列基本问题，形成自己的见解创造了条件。对过去，包括我在学习期间学过的教育学理论的批判性反思，使我越来越清晰地看到，我国教育学理论中最缺少的是“人”的意识和“人”的研究。它在基本理论上集中表现为：关于人的发展理论忽视个体能动性和个人生命实践对于个体自身发展的重要意义，因此在教育中也忽视人的自我意识和自我教育意识与能力培养。教育学只研究怎样把外部世界的知识教给学生，而不研究怎样发展学生的内在力量，我认为这是教育学必须补上的更为重要的另一半。我决心为添上这一半而努力。当理论研究初具眉目（这体现在我发表的相关论文和《教育概论》的相关部分中）并被理论界关注和相当程度地认同后，我产生了一种冲动——探索有关理论向实践转化历程的冲动；让理论产生实践力量，让实践丰富理论！

1990年，我组建了“基础教育与学生自我教育能力发展”课题组，以上海市洵阳路小学为基地，开始了我第一个理论构建与教育实践创新直接结合的研究课题。在历时三年的研究实践中，我和课题组成员坚持每周一天下基地，进试验班听课、评课、设计新课，同时开展变革班级活动的研究，终于形成了我们有关基础教育学校的实践点，把培养学生自我教育的意识与能力作为内在核心任务，去设计、开展一系列学校实践。每周、每阶段有半天时间和校长、教导、有关教师一起做一次总结。课题组内部另有阶段性集中讨论，以不断推进研究深化，最终形成了研究报告。课题成果还得了第二届全国教育科学研究优秀成果奖二等奖。对于我个人来说这并不重要，重要的是这项研究让我看到了儿童身上蕴藏的巨大潜力和可能性，深感目前我们学校生活的深层弊病，即对师生的生命活力、创造力的压抑乃至无形的扼杀。研究让我坚信学校生活需要而且可能做根本性的变化。这是我随后开展“新基础教育”研究的重要个人实践依据和研究基础。对我个人的学术生涯而言，这项研究使我迈出了新的一步：用深入一线的实践研究，投入到中国基础教育改革洪流中去的第一步；用理论创新为实践探索开路，以实践探索丰富理论研究的第一步；在作为研究个体的我的身上，实现教育研究中理论与实践研究产生良性互动的第一步。尽管这第一步是在一所缺乏知名度的小学校迈出的，尽管这一步还没有产生重大的社会实践效应，但它向我展示了一种充满希望的前景。如果把理论研究比作“上天”，把实践研究比作“入地”，那么正是在这项研究中，我感到一种在天地之间遨游、自由探究、发现的欢乐。我把该研究看作蕴藏在心中几十年的基础教育情结破土而出的第一片新叶。

催化我的“基础教育”情结加速生长的是时代的春风。1993 年以来，我们古老的民族在改革开放的路上加快了步伐。时代的发展日益显出对新人的呼唤。而新人的成长、民族的伟大复兴，都与基础教育的改革直接相关。此时的我作为一个教育工作者，被一种作为民族一分子的历史使命感所驱使。我觉得也常对研究生谈：中国的一个大时代到来了，中国的教育由近代向现代转型的重要时期到来了。这样的时刻千载难逢，我们不能只在书本上讨知识。教育实践中层出不穷的新问题时时在向理论工作者提出挑战，中国的教育改革只能由中国的教育工作者承担，也只有在改革的研究与实践中，中国的教育理论才能诞生、成长、成熟。若此时再不投入，那不是时代辜负了我们，而是我们辜负了时代。于是，自 1994 年始，我和课题组的同事们，开始了以“‘新基础教育’探索性研究”命名的长达五年的理论与实践直接结合的课题研究（此项研究的成果，集中在《“新基础教育”探索性研究报告集》中）。该研究在理论和实践上，都对教育界产生了就我学术生涯而言的最广泛和深刻的影响。更让我欣喜的是，我在基础教育的领域里，在许多中小学中，有了越来越多的知音和志同道合者，他们使我对中国教育的未来充满信心，他们的研究热情、智慧和创造，经常会触发我的灵感，使我真正感受到创造性的教育实践对于理论生命的滋养。自此以后，我想，在我有限的学术生命中再也不会离开基础教育研究领域。1999 年，在“新基础教育”探索性研究接近尾声时，我和我的研究伙伴们又开始了“新基础教育”发展性、推广性研究。我们的队伍有了大的扩展，我们的追求有了新的提升：为创建面向 21 世纪的新型学校、为焕发学校生活的生命活力、为形成师生充满主动创造的学校生存方式、为实现中华民族伟大复兴的教育奠基事业而研究。在这个研究过程中，我还得到了教育部基础教育司、中央教科所、上海市教委、闵行区政府和教育局、崇明县和浦东新区教育局以及常州市教育局和我的故乡福建省南安市教育局等多方面的强有力支持。我觉得自己融入了“大我”之中，我的基础教育情结已从个人的心田进入到民族发展的大业之中，它有最广袤的沃土、最充足的阳光、最清新的空气和最大的发展空间。

我还能说什么？我只觉得，我是幸福的。因为生逢大时代，因为有着深深的“基础教育”情结。

留在生命深处的历史印痕*

中华人民共和国成立 60 年来的教育发展史，是起伏跌宕，可以大书特书，值得深思、慎思的大历史，但又是很难有哪一篇有限、具体的文字能说得清、道得全之史。然而，对我们每个有幸同共和国一起走过 60 年的个体生命来说，这却是一段亲历亲为的生命史。共和国 60 年教育发展的宏大历史，交融化聚在每个不同个体的生命深处，在我们每个不同个体的精神世界和个性上打下深深的时代烙印，铸就了我们这些“40 年代人”的精神气质。也许，这是最能说明 60 年教育之生命意义，也是我可以做出的最佳叙述角度之选择。因为这 60 年中我没有离开过教育领域。

出生在抗日战争中期的我，尽管在 4 岁时迎来了抗战胜利，但因年幼而未留下任何印象。我生命中第一个记住的国家喜庆的大日子，就是上海解放后第一次中华人民共和国的国庆日。当时作为三年级小学生的我，最爱看的就是国庆大游行：欢乐的秧歌、舞动的腰鼓、漫天的红旗、嘹亮的口号，构成了一幅有声有色、欢腾喜庆的浓烈画面，深深地印在脑海之中。这就是我们高唱的《解放区的天》。它给我幼小的心灵涂上了一层明亮的底色。

第二年，我 9 岁，戴上红领巾，成了一名光荣的少先队员。从此，每当高举右手向国旗行队礼之时，懵懂地感受到崇高与伟大；从此，羡慕革命先烈轰轰烈烈的人生，知道了刘胡兰、董存瑞，读遍了《铁道游击队》《吕梁英雄传》等抗日小说；从此，参加了许多次“重大”的少先队活动，从挨家挨户请叔叔阿姨在和平呼吁书上签名，到捐献废铜烂铁制造飞机大炮抗美援朝……几乎当时所有的国家大事，都有少先队员可参与的方式。当然，还有我们自己的“六一”庆祝活动和联欢晚会，白衬衫、蓝裤子、红领巾就是我们的节日盛装。这条红领巾我一直戴到高二满 15 周岁离队。我热爱这个我人生中参加的第一个组织。

现在回想起来，当时自己在小学上些什么课，真的是没有清楚的记忆了，但这一次次的活动场面却记忆犹新、清晰生动，还包括当时的心情。最近读到一则

---

* 本文发表于《人民教育》，2009 年第 18 期。现经作者修改定稿。

以“怎样让孩子们关心政治”为题的文章，文中提到了与G8国际峰会几乎同步召开的G8青少年峰会，并提出国内的重大政治活动，如人大会议等也可邀请青少年、儿童参加。自然这是个不错的建议，对培养未来的政治家也许特别有意义，但我更喜欢的是自己儿童时代，每个少先队员都能投入的、融入日常生活中的、我们这些不懂政治的孩子所参与的政治活动。它让我们的视野扩展到校外、社会，它让我们在自主参与和积极投入的新鲜活动中，懂得了爱祖国、爱英雄，恨侵略者、恨敌人。这可以说是任何一个国家对每个公民最基本的认同教育。直至今天我还认为，解放初期对儿童的思想教育是成功的，因为它不是简单的说教，并不停留在学校，也不限于少数学生参与，而且老师放手让学生自己去做。正是这样一种孩子喜欢参与的活动，不仅使我们根本没有学业负担过重的问题，还在我们这一代人的幼小心灵中，播下了对国家、民族、事业负责任的种子。因为英雄已留在我们的心中，理想似乎是人长大不可缺少的东西。对照今天的教育，这些来自当年儿童的体验并非毫无价值。

我的初高中阶段是在学习苏联的全盛时期度过的。影响我们精神生命成长的首先是学校的环境与课程，高中阶段尤甚。教室里的课桌椅是单人单座、前座椅背连后座桌子的那一种。课程都模仿苏联，如将语文分为汉语与文学，地理分为自然地理、中国地理和世界地理等。外语则一律开“俄语”。老师上课按照凯洛夫“教育学”的五段教学法进行（我大学进了教育学系才恍然大悟这一点）。每节课都有5分钟老师抽号提问，采用五级记分制，每节课老师都带着《教学日誌》进教室，显得特别有精神。当时十分强调基本知识与基本技能的落实。小测验几乎天天有，但很少超大纲，基本属于复习、巩固。尽管没有太多的创造性要求，但这种循序渐进、日积月累的学科知识、技能训练，确实使我们形成了有关一门学科确定性的基础性素养，这些素养成为我们入大学进行专业学习时，向其他领域拓展的基础性支撑，至少不会害怕跨出脚步，因为我们学过。它是我们曾经进去过的“邻家大院”，我们知道这些学科领域的一些最著名的奠基人物，对他们的敬仰和对真理的信服，使我们养成了理性对待外部世界的基本态度。

现在看来，在青少年成长发展的初期，基础性的学科素养是不可缺少的，否则，人会没有认识世界的根基。个人今后的成长，以及不管他在什么领域的批判或创新，都是针对“有”而不是“无”。一个人的批判和创新能力，也是建立在自身的“有”（包括知识、经验、见识、勇气、智慧等）的基础上，而不是“无”。缺乏“有”之基础的批判或创新，很可能走向狂妄、破坏或几近于空想。

对于每一个具体的人来说，这种“有”的基础积累与形成的最佳时期是儿童与青少年期。也许，这正是在粉碎“四人帮”后，教育界最初的强烈反应就是要重新评价凯洛夫，这正是在每次教育革命过度狂热以后，开出的良方总是回到基础的根本原因。文化要传承发展，个体要成长发展，都不能没有基础。

自然，我并不是说，我们当时的中小学教育是最好的，并不是说学校只要完成基础教育的“双基”任务就可以了，或凯洛夫教育学是无瑕可击的。强调“必不可少”，并不等于只要有这些就足够了。如果当时的教学思想有什么大不足的话，那就是缺乏开发知识内涵（而非贴标签式）培育人精神世界发展的丰富、多样的价值，仅仅满足于知识、技能的传授与掌握。这种教学思想因来自行政力量组织的宣传、学习、讨论而内化到大多数教师的教学行为中，且由老教师传到新教师，成了学校教学的一种常态。我们如果在学习某一门课程时能产生兴趣，常常因得益于好老师，他们能在教学中把我们引向更广阔的世界，吸引我们去参加课外活动小组；他们指导我们不用死记硬背，而是掌握学习这门学科的方法；他们让我们在学习中产生兴奋、愉悦与成功感。但毕竟这样的好老师是可遇不可求的，即使在我求学的华东师大一附中，也并非个个老师都是如此。庆幸的是我遇到了一批好老师：在我们的老师中，没有一个讲不清楚自己承担的课程；我尤其佩服数学老师思维的清晰和不用圆规就能画出一个漂亮圆的绝活，尽管我的数学成绩并不优秀；我喜欢俄语老师对我们亲切和巧妙的指导，尽管我的俄语也学得一般；特别让我庆幸的是，我遇到了一位优秀的教中国近代史的老师，他对井冈山革命根据地的反围剿游击战和抗日战争战略思想的精彩讲述（到大学后，学习了《毛泽东选集》，才知道老师是将毛泽东思想补充到了教学之中），使我一下子改变了历史要死记硬背的看法，看到了历史的智慧，将我对文科的兴趣，从纯粹的爱好文学，提升到爱好智慧，坚定了大学考文科的决心。

初高中阶段形成我精神世界的另一重要源泉，是自己课外阅读的大量苏联小说。当时尽管我们的课程并不比现在少，也不文理分科，但课余的时间还是不少，作业一般晚饭前能完成，晚上和星期日就是自由支配的时间，读小说成了我最大的满足。从《卓娅和舒拉的故事》《无脚飞将军》《匪巢覆灭记》，到《钢铁是怎样炼成的》，还有不是苏联小说的《牛虻》，都是我们广泛传阅和被深深吸引、心灵受到震撼的作品。不只是情节描述、警句、人生格言，还有小说主人公那种对祖国、对革命事业的忠诚，以及那种绝对超乎常人意志的高大形象，像刀一样深深地刻在我们敏感的心灵之中，成了鞭策我们努力和克服自己缺点的力量。尽管十几岁的少男少女并不懂多少人生，但心中有了对人生意义的思考和追求，知道大多数人都不会成为英雄，都会过平凡的生活，但平凡不等于平庸。我想，这是那个时代留给我们最宝贵的人格力量和精神财富：不甘平庸；愿意克服自己的不足，积极向上；看重精神世界的享受与满足；愿意为国家和人民（尽管还都是较抽象、笼统的概念）奉献自己的力量，从未想过个人要置于国家、人民之上。这个年代的青少年，大多是先形成“大我”意识的人。

1958年，在一个轰轰烈烈的“跃进”时代，我跨进了华东师范大学的大门，成了教育学系的一名学生，从此，留在这所大学和教育领域，由大学生到大学教师，由青年教师到老年教师，经历了中华人民共和国教育史中大起大落的50年。在1958年到1978年的前20年，从“三面红旗”、“反右倾”到“三年困难时期”、“调整巩固充实提高”八字方针的贯彻，从批修反修、“四清”运动到“文化大革命”、粉碎“四人帮”，都成为我大学生活的重要构成。大量的运动要求我们经常下农村劳动，参加“四清”时还吃住在农民家中。这些深入陌生农村的生活，令我终身受益的是结下了“草根”情结。在我的精神世界中，有了对普通劳动者的尊重，艰苦的劳动磨炼了我吃苦耐劳的意志和体力。如此激烈动荡的政治大风大浪，让我从大学生时期开始，逐渐清醒和懂得：政治不只是光辉理想，并非只有伟大英明，还有复杂尖锐的斗争，阴谋毒辣，直至残酷到你死我活的血腥。这也许是我们这一代青年都有过的走出“政治幼稚病”的时期。但其代价，无论是国家、社会，乃至家庭、个人，都太大太大。这一时期中，业务上除了大学期间的各门课程学习，获得了一些与专业相关的基础知识，在老师的指导下有了一些治学的基本训练之外，几乎没有更多的进展。专业理论强烈的意识形态特征，思维方式简单化和模式化，成了自己专业素养上幼稚的典型特征。是中小学养成的好读书的习惯和大学的环境，是运动前前后后相对正常提供的一些时间，使我还有可能阅读到各种可以借到的书，从而精神生活还未被完全沙漠化。20年政治化生活的结果是形成了我们这样一代特别的大学教师：做了十多年无太多“教”可“助”的“助教”，直到40岁前后，才开始有一个相对稳定的学术环境，才开始意识到自己学术上的贫乏和幼稚，才开始重新启动和学习审视已有的一切，努力去把失去的时间抓回来，努力赶上时代的步伐，努力尽快地成为名副其实的大学教师，是历史造成的一代大学教师的“集体学术迟到”。

最近的30年是改革开放的30年。巨大的历史代价，终于换来了政治路线的调整和一代知识分子的清醒。尽管教育领域面临着中国社会转型和时代剧变带来的复杂挑战，尽管教育发展还一直有改革伴随，尽管在前行的路上还常常让我们感受到来自专业领域外的、非学术的干扰和折腾，尽管还有不少已成习惯的、令人头痛的管理制度、作风和各式弊端的侵蚀，尽管我们也还有迷茫、困惑和苦恼、犯错的时候，但我们一起走出了百废待兴的时期，逐渐有了相对独立的学术空间，有了自主选择开展学术研究的可能，有了更多可以沉浸于专业的时间，有了不断拓展和更新学术视野、进行学术交流的可能。逐渐地，我觉得自己有了专业思想，有了理性反思和批判的能力，有了学术的“自我”，有了一种被新时代唤起、在自己专业领域中做一个发展专业领域的奋斗者的勇气。我越来越清晰地意识到，经历了 60 年风雨的中华人民共和国正在走向成熟，几千年的文明古国正在焕发出新的活力，一个经济繁荣、文化昌盛的未来中国，需要我们一起来创造。尽管我已走近教师生涯的终点，但童年和青少年时期形成的“大我”意识、“英雄”崇敬和“草根”情结，又在心田中萌发，只是多了一份清醒与从容。它成为一种力量，推动我抓紧最后一段的工作岁月，尽自己的力多做一些，做好该做和能做的事。

我从自己的 60 年人生中，体验着教育对于个人生命的独特价值。知识、技能的习得、运用和发展是人生一辈子不能没有，且是易见、易识和可变的，但教育，尤其是青少年时代所经受的教育，对个人心灵、精神、气质的孕育，却留在生命的深处，在需要的时候，它会唤醒内在的力量，以一生的积累和独特的姿态，去回应所面临的时代，去圆心中的梦。

每个人的生命深处，都有不同的历史印痕，但只要是生命深处的历史印痕，就会永远活在自己今日的生命和行动之中。

难能可贵的合作者*

1999年，上世纪的最后一年，“新基础教育”研究才走完5年的探索性之路，由于闵行区教育局的参与，紧接着踏上了又一个5年的“发展性阶段”研究历程。由此开始，我和闵行区教育局及其一些中小学，建立了为当代中国学校转型变革而开展的真实、真诚的合作研究关系，我们两支团队一路并肩走来，跨过了世纪之门，完成了长达13年的“发展性”、“成型性”和“扎根性”研究，自2012年起，又开始了“生态式”推进阶段，创建了不同层次共生体合作研究的探索，自此进入到“新基础教育”建设成型后的区域性推进的新三年阶段，至今我们的合作研究已共同走过了14年。这14年是我研究生涯中与基础教育一线同人最为密切合作、命运共系当代中国学校教育改革大业的14年，是“新基础教育”研究从青涩走向成熟、由一向多蓬勃发展的14年，是我人生中不能忘怀的14年。闵行区教育局的领导和参与研究的中小学校长、教师，则成了我和我们团队难能可贵的合作者。

难能可贵“难”在哪里，“贵”在何处？在我看来，首先是在他们选择和坚持做“新基础教育”研究。因为这不是一项来自行政命令、规范、号召、推行，从而有可能因跟风、随潮快跑而上报出名，或被更高一级领导重视的研究；也不是一项首先由闵行区教育局某领导提出，故而有可能被当作政绩工程的研究。这是一项不少领导不会去选择的研究。然而，闵行区教育局却选择了“做”，而且坚持做了14年。其间，局长换了四任，但“做‘新基础教育’”却没有换掉。也许他们还因此失去了不少青睐与光环，乃至高升的机遇和丰厚的利禄。我深知，在教育界要做出这样的选择是多么艰难！我内心也时常会为没有给他们带来许多人在意、我却无法在研究中给予的功名利禄而内疚，总觉得他们付出的很多，却不如乖巧者得到的多。他们究竟图什么？当初引进做“新基础教育”时，陈儒俊老局长就明言：我们看重的是“新基础教育”对闵行教育发展的意义，现在闵行缺少的就是如何深入开展学校内的教育改革。多年合作，我们一直坚持自愿和双

---

* 本文发表于《上海教育》，2013年第5A期。现经作者修改定稿。

向选择的原则，在研究性变革实践中，一批批学校教育质量的更新式提升，校长与教师们价值观念、精神面貌、思维品质及专业水平的深刻变化，则成为他们坚持变革的新动力。在今日新形势下，现任区教育局局长王浩就合作意向直白道："我们最在乎学校内涵发展，'新基础教育'在实现教育均衡方面，着力于学校内生力的增长，这无疑是独特的；闵行有一批学校研究'新基础教育'已很成熟，完全有基础开展'生态式推进'，促进更多学校得到真实发展。"就这样，我们再一次携手，又开始了创生闵行教育更广阔新天地的新征程。正是这十多年的合作研究，让我读懂了他们真诚为教育而非为个人的心。

"难能可贵"还突出表现在他们研究中的真做实干、创造不断。在这篇短文中我无法详细表述：闵行实小的领导体制改革和团队发展，明强小学日常化研究和教师新基本功的发展，华坪小学教育质量的升阶与学校文化新制度的整体创建，汽轮小学农民工子女教育的独特经验和学生观的深刻变化，闵行四中年级组改革与师生、家长精神面貌的焕然一新……这些都饱含着校长、教师的不懈努力与智慧创造，常常让我兴奋不已，思维被照亮！14 年的坚持并非靠"守"，而是因在研究实践中不断自我更新和创造性发展而执着。这些创造也成了我们的共生经验，成了合作研究最坚实的基础，成了"生命·实践"教育学的原创资源。我从心底里发出"他们是我的老师"的赞叹！

"难能可贵"之中最让我感动的是：闵行教育人的朴实和对合作者的尊重。这是一种人格意义上的合作纽带。原属郊区的闵行教育，至今还被当作郊区，常要安排市中心的学校来牵手帮助。他们坦然领受，我却常为此不平。大讲缩小城乡差异的今天，我想政府的作为首先应在条件的保障，"牵手"之事可能不宜做规定，而应根据需要自愿进行，政府作为支持者为好。至于谁被牵手，不能以地域决定，而应根据学校的实际发展水平来定。闵行教育人对合作者，无论是对我们，还是对来自市区的"指导者"、来自外地的"挂职者"，都抱着真诚的善意，开放的心态。与我们的合作让我直接体会到的是他们对理论工作者的尊重。我们每阶段、每学期都会一起讨论研究计划方案，一旦确定，局领导只有支持从不干预。每当我召开分析研究的发展与问题的会议时，局长、副局长会尽量参加，发表意见，若不能与会还事先向我"请假"。到学校听课做现场研讨时，局领导常常一坐半天，一起听课、讨论。从 2012 年 9 月开始，为了推进 66 所生态区学校的研究，我们商定举行为期一年的相关校长研修班，我担任导师组组长，局长和副局长分别担任班主任与副班主任，他们称自己也是学生，大小活动总是亲历，请他们发言，也谈学习体会。每到寒暑假、重大节假日，他们总要来探望，我们之间又像自家人一样。和他们在一起，无论是老局长还是新局长，我经常忘记他们的局长身份，深深感受到的是志同道合、共同创造的欢畅……

正是这些“难能可贵”，让我和我的同伴们没有感到时间的漫长，14 年真似“弹指一挥间”，在外人看来有些不可思议的“坚持”，我们却乐在其中，这正是“子非鱼”难知“鱼之乐”吧。

浅议文字与学校教育*

学校作为一种专门的教育机构在历史上诞生，文字的形成是其必要原因。没有一个学校可以不教文字，扫盲首先扫的是“字盲”。识字，是个体进入科学文化世界的首张“通行证”。故而，人们往往把儿童上学称作去“读书识字”，把扫盲班称为“识字班”，实非偶然。

被外国人称作“天书”级难度的汉字，对我们却是值得骄傲的本国文字，它是世界上独一无二、极富智慧魅力的文字符号。如果我们的母语教育之始，只停留在“认识字”的层面，只把汉字作为阅读、写作的工具，只是为“用”而教，即使不说这糟蹋了汉字，至少是汉字作为一种教育资源的极大浪费。汉字教学不能只停留于“识”，而是要“品”。只识汉字为用，“品”汉字，则是“悟”中国文化。

语言学家对汉字的独特性有大量论著，值得并需要教师学习。就本人的体悟而言，汉字的形声义三者结合，其结构之复杂且规则清晰，则是最让我感到震惊的：原来，由思维方式、情感和道德意识等所构成的独特的“中国心”，都浓缩、集聚在“中国字”之中。

汉字是字符，但它是抽象与具象的结合；汉字有独体与合体之别，但字字方正，独立成形具意；汉字的独体字又能转化为偏旁部首，成为合体字的构成；合体字的结构形式丰富多样，且都有命名：上中下、左中右、某某头、某某底、全包围、半包围等等。这不仅使汉字有极大的重组、构造能力和表达空间，还因学、用汉字而塑造了中国人独特的思维方式，影响了大脑两半球的发展形态。汉字的笔顺规则和书写要求，则又蕴含了有序和端正的品质与训练。“温柔敦厚”是汉字的形象之美；将“天地人事”之复杂集于字中，巧妙假借，这是汉字的品质之慧；将对外界的情感体验呈现于字，则是汉字的人情之善；字符中抽象与具象的内在关联，又可使汉字成为激发人的想象力和情境思维的重要力量。

如此美妙的汉字，为何我们在教学中往往只停留于“识”呢！

---

* 本文发表于《语言战略研究》，2016年第4期。现经作者修改定稿。

让汉字自身的魅力转化为汉字教学的魅力；让孩子们从学第一个汉字起，就喜欢上汉字；让汉字唤起孩子们对先人创造的敬意和民族文化的自豪。

汉字完全可以成为育人的力量。汉语言文字内在力量的发掘，是最基础的民族文化的张扬。从学校开始直至全社会，祖国的语言文字应有足够的尊严。不仅是学校教师，每个中国人都应有此担当。

我们并不要求教师都成为语言学家，精通《说文解字》，也不要求教师在教学每个字的时候都从“古”说起。然而，教师，尤其是语文教师应该提高语言文字修养，能读《说文解字》，喜欢汉字，爱琢磨汉字，能与汉字“对话”：看到“笑”，能会心地咧开嘴；看到“哭”，会想到一滴泪；看到“冷”“冻”“寒”，会想到古人也许早就懂了热胀冷缩的道理，把三点水变成了两点水……也许，这些解释并不符合语言学，但是一种个人对汉字的体悟式解读，却能打开学生的思维，引发想象，让孩子与古人对话，以教师对祖国文字的“爱”与“趣”，激起学生的“爱”与“趣”。原来，识字课完全可以呈现出师生、生生相互激发、妙趣横生的生动局面，在与先人创造的字符交流中，品、赏汉字，悟、爱中华文化。

这一切并不难，只要教师有这份情、这份意和这份真趣。

电视台的“识汉字比赛”，是否可变为“品汉字赛”？

…………

为了祖国语言文字和民族文化在孩子们心中生根、生爱，教育可做的事很多，只要你愿意、你思考、你创造！

教育创新呼唤“具体个人”意识*

当今，中国社会已进入到一个呼唤“创新”的时代。江泽民同志近年来的多次讲话提到创新问题，关注面从科学、技术、制度到观念、文化、教育，几乎无所不包。这标示着中国社会转型期的发展跨入了以“重建”为主题的新阶段。要“重建”不能没有“创新”。创新，说到底，关涉到的不仅是中华民族的振兴、一代新人的培养，而且是每一个人的生存方式的更新和生命质量的提升。中国社会发展的这一势态，对中国哲学社会科学界而言，不仅提供了发展的契机，而且提出了尖锐的挑战。

就现状而言，这一领域中存在的诸多问题，确实有外部环境的因素，诸如权钱的干扰与诱惑，但不可否认的是，也有来自学术内部的因素，其中突出的是研究者的思想缺乏生机，往往沿着长期习惯的思维方式运行，在相当固化的概念、理论框架中打转，用程式化的结构和语言表达着并无多少新意的成果。这些问题，只能由学术界自己来解决。因此，在我看来，当前我们需要并且不能由他人代替做的事，首先在于对各自从事研究领域的状态、水平进行整体和深度反思，寻求学科内核心问题认识的突破，在发现、开拓和重建学科发展新空间的研究实践中，改变研究者自身。思想的活力是学术创新的内在源泉，但它又只能在学术创新的实践中才会得到滋养与发展。

就教育学而言，我以为学科发展的内在核心问题是对“人”的认识。教育学基本理论的突破，需要从对“人”的认识的反思开始。从宏观功能的角度看，任何时代的教育都是社会更新性再生产与人类发展的、历史的具体统一，它集中反映在不同历史时期社会对人的发展的要求和人对自身价值的追求上。从具体实践的角度看，教育是直面人、通过人和为了人的一种独特的社会事业，人既是教育的直接对象，又是教育过程的重要构成，还是教育成效的终极体现。因此，无论是对教育的宏观策划，还是各类教育实践的进行，都不可能没有对“人”的认识

---

* 本文发表于《中国社会科学》，2003年第1期，“创新时代的哲学社会科学”笔谈。现经作者修改定稿。

的支撑。在理论上，“人”的问题，既是教育学必须回答的前提性问题，又是教育学建构中不可或缺的核心问题。在一定意义上可以说，有怎样的“人”的观念，就会有怎样的教育学理论。古今中外教育学发展史上的重要流派纷争和时代性的转换，都以对“人”的认识的重大区别和变化为标志。今天，教育学中“人”的问题再一次突显，要求我们做出反思和回答。

就中国教育学理论的现状来看，在有关“人”的认识上，主要缺失的是“具体个人”的意识，需要实现的理论转换是从“抽象的人”向“具体个人”的转换。否则，教育学理论难以回应和面对呼唤培养人之创新精神和能力的当代教育转型的需求，也难以实现自身发展。

简而言之，“抽象的人”的概念是工业时代和近代自然科学思维方式泛化到人的研究领域的历史产物，也是中国从 20 世纪初由西方引进的近代教育学理论的人学基础。可以说，一个世纪以来，中国的教育理论经历了曲折、复杂的变化历程，但这一深层次的人学基础却基本上没有触动。“抽象的人”在教育学中的典型表现，是把“人”当作与客体相对立的独立主体，把“人”的发展，看作是由遗传与环境这些不能由发展主体控制的因素相互作用的结果，强调教育对人的塑造作用，突出教育目标的划一性、教育内容的统一性和教育过程的操作性，教育常常被比作“生产”，教师是“灵魂的工程师”，学生则成了加工的“对象”与“产品”。

在这样的教育学中缺失的是“具体个人”，而教育真正面对的恰恰是“具体个人”。早在 20 世纪 70 年代初，以提出“终身教育”理论闻名于世并被载入教育学发展史册的法国教育家保尔·朗格朗就曾尖锐指出：“现代的人是抽象化的牺牲品。各种因素都可以分割人，破坏人的统一性”①；他大声疾呼：“教育的真正对象是全面的人，是处在各种环境中的人，是担负着各种责任的人，简言之，是具体的人”②，是具有“作为一种物质的、理智的、有感性的、有性别的、社会的、精神的存在的各个方面和各种范围。这些成分都不能也不应当孤立起来，他们之间是相互依靠的”③。然而，这样的呐喊在当时“以阶级斗争为纲”的中国是听不到的，在 20 世纪 80 年代的中国教育界也还不足以引起强烈共鸣和普遍关注。只有在今天，在中国处于呼唤创新、呼唤创新人才培养的时代，才会具有

①② 保尔·朗格朗．终身教育引论．周南照，陈树清，译．北京：中国对外翻译出版公司，1985：87.

③ 同①88.

振聋发聩的作用。

自然，朗格朗并未穷尽关于“具体个人”的研究，更未涉及中国教育学理论的具体问题。就我个人而言，重读朗格朗的《终身教育引论》，使我对自己近年来有关教育与教育学中“人”的问题的思考，聚焦到了“具体个人”这个观念上来，感受到了这一观念的当代力量。关注“具体个人”并不是要求教育学去描述一个个的个体之特性、发展、成长及其教育，而是要改变教育学中“抽象的人”的观念，用“具体个人”作为教育学中人学的支点，去重新认识教育和构建新时代的教育学。“具体个人”作为教育学的一个基础性观念，至少意味着我们对“人”的认识要发生一系列变化：要承认人的生命是在具体个人中存活、生长、发展的；每一个具体个人都是不可分割的有机整体；个体生命是以整体的方式存活在环境中，并在与环境一日不可中断的相互作用和相互构成中生存与发展；具体个人的生命价值只有在各种生命经历中，通过主观努力、奋斗、反思、学习和不断超越自我，才能创建和实现，离开了对具体个人生命经历的关注和提升，就很难认识个人的成长与发展；具体个人是既有唯一性、独特性，又在其中体现着人之普遍性、共通性的个人，是个性与群性具体统一的个人……有了这些认识，教育学的立足点和视角会发生诸多相应的变化：我们不会只关注教育的社会价值，忽视教育对每个人在社会中生存、发展和实现人生价值与幸福的意义；不会把个体成长只作为起点去研究，而是作为教育中个体重要的内在需求与动力去研究；不会把教育只看作知识、技能的传递过程，而是看作必须提升人的自我超越意识和能力，提升人的生命质量和创造能力的过程；不会把个体之间的差异看作问题，而是当作教育的资源和财富去开发；不会只根据人的今天去判断、决定他的明天，而会把发现人的发展可能并使这种可能转化为现实，作为教育学研究的重要课题。总之，我们有可能发现当今教育学理论研究中诸多的空白点、诸多的不足甚至谬误，发现一个教育学研究的新天地，看到新的教育学诞生的曙光。而这一切，都与当今中国呼唤创新的时代相关并由此催生而出。

最后还想提及的是，当今中国哲学社会科学的发展，还特别需要学科间的沟通与交流，对于教育学来说尤其如此。但教育学在中国的学科分类中处于十分特殊、矛盾的地位：它显然不被人们当作自然科学，但教育学系的招生却文理科兼收；教育学通常被分在社会科学的领域里，但是在中国社会科学院的建制中，却不设教育学研究所。教育科学研究的课题由全国教育科学规划办统管，虽然同为高校教师申请的教育研究课题，但若在教育科学规划办立项，地位似乎低于哲学社会科学内立项的同类课题。在不少大学中，不把教育科学规划办立项的课题当作全国哲学社会科学同级课题处理。诸多说不清、理还乱的体制与管理等问题，不仅使教育学研究人员与其他哲学社会科学的研究人员，以及相关课题之间缺乏沟通与交流，而且造成教育学的学科地位似乎“低人一等”的效应。在此，我不想详细谈论教育学研究内部存在的诸多问题与不足，想说的只是：在一个呼唤教育创新的时代，在强调“科教兴国”和“人才强国”的今日之中国，忽视教育学的发展问题，无论如何是不恰当的，是需要改变的。教育学在学科分类中的不明地位，以前也许由教育学的不成熟造成，但今日却可能预示着这是一门不能拘泥于传统分科方式去发展的学科，它需要打破学科的壁垒，它的存在是学科分类体系需要重建的一种表现。但无论怎样重建，各学科之间的平等地位和相互沟通、交流乃至合作，是当今任何学科发展所必需的外在条件。我们期望在科学创新的过程中，新型的学科关系和交流渠道也在其中创生，并为哲学社会科学的创新提供更好的土壤与氛围。

千舟险过万重山*

一、解题

怎样通过题目，点出和表达我们对基础教育改革三十年的评价，这是我们完稿后遇到的第一个难题。“成绩很大、问题不少”，这是一个不会有大问题的判断，但似乎不足以表达我们体验到的这三十年改革的艰难与曲折；把成绩讲足、问题点到，题目再取得辉煌一点，也许是讨人喜欢的，但不足以表达这一段动人心魄历史的积淀之厚重，会显得轻飘，又不符合以“历史新起点”为名的丛书之宗旨。酝酿许久，突然冒出李白的诗句“轻舟已过万重山”，那种“过万重山”的豪放与喜悦，忽上心头。然而，“基础教育”在中国社会改革的大浪中，绝非轻舟，而是浩荡之“千舟”；航行的历程也绝非一帆风顺，而是历尽艰险，李白还江陵是顺流而下，基础教育的改革则是搏击风浪。故而，改两字成现在的题目：“千舟险过万重山”。

二、思路

改革开放三十年研究在今年初就是热门课题，现已有不少丛书出版，教育也不例外（教育部副部长已主编、出版了一套丛书）。我们接受任务在三月初，几经讨论，五月形成提纲，理出思路。总的指导思想是在反映基础教育三十年改革全程的演化脉络和总体状态的基础上，把握住改革中呈现的带有普遍性和根本性的问题，那些贯通历史和发展，无论回顾还是展望都不能回避的核心问题。进而就这些问题做深度专题评析。最后从认识和把握改革发展的方法论层次上，展现我们对新起点的思考。以上思路的形成，以及包括问题的把握和评析在内的每一部分的写作，都需要教育学科的学理支持，同时也促进了我们对基础教育改革理论的研究。我们力图在此意义上，呈现本研究撰写的“三十年”之特有的存在价值。

---

* 本文发表于《基础教育》，2009年第1期。现经作者修改定稿。

三、主要观点

1. 必须在当代中国社会与教育变革相互关系的意义上，认识基础教育改革的性质与任务

（1）深刻认识基础教育在当代中国社会发展中，具有重建当代中国社会的教育基础，以及在个体成长意义上落实社会“以人为本”的价值观和发展观的重要地位与作用。

（2）中国当代基础教育改革是社会转型背景下的转型性变革，是系统转变。

（3）中国基础教育改革的核心任务是：在宏观、中观和微观相一致和互动、转化的意义上，形成培养现代新人的教育制度、机制和新的学校实践形态。

（4）当前必须把基础教育的均衡发展与内涵发展当作同一过程不可分割的两个方面，认识和推进基础教育改革的深化。

2. 必须充分认识基础教育当代变革的艰巨性与复杂性

（1）基础教育作为社会公共事业，需要整个社会的支持与合作：

1）经费、环境、教育价值取向与利益配置等，都要求形成共识与合力。（以减负和应试为例）

2）教育制度中各级各类学校不仅在整体结构上要做出适应社会发展需要和纠正内在偏差的调整或重组，而且相互之间需要一致性和贯通性，形成相互支持和参照的内在有机关系。基础教育则需要为学生的持续、终身发展奠定基础。

（2）基础教育作为培养新生代的人类实践，在当代面临新的挑战：

1）培育基础性学力。

2）唤醒生命自觉。

3）提升生存智慧。

3. 科学发展观体现在基础教育改革中，要重视、支持教育学科的发展，提升教育改革中教育学科的含金量

（1）发挥教育理念与价值观对教育实践的引领价值。

（2）改变认识教育的思维方式。

（3）形成教育理论与教育实践之间关联互动、相互生成的制度与机制，做出政策支持，促进双赢的积极关系的建立。

散论“教师”*

一、使命

教师、医生和律师，与建筑师、工程师不一样。一类是跟物质生产相关，一类跟人相关。教师和医生，尽管面对的都是人，但仍不同：医生主要关注人的身体，医生在工作时，研究的是病与治病；教师关注的却是儿童、青少年的精神世界以及整个生命的发展。这之间的差异是清晰的，不难区别。

教师往往被他人贬称为“教书匠”，这一“书”一“匠”两字对“师”字的替代，概括了许多人对教师职业性质的认识：他们只是教“书”的“匠”人而已；他们只是把已有的知识传递给青少年而已；他们只要认真工作，不把知识教错，教对、教好即可。充其量，教师是人梯，因牺牲自己的生命，造就他人的成长而伟大，并不像科学家、艺术家那样因创造而伟大。教师职业不能在社会上引起真正的尊重，其认识根子在此。更令人忧虑的是不少教师也认同这样的观点，他们往往只为教书而行，负责任者力图把所教“书”的内容理解得更透彻，关心学科知识的更新，提高与自己所教学科一致的学历水平，为的是把“书”教得更好。至于自己的劳动有何创造性，同样未做深究。如此，教师就无所谓什么工作中的创造自觉，也无法体验创造的欢乐与尊严，培养创新人才之类的话往往也就流于空谈。

今天，教师的使命是使学生能够适应这个变化的时代，活出生命的意义和价值，实现自己的人生价值，以及他对这个社会尽一个公民的责任。每一代的教师都面临时代对教师使命的要求，但是也会有一些不变的，那就是教师的事业是对人一生负责任的事业。尽管学生不完全被教师所左右，但好的教师会成为一种力量，引导人前进和向上。一个教师，能够对儿童、青少年，对某一个人的发展变化留下深刻影响，让他在每一个前进的重要时刻会想到这位教师。这样的教师，

---

* 本文由作者根据本人相关文章整合、修改而成。

就是在真实的意义上成了一位教师，而不仅仅是一个知识的传递者、技能的教学者。

二、性质

认清教师劳动的创造性质，可以说是当代教育学的重要课题，是当代教师职业生命自觉提升和践行的灵魂。在我看来，教师劳动的创造性由其工作的根本任务在于“育人”，在于促进儿童、青少年的精神生命成长与精神世界丰富所决定。它需要教师对多种知识实现多层次创造性的开发、转换与复合才能完成。

就以教师最经常开展的学科教学活动而言，教师所教的知识自然是前人创造的，它以系统化、相对稳定的符号形态并经教科书加工后呈现。但教师的相关教学，不可能只是把现成的知识像物件一样传递到每个学生手中。在教学前，教师首先要研究开发不同的学科知识对儿童、青少年心灵丰富成长的发展价值，包括这些知识的社会价值。其次要研究自己所教学生的发展状态，他们的潜在发展需要与可能，以及他们在学习这些知识之前已经具备的经验、重要的相关前在知识等一系列方面。只有在两方面都清晰的背景下，教师才可能确定对学生具有发展意义且可实现的教育目标。这些工作没有现成的知识提供，也没有人能代替，只能通过教师自己的创造性研究才能完成。然而，这还只是第一步。

接下来，为了使学生能更好地理解知识的价值，以知识的创生过程来激发学生的创造兴趣，培养学生吸收知识、进行自我建构的能力，实际上也是形成学生终身学习和创造兴趣的基础，教师还需要将符号化的知识，转换成各种鲜活的、对学生既可能接受又具有挑战性，且不只是游戏式的状态，这同样需要教师创造性的劳动。唯有经过教师如此这般的一番努力，作为人类文明的财富和认识世界成果的知识，才能转化成滋养、浸润学生心灵，激发生命活力的“琼浆玉液”。

然而，对于教师的教学工作来说，完成上面这些任务，还只走了不到一半的路程。教师还需要对教学活动如何展开做出师生互动式的整体设计。在完成设计后，还要直面由成长发展中的个体组成的学生群体，在不同的、时时变化着的复杂教育情境中进行教学，不断处理、重组教学过程中因学生积极参与而不断生成的新资源，做出及时的调整、重组与新的策划……如此复杂的过程，不但需要教师具备教育学知识，需要经验，更需要理念与智慧、实践与反思、重建与更新。唯有如此，才能使课堂教学的创造过程成为学生的生命成长过程，成为教师职业生命的创生过程，同时，也成为与人类自身发展直接相关的教育学知识的积累、创生过程。

可以让我们希望的是，今日中国上述的一系列问题正在逐步被认识并趋向改变。一个呼唤、呈现和尊重教师劳动创造性的时代正在到来。我深信，只要全社会合力持续推进教师发展生态的完善，只要越来越多的教师在改善的生境中，在自己的职业生涯中努力提升发展自觉，中国的教师就会不再只以悲壮之曲为命运的主旋律，而会让充满智慧、创造和激扬生命灵性、展现教育本色的当代教师之歌，回荡在日益繁荣富强的中国的蓝天上。

总之，教师不是一个简单的传递者，他跟孩子一起创造每一天的生活，为孩子的未来生活而需时时创造。教师是丰富人一生的很重要的角色，教师的创造表现在“转化”上，他把人类的精神财富转化成学生个人成长的精神财富。这个转化的艺术，就是教育的魅力。教师的创造还表现在他对学生精神世界的不断丰富和完善上，这样培养出来的新生代，就会与他的上一代不一样。代际传承的本质是把知识、技能、精神转化成个人的能力和精神内存。这些东西又会综合成新的创造力。

值得进一步深究的是，何以长期以来教师劳动的创造性不被人认识，甚至连教师本身也未必清晰意识？自然，我们可以找到很多原因。最重要的不外乎三。

一是整个社会还没有发展到真正以人为本。人们更多关注的是物质财富的创造与谋取，人在社会职业中主要被当作工具，而不是目的。教师职业被视作是传递知识的工具，完成社会使命的工具，以及个人谋生的工具。又因其政治、经济地位低而不被重视。在基本生存、温饱都还需要奋斗的时代，人们很少去深究这一职业与人类自身和从业者发展的深层关系。

二是教育观的陈旧和对教师职业缺乏深入研究。人们并没有明白教育究竟为什么和是什么，并没有认识教师劳动的特质与复杂，以及它对从业者品格、智慧的高度综合要求。教师培养趋于简化、方法技能操作化，使教师成为掌握教育教学模式的熟练操作工，忽视了对教师人格陶冶、学识广博及识人、育人的智慧创新能力的养成，制约了教师的教育水平和创造潜能的开发。

三是人们习惯于以科学、艺术等已被公认的创造性劳动的范式来评价教师劳动，习惯于以可见、可测、可直接显现为新增产品或财富的方式来评价劳动的创造性及其价值。正是这种评价范式与标准的硬套或错位，使人们无视或看不懂教师劳动的创造性。

我觉得教育事业和教育的魅力一定要与创造联系起来。作为一个教师，像蜡烛一样，成天勤勤恳恳地埋头苦干，就觉得对得起学生了，以牺牲自己作为职业高尚的表达，而不是用一种创造的智慧去点燃学生心中的内在精神潜力，倘若这样，他一定没有魅力。教育是一种独有的创造性工作，教师的魅力在哪里？就在于创造。

当然，教师的创造跟工程师的创造不一样，跟建筑师的创造不一样，跟作家的也不一样。它的创造是一种为了人的生命发展而做的创造。这是大量“转化”过程的创造，它通过“转化”让每一个生命具有创造的内力。这也是为社会发展提供创造的永不枯竭的源泉。我觉得人类社会创造事业中不能没有教师这个职业，不能将教师职业仅仅停留在传递。如果停留在传递，那么这个职业一定没有魅力，教育一定搞不好。

三、发展

关于教师发展，近年来流行的提法是“教师专业发展”，那就是把教师职业看作一种具有专业性的职业。教师专业化最早是美国提出来的，它主要从两个角度提出：一是改变教师地位（如美国的教育工会），目的是保障教师的职业地位受到社会尊重；二是从操作化角度，旨在把教师作为一种专业技术人员。

我不赞成简单地提“教师专业发展”，而是提“教师发展”。教师作为一个专业人员，现在人们不太怀疑。目前的问题是，教师对专业发展太看重了，自己作为一个全人的发展这个问题却有所忽视了。教师往往日行而不觉：自己在学生面前是以全部的人格、一言一行呈现他是谁，学生依此判断你是谁。在这种情况下，学生对你的敬意、瞧不起、反抗、喜欢，都不是仅仅因为你的专业，而是你的全部人格。当然，没有专业是不行的，没有专业你讲台都站不住。但是仅仅有专业，肯定也是不够的。重要的是教师的整体发展。

教师必须对自身的发展有认识，其中包括对教育的理解，以及对教育责任的承担。中小学教师面对的是青少年，面对的是鲜蹦活跳的成长中的生命，要有一种责任担当。学生生命既是最柔润的，又是最脆弱的。有些东西一旦被打破，很难再重新变得完美。所以青少年时期，老师留给青少年的是什么，对他一生的发展都有影响。一个人一辈子能够遇到一个好老师，是他的福分。

教师是育人的事业，作为教师，首先要自己活得像个人，才能对别人产生成人意义上的影响，一种真正成为人的影响。自己活得像个人，并不是说像一个圣人，而是说你很真实，很努力，有信仰，你在为这个信仰践行。教师也会有缺点，有时候也会有冲动，但只要你是真实的，你会冷静下来，孩子也会理解。所以我觉得跟人打交道，一定要做真人，不要去做一个假假的人。

今天，我们强调提升教师发展的自觉，其目的不只是停留在造就一批优秀的教师，而是为了使每个教师意识到：自己能成为自身职业生涯的主人，只要努力实现自我更新，就能胜任当代教师的职责，在成就学生的同时，提升自己的生命质量，活出特有的职业尊严和欢乐。

认识当前中国教育改革的时代要求与民族意义，把改革提出的一系列挑战当作时代赋予自己的机遇，以主动、积极的姿态迎接，而不是消极、无奈地应付，投身于学校变革的实践中，这是教师提升自觉的首议之题。教师是为明日而作之人，在一个充满变数的时代，只有把握时代脉搏与趋势，才能意识到中国现代化事业需要一代怎样的新人。然而，现存的教育模式，已成通识的教育思想和已成教师惯习的教育方式，以及用了多少年的教材、教学工具等，都已不能适应培养新人的需要，教育需要有整体式的转型。唯有认识到这些，才会产生投入教育变革的自觉，进而意识到这一变革要通过改变教师自我才能实现。教师参与变革的自觉只有转化成自我更新的需要，变革才可能得到来自生命发展需要的内在、持续和强大动力，得到变革主体自觉实践的支撑而最终实现。说到底，今日中国的教育变革，若无教师的自觉变化不可能真正完成。

四、生境

教师是一个个生活在现实、具体环境中的人。他们像所有的人一样，首先需要生存。保障教师的生存条件，是教师人权的基本要求，也是教师能否完成教育任务和实现进一步发展的基础性条件。这些年来，党和政府为此做出了巨大的努力，有了很大的改善。但确实还有一些地区，尤其是农村、边远山区等地，时有拖欠教师工资等甚至更为严重的事件发生。我还能读到一些在十分艰难困苦条件下坚持办学，倾其所有为学生付出的优秀教师的事迹，在被他们深深打动的同时，总会有阵阵心痛！他们是我们的榜样，但正在走向文明昌盛的今日中国，不可能也不应该以教师的贫困为骄傲。教师基本生存条件的满足，是一个国家教育事业维护尊严的起码要求，各级政府应该在落实义务教育经费的同时，真正落实教师的工资等待遇保障。

就全国大部分地区而言，从生境的角度看，目前教师队伍建设更需要的是，党和政府、社会各方面为他们的发展提供条件和空间。我认为：其中最为紧要和根本的是切实保证教师专业自主权。教育是一个公共事业，但教师是专业工作者。公共事业需要政府保障和公众支持，但在教育专业领域内的工作，如教师的教学、教育工作，公众在要求教师承担责任的同时，必须不侵犯其专业自主权。自然，先决的条件是教师要具备专业资格。现在较普遍存在的问题是外界对教师、学校和教师专业工作的干扰太多。

这种干扰一方面来自行政部门，另一方面来自社会各界。前者的干扰通常表现为：各级教育部门行政性指令和划一式要求过多，事无巨细动辄红头文件；不同层次的检查、评比太多，这里还包括其他行政部门的多元、频繁介入。更令人无奈的是，有些指令或检查、评比，未经深入研究，并无充足依据，停留于表面、形式或造势，基层校长及教师却因其来自行政而无法拒绝，在某种意义上，我们可称之为专为学校教师设的“苛捐杂税”，他们令广大中小学校长、教师常处疲于应付的状态。这种被动应对的局面若不从制度、机制上加以改变，其必然后果是压抑、消磨教师在专业领域里的责任心和创造力，使他们逐渐演化成执行他人规定的工具。

社会各界的干扰大量通过媒体表达和放大，有来自名人、名流的，也有来自普通百姓的。其主要表现：一类是不尊重、不理解，遇事就指手画脚、大发宏论，以偏概全，以偏攻偏，“公婆叔姨”各说一套，教师却似“小媳妇”，不敢吭声，不知所措。这一关涉千家万户事业的从业人员，承受着人人都可指责的沉重舆论压力，有一段时间甚至群体形象被丑化为“眼镜蛇”。另一类社会干扰，根子在社会泛市场经济的意识与风气弥漫并侵蚀到教育领域：师生、家校关系被简化为供需与买卖关系，学校被视作类似商场提供服务的供方，要求他们以“商业”的服务观代替专业的“教育观”，同时它又被视为“大市场”，各类教辅、针对青少年的报刊层出不穷，已达泛滥成灾的地步。高考、中考后各种培训班如雨后春笋，势不可当，不少举办方夸张的广告喧哗于各类报章。这些已成为不争的事实，它扭曲、污染，乃至毒害了教师的心志，成为不利于教师发展的生境。

落实教师的专业自主权，还包括在教学、教育改革中，尊重和提供教师选择、重组教学内容与方法的自主权，在专业发展上还给教师按需选择培训内容、方式、途径等自主权，这是教师发展在专业自主权方面更进一步的要求。近十年来，教师培训有了空前的投入，参与各种不同渠道和层次的培训，也成为教师生境的构成。但在关注和研究不同教师的需求，赋予培训主体选择权等十分重要的方面，还缺乏研究，存在不少有待改进的问题，不但影响了教师培训的实际效益，而且导致相当部分教师处于厌“学”厌“培”，视其为额外负担但又无法不接受的无奈状态。这无论如何不是这项工作的初衷，故十分值得已进入教师需要终身学习时代的今日中国之关注。

改善生态　认清特质　审视决策*

2016年，中国改革新元年开启。中国基础教育改革的深化，如何在已有基础上迈出新步伐，已成为教育界必议之题。反思30多年基础教育改革走过的路程和取得的经验，通观当今中国基础教育改革的现状，本人认为，要想在新的五年中，提升基础教育的质量与公平发展，至少要关注以下三题。

一为改善生态，指改善社会为基础教育生存、发展所提供的生态。长期以来，尤其是改革开放以来，随着市场经济观念与原则的深入和泛化，社会各行各业、千家万户把自己与基础教育的关系，更多看作是需与供的关系，更多要求教育提供各自心目中的优质服务，很少思考自身应承担的教育责任。媒体、自媒体夺眼球的炒作，“呛教育”“哄事件”并不少见，再加上对外开放和林林总总校外教育市场的兴盛，强化了社会对本国基础教育质量缺乏信心，缺乏安全感，教育焦虑症较之以往呈普遍趋势。这样的教育生态扭曲了教育与社会的关系，若不加以重视和改善，势必使教育与社会的关系呈恶性循环，基础教育的改革与发展势必更为艰巨。

社会生态的改善，就目前而言，需形成如下共识：基础教育发展是社会共同的事业，没有旁观者和局外人；尽管各自所尽之责不同，但人人有责；中国社会发展需要将形成对儿童青少年健康成长、学校教育健康发展友善的生态作为重要目标之一。中国社会要建设对自然友好的生态，更要建设对未来一代及其教育友好的生态，有了这两类好生态，才能称得上现代文明社会，这是各级政府，而不只是教育部门应承担的任务。

二为认清特质，这里是指直接承担基础教育改革与发展重任的主体，必须认清基础教育自身的特质，把握住改革与发展的方向。在我国基础教育学校层面的改革已呈现出多元趋向的今天尤为重要。

有人说“多元化”是个很容易被用滥的词。多元本身并不意味着每一个“元”都是恰当和合适的。在中小学教育改革中，尤其要注意不被乱花迷眼，只

---

* 本文发表于《光明日报》“大家笔谈”，题为《深化基础教育改革三题》，2016年5月3日。现经作者修改定稿。

求新奇、独特，却丢失或远离了“基础”。这样的改革也许一时盛极，但最终必受历史惩罚，付出的生命、社会代价，花再大的努力也无法补偿。“文革”的惨痛教训，教育最不该忘记的是这一点。

基础教育之“基础”，其具体内涵会随时代发展而发展变化，但其在两个不同层面的基础性地位和价值不会变，不可丢失：为个体的一生发展打基础，包括人品、学问、做事、处世和身心健康；为社会所需各种人才的培养打基础。这就是基础教育之“特质”。

当今我国中小学界，关于“基础”有多种提法。前一时期，为政府确认且普遍强调的是“素质教育”，最近又进一步定义为核心价值观。有关的许多论述和讨论，对于理解“基础”，都有积极价值。

基础教育对每个接受教育的生命个体应留下什么，才算完成“基础”的使命？我认为可概括为三个“底”：一为“底线”，懂得且遵循做人、做事必须有的底线，使人生清白，使社会减少人为的祸害。一个不知道底线的人，是可怕和不幸的。二为“底色”，童年、青少年期的生命底色应是阳光、自信、热爱生活，对未来抱有希望，且知会遇艰难而不畏。这一底色会成为支撑人走过一辈子的重要内在力量。学校有责任给孩子的生命打上明亮、温暖的底色。三为“底蕴”，让青少年通过学校教育走出只能依靠直接经验和自身亲历才能认识世界的时空与思维局限，获得走进文化世界的工具，感受人类千百年创生、积淀的科学与人文符号之精华、文化世界魅力，形成自己丰富的精神世界，学会借助文化知识，不断学习、探索、创造未来世界的心向与能力。有此底蕴，人将终身处于发展之中，生命的活力在人生中因不断更新而迸发。成此“三底”，则基础教育大成。

基础教育的特质，需通过学校最为基本的日常教育活动来实现，那就是学科教学和各类以班级为基础组织的学生活动。改革的目标是使这些活动更好地实现形成学生“三底”的育人价值，而不是除去这些活动本身再去寻找特殊的通道，或者错把学科和班级本身当作“应试”的根源，束缚学生个性发展的枷锁，必欲去之而后快……诸如此类做法，至少尚需认真研究，细察其依据与条件，而非作为改革方向大力推广。

由此引出第三题：审视决策。中国教育改革具有明显的以自上而下为主的路线特征。决策方具有强大的话语权和影响力，这在基础教育改革中体现得最为集中。有赖于决策的力量，近30年基础教育有了长足的进步，但并非没有可反思、调整之处。本人以为以下三点尤需引起今后的决策者注意。

一是教育系统内部有宏观、中观和微观的区别，系统的不同层次有相关性，但由不同层次的主体承担责任，相互不可取代。高层次的决策者要清醒地看到这一点，把决策重点放在顶层设计、宏观把握，在涉及下一层次的决策时，既要以有利于激发而非代替中观、微观层次的责任主体之积极性、创造性发挥为原则，从而为其他层次的主体留出自主决策的责任空间，又要在行为底线和秩序的意义上，做出基本规范，并通过法律等保障两方面的实现。以往基础教育上层决策的主要问题是对属中、下层的范围管得太具体、太绝对，诸如减负令等，最终往往流于空文，下面自有办法应付和按他们的意愿行事。

“条条”一统到底，“块块”缺乏统筹策划的权力，是改革决策中的第二大问题。它使良好的愿望难以实现，且使中、下层系统不堪条条线线汇总的重负。比如，基础教育改革不能把希望全押在课程这条线上，而应加强以学校为整体的系统改革。

决策调整尚需注意的第三点是必须尊重教育的内在规定性，认识到教育是人的事业，是文化的事业。教育虽与社会一切方面都有关，但因其特质而不能简单套用经济、政治等其他方面的改革目标、策略与措施。如，教育公平无疑是合理的，但究竟怎样实现？目前资源配置呈现两头差异过大的情况，如何逐渐改变？是否用调动校长和教师，重新分配就可解决？做出这一决策的领导往往忽视了：学校的发展不仅是初始资源配置的结果，而且是每个学校在现有资源基础上，根据本校生境、传统、文化等特性，由校长、教师共同主动创造生成的结果，每个学校都有自己的生命质感、运行机制和由系统整体形成的内生力。无论学校还是个体，其发展最终是由内生力和自觉努力而成。作为制度性规定的校长、教师调动，可能会有些积极效应，但就根本而言，它不符合学校发展的内在规定性。所以，并非不可调动，但不可一刀切。频繁按比例调动的做法，对教师的持续发展也会产生消极影响。

为了今后的发展，我们需要认真审视已经做出的决策，不使同类问题反复出现。

理解“综合”和“事理”研究

在谈到人的能力时，通常要说到的是分析问题和解决问题的能力，并且一般都认为分析问题是解决问题的前提。在学术研究中，我们也较习惯于提出问题。两极式的问题，A 与非 A，折中者的回答常常是既 A 又非 A，或者既不是 A 也不是非 A；诡辩者则常采用这样的手法：大多数人认为是 A 时，他说是非 A，而大多数人认同非 A 时，他却又说其实还是 A。但无论上述哪一种回答，都无助于认识问题。上述两种状态，实际上都反映出长期以来在我们的思维方法上，缺少一个重要的环节——综合。我在前天讲课时，突然意识到这一点，并且觉得自己这几年思维方法发生的变化之一就是学会、理解了综合。

我对综合的理解和意识到这一点的重要，是从教育基本理论专业委员会 1990 年夏在内蒙古讨论“教育·社会·人”三者关系开始的。大家围绕着谁本位的问题开展了激烈的争论。我的感受是争论本身并不与事实本身的面目相一致。这样的争议得出的结论，无论谁取胜，都无助于对事实的把握和对行为的指导。随后，我写了一篇文章，发表在《教育研究》，后成为《教育概论》的最后一章。我把这一章看作认识的综合。以后，我较注意这样一种综合的问题，要求自己在这方面做出努力。1994 年写的《时代精神与新教育理想的构建》，我明确提出了思想方法的更新问题，把此作为对新人的要求。去年，在普教义务讲座中，又提出了“文化整合”问题，这实际上是关于教育内容的综合问题。在方法论问题上，最后寻找的也是综合，对“教育”这样一个复杂事物的全局性事理研究，不能没有综合。至此，我才清晰地意识到对综合本身，也要有理解的能力，过去不是不知道综合，但并不懂综合。

综合不同于一般，它不是由具体之分析得出的抽象一般，而是建立在这个基础上的，把理念化的认识再合成一个整体，这个整体是复杂事物的理念存在形态。如从水的分解中，我们可以知道由 2H 与 O 组成，这是分析，在这样的分析水平上，可以写出 H_2O 的分子式。这是在第一级水平上的分析综合，是组成式的综合。但这样并没有回答出 H 与 O 究竟是如何组成的，进一步分析就需要研究原子结构，再画出分析结构图，这就进入到结构式的综合。不是在任何条件下，H 和 O 都能结合为水，那么什么条件下会发生这样的过程（如压力、温度等条件）？过程本身是怎样开展的？这是一种化合过程的综合。所以，分析式的抽象是综合的基础，不同层次的分析是不同层次综合的基础，问题则又常常是综合性的。

综合是关于事物因素间关系、整体结构、相互作用方式和发展、转化过程的研究。可以说它是系统思维和辩证法的综合，它做的绝不是简单的分析结论的相加，而是需要有一套独特的思维方式，需要人的思维方式发生变化。理解综合，不仅指要理解不同于分析的任务，还要理解不同于分析的思维方式。

综合的思维方式，根据我现在的理解程度，主要有如下几种。

1. 立体、结构式

这是系统思维的特征。分析在这里的主要作用是发现要素，综合则是明确层次，同层次要素的关系和不同层次要素的关系，每个层次要素相互作用的方式，以及层次与层次间的转化。这是对系统内部结构的认识，用来回答是什么。

2. 动态、变化式

主要研究事物产生、变化、发展的过程，涉及基本条件、理想条件的分析，条件关系的分析，条件部分缺失或膨胀可能带来的结果及处置方式，条件作用的方式（个别作用与综合作用），事物在发展过程中的结构式，阶段及阶段的特征，转化的关键、中介和发展趋势的预测。用来回答怎么样。

3. 剥笋式

对事物整体结构由外及内的剖析，一层层进入内核。它的结论是结构式的。

4. 叠加式

先是从一种或少数因素的分析切入，然后再增加新因素，这样容易看到每增加一个新因素所带来的变化，对整体以及对其他因素横向作用的变化，尤其能表现多因素作用的相互关系。这也是一种由简单到复杂地分析问题、解决问题的方式。

由此可见，综合不同于分类归纳法，也不同于逻辑推理法，更不同于类比法，而是始终不离开整体背景、联系方式与性质、变化历程所进行的综合分析，其结论也是综合式的。综合是对二元对立和静止式思维的挑战。

综合式研究是事理研究的需要，要分析问题、解决问题，必然涉及整体与环境，它们的相互作用和衍生变化路线，有结构，还要寻找解构和转变的可能与方式。没有综合绝对做不到这一点。

如果从综合涉及的内容来说，或者说表现出的内容而言，在我看来，至少有以下几个方面。

第一，问题本身是综合的，不能用“是什么”和“不是什么”这种方式提问。

第二，在社会、人为事物的研究上，必然会涉及事物的事实与价值的统一问题，历史、现实与未来的关系问题，部分与部分、部分与整体的关系问题，内外的关系问题。

第三，在自然环境的问题上，还要增加的是人与环境的关系问题，伦理、价值也将纳入到对科学、自然问题的研究中来。

第四，在对人本身的认识方面，将会从生命、生活、实践与交往（最丰富的一部分）、生命感受（内在世界最丰富的一部分）、生命创造（世界3、实践、自然、人、思维、情感［激情］、意志力），无限丰富，交织出一个只有人类才能创造、享受和感悟的世界，人之辉煌就是在这个世界里得到体现的。文化世界是人类的骄傲，然后再从文化回到人本身，这是一个复杂的递升、叠加、不断升华的过程，是自然、社会、人多方面的综合，达到了最丰富的综合。人创造了文化，文化创造了人，人与文化的交替创造是最高的综合。

在这里，我想到了教育。教育是这个最高系列的综合中不可缺少的一环，是最复杂的综合。过去对教育之所以不重视，只因为我们仅看到教育的对象是儿童，他在现实社会中没有地位；只因为教育所涉及的内容，似乎只是人类已经创造的精神财富、知识、技术、工具、方法（包括外在的和内在的），而不要求教师自己去创造所教内容这一点；只因为仅把教育的过程看作传递，而不是一种交往、对话、理解、实践、成长的过程。其实，教育应该关心的是人的成长，这是教育的独特视野，所关心的是有目的地影响人的成长。而且，这种影响是通过特定的社会机构，由专业素养的人员通过专门组织的活动来实现的。教育要研究的，就是这一组织的结构及其活动，其中心是合目的性和有效性。面对着成长中的人，通过专门的机构和专门的活动，实现有效的和合目的的教育影响。教育，这一关系到人类自身发展的重要的综合性大问题，只有在人自己被重视、未来被重视的时代，才有可能真正被人重视。

（1996.4.18）

杂读有悟

前记

自去年 11 月底完成《溯源开来：寻回现代教育丢失的自然之维》之后，从 12 月始，只要能坐定在书桌前，我都在杂读各类报纸中自己想读的东西，还有微信中的一些帖子，时不时地做些摘录，可称之为“自我放逐期”。待这个时期结束，又要进入主题阅读期，这大概是我的阅读之长时段节律。这是第一次自我清晰化：我的“阅读节律”。

主题式阅读的目的清晰，放逐式阅读的目的主要有二：一是满足自己散淡的阅读兴趣，让大脑离开“战场”“根据地”，随意漫游，看花识草，无所用心却时时有感，那种触动心灵和情感的“感”，不是纯理性的深入或拓展之“识”；二是看人生百态、世事变化，识得或多识一些周围世界。今年适逢改革开放 40 周年，我 2006 年写的《“新基础教育”论》已过了 12 年，离改革开放 30 周年也 10 年了。我想看看自己当时的认识，与现在所知觉、了解和识得的真实世界发生了什么变化，这是一件有意思的事，又与自己的研究有勾连，似不应记在我这本“随心走笔”的本子里。为此，今天专辟了一个新本“成裘集”。原本想先写后者，但发现从“阅读期”进入“书写期”，还是以“随笔”热身为好。就这样，停了近一年的本子，又启用了。

存在与存在感

一、存在与存在感的区别

铺天盖地、日日时时更新、来自四面八方、亲朋好友、同事学生、或转或画或拍或评或作或告或晒……的各式微信，在使我扩大各种认识领域的同时，还能足不出户地感受着世界的丰富性，感受着各种生命的存在样态。每个人都各自独立或相关地存在着，他们用自我的选择性展示、言说、转贴，表达着自己的存在感；受众们则用自己的眼光在感受着他们的存在，形成对他们的存在感。由于自己也参与微信之中，所以同时扮演着展示和感受的角色，被他人感受和形成着他们对你的存在感。是否可把此称为“相互观照”和“相互构建”存在感？这应算是微信的一大功能。

各种报纸和微信中的部分（部分人、公众号、QQ）也在建构着百姓对政府、社会或所在领域、单位的存在感，其机制与个人建构相同。因此，可以从两个层次不同的主体来体会存在与存在感的具体表达。

正是有了虚拟空间，人与人之间广泛、间接的交往，宣传手段的多样化，使我能在比以往只有直接交往时更丰富、更清晰的意义上，体会、认识存在与存在感的不同。

存在作为是、有，在一定意义上是整、全和真、实的意思，世上万物都是实存之物。区别是在什么样的实存，怎样实存着。除了生命之物（含动物、植物、人等生命体）是一种内在有机、外在交换、个体更新生长式与世代生殖遗传式的存在之外，大量的存在是机械运动式（含天体日月星辰），由自转和公转构成的系统式存在，由内部分子运动和外力作用下的分化、消融式存在，这些都是一次性的存在，时间长短会有极大的差异，但无世代遗传式存在。其他的存在，还都不具有意识和自我意识。即使是动植物的存在，一切机制和表现都在基因中自然规定，在生命中逐渐展开。唯有人是有意识参与的，用意识支配行动，而行动的结果又丰富或改变了现实与意识。人的合作、社会交往需要，又使其必须要向他人有意识地呈现自己，更在合作、接触中，在群体中自然或有期待地呈现自己，使相关者形成对自己的存在感（自己希望的或不希望的）。这种存在感与真实的存在有差别，甚至有极大的差别。其原因，一方面来自存在者为别人认识自己而做的选择式修正，甚至是虚饰性表达；另一方面来自他者、感受者本身的千差万别，以及对你的熟悉、了解、喜欢程度。其多样性是难以穷尽的。

在日常语言中，存在感往往用来表示一个人对自己在群体中被关注程度或所处地位的感知。越被关注，越处于高位，对一些人来说，越感到自己有价值，有公众力、影响力等，越有存在感，越能在群体的存在中获得满足。

有一些人活着，就是期待别人喝彩。

对存在与存在感区别的认识，至少可以说明两点：

第一，存在感是由他人构建或因他人的反馈而获得的对自我存在的状态之感受。总之，他人是重要因素，并不全由自我决定。存在感不同于存在，不是唯一，而是多样不同的。

第二，通过存在感，可更看清一个人对自我人生的期望与态度，若与“存在”相对照，可更清楚个体自我意识的清晰度和偏差性。在一定意义上可以研究人的自我意识，非心理学意义上的研究，练习读懂“人心”，这是思考存在感问题的认识意义，也是我想认识存在感的意图所在。

二、个体呈现存在的方式与存在感的类型

在现实生活中，个体呈现存在感的方式，总是与他的存在联系在一起的。在有意识地呈现存在于他人时，总是与他本人对相关者对他的期望相关。如在乎上司喜好的一类人，会希望给上司留下好印象，得到启用，他就会呈现出或乖巧，或善言，或机智，或勤劳，或忠厚……在一个众人的场合，为了引起他人的关注，主体往往要显示与众不同，或积极，或冷淡。若不想引起他人的特别关注，则必尽力从众，甚至主动边缘化。只有真实地处在存在状态中的人，才能做到存在与存在感的一致，而人们对他真实状态的存在之认识，是长期在不同场合的接触中经日积月累而形成的。凡是经常呈现一致性，或即使反常，但有逻辑一致性的解释，成为某人在众人眼里的人品与口碑、性格与风格、能力与知识，以及做出可信任度和可交往度，脾性是否相近或相去甚远判断的依据。这就是为何人们可从一个人经常交往的朋友中认识人的道理。在一定意义上，任何选择都可以看作一种自我呈现。我们可以从人的选择去认识人。

微信中的选择和呈现，更丰富且细腻。就我所接触的范围来看，大致可分如下几类。

1. 行政、政治型

这多为以前或现在还担任着行政职务（包括一些十分正宗或为了表示自己是共产党员）的。这一类易识别，大多转发政治类报章、文件类文章。在这类人群中，关注范围局限一点的，是在自己的单位和部门，属基层领导。经常发的是自己单位（学校）的各种活动、获奖人员、校园集锦等，他们不大转别的与他们没有直接联系的贴。

2. 家庭型

主要是晒自己家的人和事、景，或秀恩爱，或秀宝贝（儿、孙辈），还有秀宠物的，过生日，儿子出国，女儿回家，办喜事等等。总之，家庭是他们向众人表达的核心内容。我特别爱看的是出生后的婴儿逐步成长，孩子在幼儿园、上小

学后和成人的互动。到初中后，一般就不晒了。从这些有趣的照片和短小的文字中，能看到不同家庭、不同年龄段的孩子，他们与父母的互动方式、家庭文化。有幽默细胞的父母，常常会营造出一些出怪的乐事和话语。我想，在这样家庭中长大的孩子，不会焦虑和抑郁。也有显摆父母的，这往往是“名门子女”。

3. 行踪型

这是一群走到哪里、拍到哪里、晒到哪里、写到哪里的人。这里又可细分几类：第一类是只报行踪和风光，基本上属“吃瓜群众”的报道；第二类是兼报活动；第三类是以自我为中心的报道，一般在性格上自恋的成分较突出。

4. 兴趣爱好型

大致可分两类：一类是专业型，晒的基本上是自己的专业活动、与作品有关的内容；一类是业余爱好者，有的是一种爱好，有的是多种爱好，有的是观看的爱好，有的是创作的爱好，大部分是书画、摄影等可呈现之物，自晒文学创作、诗歌或论文写作的较少。

5. 业务型

借助微信进行业务上的沟通，相关内容的传播或微型讨论，这一般在群内较多，在朋友圈里少，最多就是一些活动报道、获奖等众多朋友相对较有兴趣的。

6. 休闲型

7. 养老型

8. 慈善、自然关怀型

…………

众多类型的呈现，从存在感的意义上，既有自我满足，又有自塑他人对自己的形象，然后通过别人的点赞来满足存在感。

点赞也有性格特征，社交型的是什么都赞，只要是朋友，一般不发议论。有的是见领导赞，那是为了留下印象；有的从来不赞（大部分也不发），交往圈很小。有的是主动交往型，沟通式交往，不会都点赞，还爱互动，对方有评语，一般都会回。

三、自评：我的存在与存在感

存在与存在感的基本统一，在自我认识的意义上能做到这一点，我想这是我较心满意足的原因。这自然是越到后来越明白。在我这里，发生在1997年之后，在过了五十五岁之后的那一年，即在“知天命”之后，才较清晰地，从较根本的意义上，知道自己想做什么，能做什么，不能失去什么，不稀罕什么，最后按自己的意愿做了选择，从此再不回头，一路走到今天。终于在十八年之后，实现了走出一条路、带出一支队伍、创建一个教育学派的意愿，为自己作为一名教育学教师尽责尽心而感到宽慰，自认没有白读教育学系。若从1958年算起，整整过了一个甲子。前四十年，因大背景种种原因，走得慢了；后二十年，有了加速度和大进展。一辈子值了。

自2016年后，又有了第二次解放。一是不再为儿孙操心，儿孙自有自己的命；二是开始适应两个人都退休在家的生活方式，决定在一个屋檐下，尽量分好工，不做同一件事，各人保持相对独立的天地；三是渐渐地、越来越彻底地从团队中退出，让后生全面承担责任。这样，我几乎成为一个没有谁给我外在负担的人，一切的需要和行为，主要都出自内心和必要的合作，大家在一起相处不累，而且快乐！不勉强自己跟不愿处的人周旋，即使是相互熟悉的人，也把关系简到最简状态，素心相见。

2017年始，在文化上，我向更深、更广处回归，因此，也需要更多的时间静心读书。去年的“新基础教育”活动还参加不少，今年要减下来。上半年虽还有多次，但以后总量会越来越少。我正在执行以“时”作单位来记的“生命时记”，以倒计时的心态，尽量使自己的人生答卷，做得更完满一些，不仅不枉为一个教育学人，还要不枉为一个中国人，享受中华民族的文化和精神瑰宝。

在网上，我的收获也颇多。一是朋友和工作联络，作为一个多年的项目负责人，许多原先的合作关系已成朋友关系。二是家人和少量老同学、同事的联络。三是学生，分作更多参与学派建设的核心群和更广泛的学生群。四是在各种会议中接触到的愿意加微信者，这大多成为“点赞朋友”。总之，我的圈子不算太小，但绝不大，主要的联系还是与研究有关，亲人、朋友是日常的，这样构成了两大圈——研究工作圈和生活圈，主要的联系是工作圈的人。

在网上，我不晒个人和家庭的照片，也不谈吃喝之事，主要晒的是摄影（自己的）和艺术（转发欣赏的多），大多以自然为主题，云霞和花草树木是我贴中的主角。有意识地想多发现身边的美，生命的生长变化带给人的欢欣，喜欢意外的发现、偶遇，喜欢把精彩的细节放大。这是我到目前为止对自己摄影风格的存在感。

在转贴方面，重专业（有深度的文史哲，教育类专题文章）和相关的事实性资料（包括重要文件和统计数据），另一类就是文化、艺术性强的文章，一些有趣到惟妙惟肖、不俗而慧的贴。少量与健康、家庭教育、人生哲理有关的文章，转给家人。自己搜集的范围与研究范围基本一致，现在更增加了历史类的，所以阅读的时间总不够。

对有回应的朋友，我一般都双向。对长期不露面的，也不再单向联系。只有双向交往方可维持。我不在乎别人的态度，所以自己的行为不受他人左右。看来，现实中的存在方式与存在感在个人意义上的一致性是根本。

（2018.1.21—26）

变与不变

也许，世上任何事物就其本身而言，都有变与不变的内在关系存在，只是其构成与表现形式不同而已。

在此，引发我写这一标题的有三个方面的诱因：一是人，作为个体的人之一生的变与不变；二是作为人类之人性，进入文明阶段以后多少年来的变与不变；三是当代中国社会近四十年来的变与不变。造成的原因是什么？根本的原因是什么？

第三个问题涉及现实社会，将留待我写好这篇以后，作专题再写。在本篇中，着重写前两个方面。

一、人生一世的变与不变

整个身体一刻不停息地新陈代谢，生生死死，每个器官、细胞都在进行，即使我们睡着了，也是如此。疲劳是入不敷出，饥饿、寒冷感、喘气、汗淋淋、头昏、注意力集中不了（坐立不定），是不同器官表达不平衡的方式。当然还有另一面，出不敷入，那就是活力降低，闲得发慌，心情烦躁，不停地寻找更富有强刺激的生活方式，飘飘欲仙、昏昏欲睡。

生与死，从人整个一生（宏观）自然生命的意义上看，是每个生命主体无法预测和超越的起点与终点，来了、去了，在这中间，不同的人会走过很不同的人生，但都得走过（除了自杀，那是非自然死亡），这是相同的。除了出生就夭折的婴儿，在一个人的一生中，知其必死而不死，听其自然，这是一生中当你懂后，尤其是能活到老，为了提高余生的生命质量必须培养的心理修养。

如若从阶段意义上来看，不变的是，每个人都要经历婴儿、幼儿、童年、少年、青年、成年和老年七个阶段，这是正常生命之必经。越是两端的阶段，时段越短。婴儿 1～1.5 年，幼儿 1.5～3 岁，行动可自控，会用语言与他人交流，表达情绪和愿望，认识最近、直接接触的生活空间与世界，有亲近者和喜欢的人。童年早期（3 年）属学前幼儿期，进入教育机构阶段初期，开始文化意义上的社会性学习。小学（5～6 年）、童年晚期，3 年少年期（过渡、转折），青年期（初期 3 年，高中。大学 4 年，接近独立、入职初期）。成人起点，然后成家立业，哺育后代，赡养父母，尽家庭代际责任（30～40 年）。老年期（10～30 年，不定）。粗线条地说，所有的人都要经历从身体→精神→社会→全人意义上的独立、自立、自由的过程。能走到底的人生，就是有生命完整意义上体验的人生，是幸福的人生。自主、自由在一定的意义上，是一个人只需对自己的行为负责，不再对别人的行为负责的状态，那只有到了晚年才可能拥有。人生过程的本质在于从依靠、他控、学习（准备服务）和被服务→独立、自控、服务（服务社会和家人）、责任→自主、无他人责任、自由且自负责任的三个大的生存状态意义上的变化过程。

（2.3，停了几日，用来阅读）

如果能走过这一生，对一般人而言，在不同的阶段都会面临似乎必须面对的每一阶段的特殊问题，这些问题的一一解决，连起一个完整的人生。这个变化是以人身体的生长、发育、成熟、衰弱为基础的。第二个基础是个人出生的家庭、父母的社会地位、经济收入、祖辈资源（包括财产、社会地位、教养等影响因子），这些都不是个体自己决定的，但它们决定了个体在婴幼儿期的养育状态，以及至少是小学时期的受教育状态、童年的伙伴状态（居住区的主要阶层，决定了最初的同伴和小学时期的同学），这些都是个体无法选择的，是一个漫长的浸入式养育期，至少是 1～10 岁。

以上看似不自觉的被动、少选择的接受，却默默地伴随着个体一辈子，如饮食口味、起居习惯、衣着感觉，与亲人、客人、陌生人的基本交往方式。它们成为构建自我的最初基础。

一般，6 岁是个体自我构建的起点。有了生活中的喜好，有了独立的和一群相对固定的同学，及其中的“好友”交往圈。对学习的自我评价和目标追求，往往与低年段的学习成绩、教师评价、对其关注和喜欢的程度相关。大致从三年级开始，对功课会有喜欢什么、不喜欢什么、害怕什么，这还和老师整体上的教学水平相关。吸引不住孩子的课堂，使孩子浑浑噩噩的时间会相对长一些。此时的孩子，脑子里的知识、他人要求的印迹，大概都是碎片式的，“没有长心思”，这是大人常常评说孩子的一句话，此外，还有“三分钟热度”。其实，定力是与意志相关的，意志的持续性又取决于目标。目标对个体的影响，一是难易长短（常说孩子无远大目标），孩子有他自己的心理时间，每一天都很长，会生出许多念头，每个念头最好立即去实现。念头的丰富性、具体性，使他易满足，无须努力（也许，唯有学习是尚需努力的）。任何意志都不可能在短暂念头和实现过程中得到锻炼，这就是为何富家子弟缺意志力的原因之一，小时候有太多人伺候，真不是件好事。

三年级，如若已养成阅读习惯，孩子会在阅读（随机，受家庭条件和学校引导的影响）中，逐渐养成自己的精神口味。我自己从小的英雄崇拜，印象深刻的是课文中的刘胡兰，小说中的抗日主题——铁道游击队、新英雄儿女传等。这时候，如果没有丰富的课外阅读，孩子精神生活史的成长起点就会落后，有时候甚至影响一辈子。小学基本上是从懵懂到开启文化世界大门的时期，孩子们远远不知道世界有多么丰富、深奥、有趣、险恶……

初中与高中，是从初级幻想式理想的尝试构建期，进入到青年期理想（升学还是工作属大选择，每项又都有具体选择），这是人生一个重要的定向抉择期。初中能否上高中，上怎样的高中，决定了一半的未来可能。

大学，现在几乎是完善人生之必须站点。青年期是读书的最好时光，大学时代除专业外，阅读眼光是最重要的。社会阅历不必多，有几个假期外出，参与不同领域和层次的人的活动，大致就能了解世情。大学是人的精神世界构筑和专注于自己所好而读书、学习的最好时光。有这一段精神构筑期，人一生都不会俗到哪里去，因为在俗世之上，个人为自己的精神构筑了一个可以毕生徜徉和种植自己喜爱花草的小家园：可日日新，使自己精神焕发的小家园。这是世界上唯一由你自己耕耘而成的精神家园，是唯一真正属于你的小家园，是心田上长出的小家园。有这样家园的人，其他都只是基础性的、短暂的需要，家园的生活才成了使生活具有品质和意义的决定性因素。有心灵家园的人，一定不是索取型的人。

大学之后，进入到人生的成年期。除个人外，社会和自己的家庭成为他主要的活动区。一般人都不可避免地遇到一个个新问题，但不会再如青年那般狂躁。也许会有一部分人，大多是太纯或太不会交往的人，会出现一段困惑无助期，但每个能生存下来的人，都能形成一套自己面对世界人事的套路。虽然在不同时期会有所区别，但由个性、气质、品味和格调决定的基调不会变，所以，说到底，最重要的时期还是人受教育的这段时期。以身体为中心到以精神为中心的转化能否完成，也取决于青少年期。人生基调！就像一个乐章的序曲往往表达了一种基调。

二、世道与人性的变与不变（不展开）

这也许就是在同一个时代、同一个世代（古代 30 年为一世），与前一个和后一个世代比，都有与其他时代同和不同的突出特性。但同一世代的每一个人，却活得不一样，总能看到每个人的异，成为独特的这一个。然后，不管时代变到如何，人的成长之必经路线、基本影响因子（人性需求所定）和转折的关键点、关键时期、一定的行进轨迹，则不变。社会因满足个体和群体生存的需要而生而变，这一点也不变。各种力量的存在不变，变的是各种力量之间的博弈手段、方式、程度、路径，所以再复杂的社会，变化再大的社会，骨子里的还是人性。人性之必需，难以消除，故只有符合人性和有助于人性善之发展的制度与社会，方是好的社会。一个能反思、自我更新的社会，才是有活力，且能使世代在累积和变化的延续中越来越趋于好的社会。也只有在这样的社会中，更多的人才会有好的发展和美好的人生。

更坚定地相信：人对了，这个世界就好了。但人常常会不对，不但人相互撕扯、谩骂、纠缠、消耗，还会梦想用技术来消灭人自己。人啊，人！最可怕的是没有底线。

教育，在一定意义上，是让人不能没有底线！

（2018.1.27—2.3）

书序、刊首语

《回望》序言：知往思来*

“生命·实践”教育学论丛第一辑——《回望》终于问世了。它奉献给读者的是一系列与“生命·实践”教育学创生相关的思考、论述、体悟和问题。它期望的收获是有更多研究者相互切磋，分享经验，同时也促进我们在这一研究取向和学派创建之路上继续努力、踏实地前行。因为，现在有广西师范大学出版社这极富人文气质和在国内学界享有盛誉的出版社，为我们提供了一个很好的交流平台。第一辑的出版就像一个生命的诞生一样，会延续，会生长，从小到大，从幼稚走向成熟。自然，也可能夭折、死亡。只是我们会以自己的投入，以研究的化入，使今后的每一辑都有声有色。只要它存在一天，我们就不会让它没有尊严地“活着”。

从《回望》的目录可以看出，论丛虽然以“生命·实践”教育学命名，但并不意味着只有认同或加盟“生命·实践”教育学派研究的人员，才能参与这一论丛的建设与讨论。这不仅是因为“生命·实践”教育学所要研究、讨论的一系列问题，都与中国当代教育学和教育的发展相关，只要是这一领域的研究者，就会有共同的话题，更因为“生命·实践”教育学创建的宗旨，不只是一个学派的建成，更是通过学派创建的过程和倡导，与广大同人一起营造21世纪富有活力、底气、根基和丰富多彩的中国教育学新世界。更何况学派发展本身，也需要各种不同观点、意见的碰撞和滋养。自然，作为第一辑的《回望》是婴儿的第一声啼哭，它发出的更多是“自我”独特的声音，是为了让更多的人听到和了解、认识这一声音，让大家有可能也愿意与它交谈。《回望》相对集中地搜集和撰写了一批与这一学派核心概念和生成过程相关的论文，其目的正在于此。

细心的读者可能会发现，我们用“冬虫夏草”的图像作为论丛标志，而且本人新撰写的文稿也以《从“冬虫”到“夏草”》为题，作为个人教育学思想认识演变过程的比喻，何以如此？这里有偶然触发的因素，我们策划、写作《回望》稿是在隆冬季节，而第一辑的出版计划正好排在炎热的夏季，于是，我的头脑中

* 本文发表于叶澜教授主编：《回望》（“生命·实践”教育学论丛第一辑），桂林：广西师范大学出版社，2007：1-3。现经作者修改定稿。

突然冒出了“冬虫夏草”的名称。但当时，我还没有见过长在地上活着的冬虫夏草，也不了解冬虫夏草的特性，只知道它是名贵的藏药材，于是，请学生上网搜索、寻找资料和图片，拿来一看，感到太适合表征“生命·实践”教育学的成长与性情了。从阅读中得知：冬虫夏草是虫草结合在一起的复合体，这与“生命·实践”作为学派核心概念也是复合体的形态暗合。“冬虫”向“夏草”演化的过程漫长，蝙蝠蛾的幼虫在高山的泥土中过冬，它因一种称为虫草的“真菌丝体”的侵入而开始不断被丝体化，直到夏天，幼虫死亡，真菌丝体从幼虫的嘴里吐出棒状物，如野草露出地面，才算完成由“冬虫”向“夏草”的转化。它的奇特转化功能被清代蒲松龄的诗点明：“冬虫夏草名符实，变化生成一气通。一物竟能兼动植，世界物理信无穷。”这一以“转化”独特性获名的生物，与“生命·实践”教育学强调研究教育中多重转化生成机制的精神气相通。另外。冬虫夏草生长于海拔三千到四千米的高山草甸土层中，只在中国和与中国相连的不丹、尼泊尔、缅甸四国生长。其中，在中国的生长面积最大，其他三国的虫草生长面积不但小，而且都靠近中国领土，所以冬虫夏草是典型的中国物种，这与我们追求中国原创性的教育学发展的志趣又相符。再加上图片中全貌式的活虫草形态，简洁又不失美感，笔直向上的草之棒体犹如红烛，于是我们选定了“冬虫夏草”做标志，还很为偶尔找到了与我们学派追求的内在气质如此相吻合的生物而欣喜。在此，借对“冬虫夏草”标志的简单解释表达我们的心志。

我还要代表论丛全体创办人员，向给予我们支持和帮助的广西师范大学出版社社长肖启明先生、副总编辑孙杰远教授，以及所有为该论丛的出版付出心血的成员，表示诚挚的感谢。

《回望》是第一声“啼哭”，它自然不会优美如诗，惊天如雷，但它是真诚、无忌的。但愿这真诚、无忌的第一声“啼哭”，能打动所有挚爱中国教育和教育学事业的赤子之心。

别样的研究史*

写一本《“新基础教育”研究史》是我提出的动议，得到了大家的支持，并列入本丛书。这是一种幸运。因为以学术资格而言，我非史学家，无能力写正规意义上的史学著作。提出这一动议时的想法很简单，只是觉得做了 15 年的“新基础教育”应该留下一个史式的回忆。一本《“新基础教育”论》还不足以全程式地反映这项研究。该由谁写呢？我当时毫不犹豫地认为，应由我们这些从事这项研究的人来写，因为我们最清楚研究的过程，也最有体验。我自告奋勇地担当起责任，还请李政涛合作，这样两人写作的“班子”组建起来了。这是五年前本套丛书策划时定下来的事。

2009 年当我们完成了“新基础教育”最后五年以课题形式存在的成型性阶段研究时，写史的任务被提上议事日程，我开始犯难了：在“新基础教育”每一阶段都已出了研究丛书（共计 3 套 13 本）的情况下，如何来写这“史”呢？重起炉灶，在短时间内不可能，也难写出新意，经再三思考推敲，终于想出了原先决定的修正性方案。请“新基础教育”研究课题组和试验学校的校长、老师一起来写，写出我们自己的研究史、研究中的心路史，用自述史的形态来呈现“新基础教育”研究追求的“成人成事”目标的达成过程与程度。我的建议得到了本书全体作者的支持，他们真诚地梳理和诉说着自己在这项研究中的感受与变化，于是，有了这本独特的“史”。我和李政涛除了作者的身份外，还增加了主编的角色。

说这本史是独特的，不只是因为已经成为史的 15 年“新基础教育”研究本身是独一无二的，还因为这本史是成史者群体共同写成的，我们是双重意义上的作者：现实中的学校变革实践创生者，文字写作意义上的创生者。更因为这本史由两大部分组成：一部分是由三个五年分别写出的三份结题总报告组成，它是研究主体在研究实践中共同完成的、存在于心外的创业之史，我称其为“事史”“外史”；一部分是由每个参与研究的个体分别写出的，存在于心内的变化之史，

---

* 本文发表于叶澜、李政涛主编：《“新基础教育”研究史》，北京：教育科学出版社，2010：1－4。现经作者修改定稿。

我称其为“心路史”“内史”。其中以写史者在“新基础教育”研究中承担的角色，又可分为专业研究人员与试验学校的校长与教师。这种由当事人写的事史与心史的组合我相信也是独特的。然而这些独特并未达到史学主张中的另类，它在最泛的意义上暗合了史学中两种先是完全对立，后又逐渐走向互补的学派：一是完全的科学客观主义，主张史为客观事实的去价值研究式的记载；一是强调人与价值的人文主观主义，认为历史是以人为中心的，史家应重视人及其价值选择对史之成史的影响。我们本身还是双重作者意义上的“事”与“人”的合一。一般意义上称作“史家”者，是不参与在史中的，而我们不只在其中，且是创生者，因此，作品是独特的。但我们不是“史家”，这本史的名称更准确的表达应该是《“新基础教育”研究者自述》，但因为书名早已在丛书每本的封底标出，不宜再做修改，故在此特加说明，以弥补我最初定书名时的粗疏。

前后花了约两个星期时间，我仔细阅读了由不同作者提供的 39 篇可简称为“心路史”的文稿，不只是尽主编的责任，做文字修改和全局性的编排①，更是为了交流，借此再一次了解合作伙伴的内在感受与确认的变化。我边读边感动着，体悟着，感谢着，反思着。华东师大课题组的成员都是我的同事和曾经的学生，自以为对他们中的每一位都很熟悉，但阅读依然让我重新了解他们，看出每个人内心对参与这一研究不同的角色定位、态度、期望、磨炼与收获，以及在心中留下的不同：有的已融入自己的生命成长史，有的因此而获得了专业意义上的再生，有的则多了对研究实践中某一领域若不参与研究无法获得的明白。他们都为此项事业和收获做了付出。我深深地感谢他们。更让我震惊的是校长和老师们的文章，我读到了他们对教育不弃不舍的真诚，读到了他们变化中的痛苦，读到了他们奋力成长的艰难。这些文字告诉我，一个人要超越战胜自己需要付出多大的努力。自认为对“新基础教育”研究已经尽心尽力、投入了 15 年时间的我，在他们面前有些自愧了。作为项目发起人、主持者的我，许多思想与行为是内生的，尽管也付出了很多心血，但我没有如他们刻骨铭心般的挑战、走出已有自我的体验。因为“新基础教育”对于他们来说，至少最初是完全外生的，我对这一由外向内的过程在每个具体个人心中造成的冲突，缺乏体谅与体验。我在他们的文章中读出了我与他们交往中的简单与粗糙。但此前主观上还一直以为自己注意

① 本书由多人围绕同一主题写成。全书内容以章节的方式编排。其中第一、二两章由叶澜撰写，第三章的作者是 4 位经历了“新基础教育”研究完整三个阶段的华东师大课题组成员。从这一章开始每一节的作者都不相同，作者姓名及简介都以脚注方式标在每节第 1 页下方。第四章作者为华东师大课题组其他成员。第五章作者是部分试验学校的校长。第六章作者是试验学校的部分骨干教师（有的现已担任中层领导），包括语文、数学、外语和班主任四大方面。以上编排方式请读者关注。特注。

且能读懂老师，现在看来充其量最多只是读懂了他们以“行为”方式表现出的“果”及其内在之“因”，而没有真正读懂他们的“心”。我为他们的善良感动，他们并没有因此而拒绝或退出，尽管他们完全有权利选择拒绝和退出。他们是这一研究真正意义上的勇敢者，最终意义的创造者，没有他们努力战胜自我和扎实持续开展的研究性变革实践，就没有“新基础教育”研究所能达成的、实存意义上的今天。我向他们致敬！我庆幸在自己 15 年的研究历程中，有如此美好心灵的一批教育者相伴同行。

写作此书的目的并不在于树碑立传，我清楚地知道，所有想为自己树碑立传的人，都不可能做到。历史并不由“碑”“传”组成。就我自己而言，因为“新基础教育”研究是一个群体合作项目，又进行了那么长的时间，只觉得其中有许多真实的思考、经验和体验，需要梳理和清晰。对我们自己而言，这是为清思留下一份难得、珍贵的群体记忆，让我们记住这一段滋养过我们生命的共同度过的时光。对其他教育研究者和改革者而言，但愿这一份有研究实践支撑的具体项目史，能为他们提供一些有益的帮助，哪怕是一丁点儿，也足矣！

与我合作主编本书的李政涛博士同样尽心尽责。他从前期的准备、约稿到催稿、改稿继而打印所有我修改过的文稿以及我为这次出版修改、补写部分内容的手稿等，用去了不少时间但并无怨言且不厌其烦。在此亦表感谢。还需要感谢的是教育科学出版社罗永华责任编辑，我与她的结交史，约与“新基础教育”研究同龄。由我主编的两套跨世纪“中国基础教育改革研究”丛书都经她手最终出版。她的谦虚好学、耐心帮助给我留下了深刻印象。

《卓越，从这里起步》序*

遵何晓文校长之嘱，为华东师范大学第二附属中学 2011 届毕业生撰写的、以回望三年高中生活为主题的散文集写序。

熟悉、了解我的人都知道，我很少为别人的著作写序。原因主要是在未读完著作前，我不敢也觉得没资格写一本书的序，但读完一本著作要花时间，对我来说，时间恰恰是最缺少的。这次，虽不欣然，但不推却地接受了任务。一则是因我与二附中的“缘”；二则是期望通过这些文章，读出学生——在二附中生活了近三年的学生心中、记忆中的二附中，读到生命从青涩转向清亮历程中的感悟。

前后总计约花了三天时间读完，不，是品完了这些从心底里流出的文字，我被深深地打动和震撼：被他们的真情，被他们的英气，被他们的执着，被他们的智慧，被他们的丰盈，被他们对生命的自省、自强与自觉……学生们的文笔之清新、老辣，风格之多元、活泼，也远远出乎我的预料。真羡慕他们，在二附中度过美好的高中阶段。尽管不能没有甜酸苦辣，然而这本是奋斗生活的原味。一篇篇充满个性的文章，也为我画出了二附中学生和教师的群像，画出了二附中教育的鲜明个性。

这些学生虽文、理、科、艺各有所好与所长，但他们都在乎个性的多方面发展。文中不断出现的各人在“六个百分百”活动中的经历描述，做志愿者的收获畅谈，担当各种大小干部的历练体验，都让他们不能忘怀。正是在这些活动中，他们体悟了什么叫“责任”“意志”“奉献”，初读了社会的千姿百态，尝到了独立克服困难后成功的喜悦。每一篇文章还都谈到了学业。有的几起几落，但功夫不负有心人；有的因承担活动而影响了成绩，但一个个都会千方百计赶上；有的则拿出了一整套学习策略，不只是道理，还有案例。我从中看到的是二附中学生的自信、不服输、不言弃但又不是蛮干的从容与智慧。他们体会到学习不能只归为成绩，更重要的是成长。正是二附中教学的挑战，让他们破茧而出，练就了败不馁、胜不骄的气度。二附中的学习生活紧张且竞争不断，但他们不缺友情和欢

* 本文是叶澜教授为何晓文校长主编的《卓越，从这里起步》所作书序，上海：华东师范大学出版社，2011：1－2.

乐：在与宿管员的躲猫猫中，在球场的激战中，在艺术节的排练中，在烦恼的倾诉中，在食堂的饭菜香气中，在困难面前的群策群力中，在成功的分享中，在建筑大气而又散发着青草芳香的校园漫步中，在冬夏春秋的季节与心境变换中。目标、热爱、行动、收获，是竞争与友情、紧张与欢乐的内在支撑。同龄人的相互激荡和温暖，是生命从青涩到清亮过程中极为珍贵的外部力量。失去了这些，生命就会茫然，就会黯淡，就会乏力，就会无味。请记住他们对自己说的话："我们的智力水平不差，关键在心态。""生活中低潮总难免，要用平常心对待结果，总有下一次。""世界真的很大，不能拘泥于当下，一道坎，不是最后一道，也不是唯一的道。""心有多大，舞台就有多大!""尝试永远没有错!"我相信，让每一个学生都能体验这样的生活，二附中的未来会更加生气勃勃。

文中学生对老师的叙述不多，但不缺点睛之笔，活龙活现。这些老师真实、可爱、有才、有"绝活"，时而也不能免俗；学生可以和老师争论，可以直呼其名，可以有不听话的时候，但那些不听的、唠叨的话却又都留在心头。他们欣赏、理解和爱自己的老师，但也会指点"江山"："二附中的老师不缺实力，重要的是人格魅力。""老师不是行走的教科书，他们用自身的美好感染我们。"我相信，只有心中有大志的学生，才会这样地对老师说。

作者们用大气、丰富、包容、成长、自由、自主、独立来形容二附中。在我看来，学生认同并在他们身上得到体现的，而不是计划、总结中写的二附中，才是更为真实的二附中。真实的二附中是由学生和教师共同用生命和实践创生的，是他们共同度过的日日夜夜，对这批学生来说，就是 1 095 个日日夜夜。我相信，这些日子会珍藏在他们心里，成为一种"温暖的记忆"，成为"追求卓越"路程中不竭的源泉。

谢谢何校长邀我写序，谢谢每一位作者给我的启迪，谢谢你们勾起了我的高中生活回忆。在今后的人生路上，我愿与你们共勉："卓然独立　越而胜己"。

(2011.1.18)

策划者自白：他们是我的老师*

在我和“生命·实践”教育学合作校校长们共处的十多年中，我一直被他们尊称为“老师”。这次，是我发自心底的一个冲动，要尊尊敬敬地称他们一声“老师”！孔子说“三人行，必有我师焉”，何况我们是十多个人共行，何况我们共行了十多年！

“新基础教育”研究和“生命·实践”教育学派，虽然由我酝酿、首先提出并始终作为总策划人在行动，但它实在是一个艰难的事业。其最难之处，恰恰在于要有学校改革的实践形态来证实。这是一个需要用变革的学校实践，来证明其可行性、合理性和价值意义所在的研究与学派。在今日中国如此复杂多元的背景下，进行长达十多年的持续学校改革，谈何容易。完全可以这样说，没有这些合作校校长们的积极支持，创造性地对学校变革的领导与推进，就没有今天的“新基础教育”研究和“生命·实践”教育学派。

是他们，为我和其他华东师大“新基础教育”研究中心（已于2016年更名为“生命·实践”教育学研究院）的老师们，提供了可以长期试验、经常出入、共同耕耘的教育研究“学校田野”。让我们这些其实并不太懂中小学内在架构、运行规则、上上下下复杂关系的所谓“专家”，看到了一个更真实、生动的教育世界，闻到了学校泥土的芳香，看到了校长的忙碌和教师的辛苦，看到了许多无奈但尚可改变的天地。校长心中有事业，教师心中有爱，他们每天面对着数以百千计的少年儿童和一群群家长的渴望。教育的良心——对人、对儿童、对未来、对民族的大爱，在学校里才能真真切切地感受到。是他们教我读懂了教育的良心，读懂了教育改革的根本希望在学校，从而更加坚信：凡不在乎学校、不关切师生真实生命存在与发展的教育改革，都难以取得最终真实的成效。正是这种支持和读懂，使我们有了坚持走自己走出的路的决心和信心。

是他们，在新旧激烈碰撞、几乎年年月月连教育也如此地不断有新花样的、

---

* 本文选自作者为《深度访谈：读懂创造教育新天地的人们——叶澜与“生命·实践”教育学合作校部分校长访谈录》（福建教育出版社，2014年版）一书所作序：“策划者自白：‘他们是我的老师’”。后以《他们是我的老师》为题，发表于《人民教育》，2015年第8期。现经作者略改定稿。

充满不确定性的时代，在内外对“新基础教育”研究都有着各种不同声音的背景下，坚定地选择了做“新基础”。这并非是一种盲目，而是一种信任，是一种感受到这一研究有助于学校、教师和学生发展的坚持。更为可贵的是，在这次访谈以前，他们中几乎没有人和我提到过唯有他们在研究中才能感受到的这些艰难。这需要何等的胸怀：有难自己揽着，想办法解决，不用这些“难”去干扰华东师大的老师，而是让他们一心一意地做研究。如果他们不是这样，也许我也会打退堂鼓了，至少会增加许多不眠之夜。这些有意识地为我们挡风遮雨，让我们安心、静心、潜心搞研究的合作者、学校领头人，我怎么能不尊称一声“老师”。

是他们，在我们的合作研究中，无私地奉献出了时间、精力和智慧。“新基础教育”是一项理论适度先行，策划在前，实践跟进，在践行中不断反思、不断重建，且因有理论与实践持续的双向互动、相互滋养，才逐渐丰富成型，成为有血、有肉、有精气神、有个性的研究。校长和老师们的领悟力、创造力和解决复杂问题的智慧，与他们的讨论、沟通、交流，哪怕有时只是闲谈，都常常会让我在惊喜中豁然开朗：或发现了思索已久的问题的症结，或找到了研究策略，或形成了一个新的概念、命题，或感受到事理的奥妙，或明白了自己还有那么多不知道、不会做。在和他们一起的时候，我的思维会被激活，进入灵动状态。我不止一次地对校长们说：如果让我来做校长，一定做不到你们这样好。尽管我还会经常向他们提出学校工作还要改进和发展的方面，但我心里十分清楚，如果没有他们的实践和智慧，我是想不清楚也说不出这些的，更别说让我去做好这些。

读人，也许是做教育学研究的人需要具备的一种基本功。十多年的交往，使我越来越强烈地产生了想读懂他们，在更深的层次上读懂他们的愿望。自然，不是为了练基本功，而是为了知道我的这些朋友何以会如此，一项改革的事业要靠怎样的人才能共同完成。2010 年暑假，“新基础教育”进入第四阶段——扎根研究的第二年，我们之间的相互信任和熟悉程度，已达到可以敞开心扉的地步，于是我将这个愿望付诸实践了。根据双方时间的确定，一个个花上半天时间交谈，我把它称作“深度访谈”。事先只发了一个简单提纲。谈话时而在我去常州住的宾馆，时而在我家中进行。没有摄像机，没有听众。除了庞庆举博士作为访谈记录整理的合作者。我们有了一个个难得清静的，不谈工作、只谈自己的珍贵时间与空间。校长们的坦诚让我感动，他们虽比我小，却有比我丰富得多的童年经历，常令我惊叹。敏捷的回应，时时自然蹦出的闪光箴言，则让我深思。他们对“新基础教育”研究独特的评价让我知道该珍惜什么。自然，还有一些对我的直接夸奖让我体会到他们的情意，但清楚不要真以为自己就是如此。我也时不时地被他们的谈话引发，有时还要发一大段“高论”。这就是我们这样性质的“熟人”访谈的独特之处吧！

借此小序，表达我深藏于心的、对这些老师们的真谢！

深化儿童发展与教育改革的关系研究*

今天我们为什么要研究“儿童发展与教育改革”这个问题？最直白的回答：因为这是一个永恒的又具有时代性的问题。对于儿童、教育改革有太多不同的观点，甚至是完全对立的观点。有人提出“成人世界应该向儿童世界学习”，要“向童年致敬”，这是20世纪以来研究者重新发现儿童，进而认识到儿童不是成人想象中的那种简单不懂事的孩子后提出的观点。从人性、哲学、文化的角度看，儿童是混沌的综合体，包含丰富的、无限的潜能，儿童是成人的基质，我们不能小视这个基质。从这个意义上，未来之成人有赖于今日之儿童。

在很长的历史时期里，大多数人不在乎儿童，不懂儿童，所以需要大声疾呼：“认识儿童、研究儿童、尊重儿童、发展儿童。”但当前又出现了儿童崇拜的极端观点，如“让教师走到边上”“让儿童站在中央”“以学代教”等各式观点。这些观点像时装一样不停变化，令人兴奋，眼花缭乱，但儿童本身与成人的不同及如何形成有利于儿童发展的关系，才是教育研究者需要解决的核心问题，更是教育基本理论要回答的问题。我们要倾听各种观点，在此基础上形成把每种观点的合理性都包含在里面的综合统一。教育基本理论研究不是做裁判官，告诉谁对谁错，而是构建出更合理的认识。如果今天教育基本理论不能富有理性又带有人性地回答这个问题，就没有尽到自己的学术责任。

儿童发展与教育改革的核心问题在哪里？是什么把儿童发展和教育改革联系起来？它们明明是两个层面的问题：一个是个体发展的问题，一个是社会事业的问题。我认为核心词是“儿童成长”。儿童自身在环境中就会成长，教育作为重要的影响因素定位于促进儿童成长，因此，能否促进成长是区别好坏教育的标志。成长最终的理想是走向人的独立自由，成长过程中的核心任务是不断丰富和培育儿童的精神世界。孩子刚出生时什么都做不了，他们的成长过程首先是学会控制自己的身体，当其不需要成人的搀扶时，就长本领了。所以孩子学会走路后非常开心，他们为自己能跑能跳感到幸福，这是孩子即时的幸福，然后，他们慢

* 本文发表于《中国教育学刊》，2018年第5期，为该期“刊首语”。现经作者修改定稿。

慢走进文化世界。我不赞同把城市和乡村儿童对立起来，他们所处的环境各有独特性和不可取代之处，都可以成为促进成长的教育资源，各自因环境造成的不同可通过教育得到改变。总之，如果我们忘记了成长的问题，忘记了人要成长为独立自主的人必须有丰富、强大的精神世界，就忘记了教育本身的根本任务。每一个能做出点事情的人，如管好自己的家庭、做好自己的事业，能把自己的事情做好的人都有独立人格。让孩子成为独立自主的人，能对自己、社会和他人负责。

把儿童发展与教育改革联系起来，是一个时代性的问题，在不同时代有不同状态。今后如何深化这方面的研究？我认为：一是问题要聚焦和升华，有些问题需要整合，从深层次开发；二是现在的研究呈现的状态，似还处于初级阶段，比较多的研究停留在观念、观点上，是对一般现象的分析，研究路线自上而下，定位和重心高了一点，具体生动的、在生境中如何一步步发展的儿童研究太少。我建议把研究重心下移，问题要深化。面对现实问题，研究者有两种路径可选：一是简单、纯粹的理性批判；二是建设性的，走向综合，面向生活，关注那些长久被我们忽视的感性、情绪、情感的问题以及境遇问题。成人世界和儿童世界之间是否存在转化的通道，如何转化、转化的核心问题是什么、在神经系统中如何发生等一系列问题，都要求我们放到生境中去做深度研究。我们现在的儿童观比较混乱，但我们不能满足于儿童观的研究，不能停留在人性的解释，否则我们就是在做哲学研究，而不是研究教育基本理论。教育有很丰富的主题，是生境的一部分，每个人都会遇到那些影响生命成长的精神世界的机缘性问题，如我喜欢看天上的云，认为云有它的世界、它的语言……在这个与云的“交往”中，我想读懂云语。每个人只有在自己的生境中，才会获得具身的体验和认知，逐渐把自己的世界一点点丰富起来。我相信人有三个世界：生理、心理和精神的世界，人若不能感受自己的精神世界，在一定意义上就只活了半生，我希望每个人都能活出完整而丰富的人生，而不是以半生作为结束。丰富而健康的儿童教育为人生奠基，是重任，为此我们需认真、深入地研究，切实地行动，切不可因孩子小而不在乎、放任或严控。

深入到教育热点背后*

以大量深入调研为基础的《国家中长期教育改革和发展规划纲要》的制订，整个过程呈现出“四全”的特点。一是全民。这是立足点，要让全民对教育有参与权，广开言路，这种全民参与权的赋予是民主化的重要开始。二是全纳。规划纲要对教育与每一个公民的生存发展相关方面都有所考虑，是全纳型的规划。三是全程。规划纲要强调终身教育，强调人生的全程教育。四是全社会。认识教育的视野有重大变化，即从全社会的角度来看教育问题。

规划是未来的事情，制订规划要在基于对现状清晰把握的前提下，又必须超越现实，从未来反观今天该如何向前走。我们不仅要考虑社会需要什么样的教育，还应该构思要建成这样的教育，社会应该怎样来支持教育。在社会转型期，教育如何通过一代新人的培养来引导社会向前发展，这是教育对社会不可取代的重要责任。适应、生存只是前提，无论对个人还是对民族，转型和发展才是更重要的主题。

规划纲要制订过程涉及大量教育热点问题。概括起来说，一类在宏观层面，以教育公平、教育体制改革为重点；另一类在学校层面。制订规划纲要不能讲到学校时只关心大学，一定要对基础教育中的学校问题有高度的关注。在整个规划纲要制订过程中，绝不能缺乏关于学校改革的专题研究，也绝不能缺乏综合的、以实践为本的思考。学校是个大问题，学校教育是学生发展的重要途径，这个问题解决不好，教育改革就不能真正落实到学生身上。

现在教育热点问题很热，但很少有人去分析热点背后的问题。研究者不仅要发现问题，更要探究产生问题的原因，深入热点背后看个究竟。我们要注意研究新的经验在哪里，继续发展的可能性在哪里。教育现实和教育理想之间的领域就是教育的可能性领域，对可能性领域的深度研究，应该成为规划纲要下一阶段调研中非常重要的部分。回顾我国改革开放 30 年，我们缺乏静下心来追根究底研究问题的耐心。教育真正深度的理论问题在哪里？这是教育学应该思考、可以思

---

* 本文发表于《中国教育学刊》，2009 年第 7 期，为该期“刊首语”。

考并且有能力思考的问题。毋庸置疑，现在我们教育的规模、结构发生了很大变化，但我们也必须认识到，教育内涵发生了很大的异化：“文革”前是被政治异化，这些年是被经济异化，教育方面的主张基本上是经济学家拍板。从某种意义上说，教育学家的声音还属于弱势群体。如果教育的内涵被异化，那么再大的规模、再完善的结构，也未必能培养出社会所需要的人。因此，对于教育内涵被异化的问题应该引起充分重视。

目前，教育改革和发展规划纲要的制订要着重考虑下面两个问题。

第一，规划纲要要有明晰的参照系，即我们制定规划参照什么。目前我们制订的规划纲要的时间终点是 2020 年，那么 2020 年我国教育应该是怎样的？这个参照系的形成非常重要，这是教育改革与发展理想目标的确立，但目标的确立又必须观照现实，更要处理好长远和当前的矛盾，以便于分阶段实现，逐步接近目标。形成这一参照系的思维方式非常重要，它需要深入、扎实的分析，更需要综合有机化的建构。它主要回答三个问题：一是人的问题，即 2020 年培养的新人与现在我们培养的人有何不同？二是提高教育质量，什么是今天需要的教育质量，我们需要怎样的学校？当今的学校与前 30 年、前 60 年有何不同，再过 12 年又应该不一样在哪里？三是对当代学生的发展问题要做系统研究，当代学生发展的问题与过去有何不同，12 年后又将有何不同，发展过程每个阶段有何不同？即现在的人将怎样成长？要搞清楚当代教育的内涵，这三个问题是必须明确的。

第二，要制订出一份高质量的规划纲要，我们必须对这些年来影响教育内涵发展的一些根本问题进行深入研究，如学校管理的行政化和官本位问题、教育功利化问题、处理教育问题简单化问题、教育目标制订短期化问题等，都需要从根子上找原因，才能满足制订长期规划纲要的要求。

读书笔记

读康德《论教育学》*

为了写《立场》中的文稿，今年暑假除了外出、有人来访之外，主要的时间都在阅读。先是按专题读了一系列（可以说从21世纪开始）积累下来的大量论文，都是普遍性的问题（如方法论、传统文化、科学、艺术）和其他学科发展的文章（如经济学、伦理学、哲学、社会学、逻辑学等）。自19日开始阅读与教育学本身的问题相关的书。这是我已形成习惯的写大文章的阅读方式，从外围逐渐聚焦到中心。外围的阅读不仅是背景性的，更是启发性和丰富性的，它使我发现一些共同的问题、上位的问题以及不同学科背景与学者透析问题的思维方法、角度和深度，从而打开和深化了我对自己面临的核心问题的思考。

对教育学的阅读，从康德（1724—1804）的《论教育学》开始。康德不仅在启蒙时代是个定音式并影响了西方乃至世界哲学思想界三个世纪的十分重要的哲学家，就是在教育学上，他虽然后于夸美纽斯（1592—1670）、洛克（1632—1704）两到一个世纪出生，但与卢梭（1712—1778）、狄德罗（1713—1784）、爱尔维修（1715—1771）等是同时代人，他虽然不是第一个发表教育著作的人，但却是第一个在大学开设教育学讲座的著名哲学家（自1776到1787年，先后四次），因此要研究教育学作为一门学科形成的历史，知道它的初始状态，就不能不研究康德。

从夸美纽斯、卢梭和康德三位教育史上的重要人物，可以看出教育思想的来源往往有三个维度：第一类是教育实践，从古希腊、古罗马的昆体良（《演讲术》等）到夸美纽斯（《大教学论》等），可以说是这一支脉的代表；第二类是政治思想家，如卢梭（或是宗教哲学家，从中世纪的奥古斯丁［《忏悔录》］到现代的新托马斯主义）；第三类是哲学家，从苏格拉底、柏拉图、亚里士多德到爱尔维修、康德等。在这第三类来源中，第一个以自己的哲学观为前提，演绎出有关教育的一系列论述，并在大学里开讲座的就是康德。《论教育学》是其学生林克根据他四次讲课的内容整理而成，并在他去世前一年（1803）在德国正式出版。

---

* 伊曼努尔·康德．论教育学．赵鹏，何兆武，译．上海：上海人民出版社，2005.

作为中译本，这部不长的著作，先是由瞿菊农作为外国教育研究的专家译出，1930年由商务印书馆在师范小丛书中第一次出版，第二次由台湾贾馥茗等译，于2001年出版。两本均出自英译本，瞿译本的书名为《康德论教育》。这次由赵鹏按德文版译出，并将其命名为《论教育学》。

我读康德这本唯一以“教育”或“教育学”命名的著作，已经是第三次了（与此相关性直接一些的是《实用人类学》，我也读了一遍）。每次读，由于自己的知识背景与关注重心的变化，感受和体会、认识和启发都不一样。

第一次读，可能在十多年前，我没有读出康德的哲学味，只感到他对教育的认识很细节化，像唠家常似的，有点婆婆妈妈，并惊讶于一个哲学家何以这样思考教育。感到有点力量的就是对教育之于人的价值的肯定，于是“人只有通过教育才能成为人”（P5），成了我经常用来证明教育重要的引文。当时，我想从书中找到的是康德关于教育的一般原理的结论，但看到的只是细部，并不满足。

第二次读是在此译本正式出版时，但因时间仓促，没有读完全文，与译者的注对照起来看，我才感到译者的哲学功底和对康德思想在整体上的把握。我自己感到需要找时间认真重读此书。

第三次读，就是这次。我作为阅读主体而言，发生的变化有三：一是，对康德哲学的理解较以前有了较大进步，知道了他的先验哲学的基本结构，知道了他是超验、经验与意志世界的二分和二分后的三分，对他的三大批判有所了解，知道他对道德意志的重视，并知道了他对感性、知性、理性的区别。这一大的认识背景的变化，使我对康德的集大成意识有了进一步的认识。二是，对康德的人生及教育学倾向有所了解，知道了他对卢梭及《爱弥儿》的欣赏。三是，这次我再读是想解决自己对教育学立场问题的认识，从一些重要的原创性人物那里吸取、借鉴思考问题的方式，以及发现他们在问题域上的变化。正因为有了上述三大变化，我自感这次是读得最认真和有了另一番体味与思考的一次，也是对阅读主体自身变化之于阅读预求和阅读收获产生重要影响有了突出体验的一次。在一定意义上，也可以说，每一次认真的阅读对于读者而言都是有意义的，但并不是等值的。对于群体而言，不同阅读者对文本的解读即使在回答同一个问题的时候，也是不等值的。这是对不同解读都有意义的另一方面的补充。

这次阅读的主要体验可简单表达如下。

第一，康德对教育的关注，其最根本的立场是哲学的，根据其哲学对人的理解。这种理解是指向人的内在精神和外部行为的根据，即作为客观规定意义上的理解“如何才能使人成为人”。他的“成为人”之“人”的假设是哲学思想已经回答了的，他之“使人成为人”是指新生的婴儿到青年时代，即以自然人为基点成长、变化中的人，是人从出生到独立面对世界的人生阶段，初始的尚未独立的人，尚未具有理性力量和道德能力的人，是尚未具有自由的人。如何使人从动物性转变为人性，这是康德哲学从类本质转向个体形成的探讨，是康德研究教育学的目的，即哲学的知性认识如何转变为个体人的教育过程的认识。如果这一点不能研究明白，其哲学理论也就缺乏一种人生的证明过程。另一方面，康德期望通过前一代人对下一代人合乎人性的教育，使每一代人都向人性的完满实现更进一步。教育是一种促使人性完满实现的实践手段，所以，康德看重这个事业，也许这是每一个对人类之本性实现充满期望的大哲学家都看重教育的重要原因。

康德指出：“教育或许会变得越来越好，而且每一代都向着人性的完满实现更进一步；因为在教育背后，存在着关于人类天性之完满性的伟大秘密。”（P5－6）教育的“完满的艺术”又会重新成为“自然”（第二自然）。这句话集中表达了康德看重教育学的双重原因。

第二，基于此，康德并不像有些人或者哲学家那样看不起教育学，他对教育学的态度是积极的，这也是他会承担起教育学讲座的内在根据。

“教育学，或关于教育的学说”（P15），这是康德对于教育和教育学关系的理解。在下了这样的结论以后，他就把全部的力气放在对教育是什么、教育应如何以及为何的分析上去了。他希望并感到人们已“开始对一种良好的教育究竟意味着什么，有了正确的判断和清楚的认识。这种设想令人陶醉：人的天性将通过教育而越来越好地得到发展，而且人们可以使教育具有一种合乎人性的形式。这为我们展示了一种未来的、更加幸福的人类的前景。”（P6）因此，“对一种教育理论加以筹划是一种庄严的理想，即使我们无法马上将其实现，也无损于它的崇高。”（P6）在康德看来，“理念”只要是正确的，就不是幻想，就“绝非是不可能的，无论在其实行过程中会有多少障碍”。在他看来，“把人的所有自然禀赋发展出来的教育的理念，当然是真实的。”（P6）但教育又是难的，因为要使人的自然禀赋得以发展，达到本质的实现是艰难的。“教育是一门艺术，它的运用必须经由许多世代才能逐步完善。”（P7）“能够对人提出的最大、最难的问题就是教育。由于见识取决于教育，教育复又取决于见识，故教育只能循序渐进，只有通过一代人将其经验与知识传给下一代人、由这一代加以改进后再传给下一代的方式，才能产生出正确的关于教育方式的概念。这一概念以伟大的文化和经验为前提，因此很晚才得以出现，我们自己对它的认识也并不纯粹。”（P7）

在此之后，康德再一次强调：“人们可以把两种发明看作是对人类来说最困难的东西，这就是统治艺术和教育艺术”（P7，在此，艺术指广义的实践技艺）。

以上一系列引言，可以说在一定意义上表达了康德对教育学的认识。

（1）教育学是以正确的教育理念为前提的关于教育方式的概念（或称为理论）。

（2）对教育理论加以筹划是一种庄重的理想，它不因其在现实中尚不完善而损害其伟大。关键是这种理念本身是否正确。康德的《论教育学》在很大程度上就是在论证这一理念的根据之正确性。

（3）关于“教育方式”的理论是一种艺术，实践的技艺。它是最难的，因为要一代代积累，要以伟大的文化和经验为前提，因此它出现得很晚。

（4）正确的教育方式的理论，因是一种与实践相关的技艺，这使教育与教育的见识之间形成一种内在的相互牵制关系，即见识取决于教育，教育复又取决于见识，是要通过代际传递来实现的，所以它只能逐渐发展。这表明了教育学中有关教育方式的理论与实践的内在关系，不可剥离性。

第三，通过以上理解，我们就可以看出康德关于教育学思考的结构性框架（关于教育学，关于自然性的教育和实践的教育，关于宗教，关于青春期，这部分略），主要是指关于教育理念与教育方式的理论所包含的内容方面，主要涉及是什么和为何是这样的内容。

第四，在康德的《论教育学》中，还涉及如何教的问题。

（1）概括地说，除了保育之外，就是规训和培养，但无论是哪一方面，康德都有其最根本的要求：遵守法则，培养理性对法则的理解，继而培养意志，使人能自觉向上和践行道德。他认为懂得和遵循、实践道德的人，才能获得自由，实现天性的禀赋和体现人的尊严。而这个法则就是“自然”。

因此，在康德的教育学中，强调人的自然能力的增强，而不是太多的保护，强调通过儿童自己的行动去增强自然能力；在德性的培养方面，先是规训，让孩子懂得生活中有些东西是必须遵守、不容违抗的，而不是任性、放纵，控制欲望，这是在孩子还不能理解法则时，教育必须帮助他学会遵守的，这就是规训为何对于孩子不可缺少的原因。在家庭，在上学之初，都要让孩子知道什么是必须遵守的，且坚持法则到底。等到再长大，就要通过对知性、判断力和理性的培养，让他在理解的基础上自觉遵循这些法则。

（2）在关于如何教育方面，康德思考的另一个维度是儿童生长的不同年龄时期的一些特殊的教育问题，这可能与他受到卢梭的影响以及他对“实用人类学”的研究有关。

（3）如何的原则是有效地达到目的，是服务于目的，受制于目的；而有效的思考包括对作用对象的状态和问题的了解，同时还包括对教育实践中通常采用的做法的分析和讨论。这实际上涉及了关于儿童发展和教育实践的研究之要求。在这部分，我们可以读出康德主要关注的是富家子女的教育问题，所以，在家庭教育中的角色，除了父母，还有奶妈、保姆、家庭教师甚至被通称为“家奴”的人。他认为父母放弃或者错误地进行教育所造成的后果，尤其是婴幼儿期造成的后果具有终身性，若不良，将难以挽回和弥补。康德涉及学校教育的内容很有限，除了规训和发展各种能力、理性和道德性，防止能力形成中的某些方向性偏差外，几乎未提及太多的事。给我印象深刻的是，他在提到培养记忆力时特别强调了语言的教育，在这里提到了夸美纽斯编写的《世界图解》，建议从植物采集、矿物学以及自然史开始，还要学习绘画和模型制作，即以可动手感知的形象辅助认识和记忆。此外还有数理的和自然的地理学，导向人文地理学，从地球表面的当代状态回溯到古代的地貌和历史（P30）。这是康德对与认知相关的一种教学内容的具体表达，看来夸美纽斯的教育研究并未被康德关注，这与他关注的是个别式的、基于家庭的富家子弟教育相关，也与他从哲学的角度进入教育研究相关。

此外，我们还能从中依稀看到康德本人的影子，比如关于“守时”的要求，让我想起了人们把他的散步当作时间标志的故事。

第五，康德在论述问题的过程中，尤其呈现出一位大师级哲学家的思维品质，那就是在两极之中把握“度”，在相似之中做出区分，总是在相关概念的比较、参照中，而不是孤立地把握一个概念。相似与相反，相似关注差异，相反关注相成，恰恰是从最易被忽视的一面着手，帮助准确地理解需要理解的另一面。“度”是一种恰如其分，但没有参照系就没有“分”的问题。参照系为你划出了边界、极点，这样就容易分出度来了。如，服从不是奴性，规训是为了让他懂得人必须学会自制，一是安全，二是不妨碍他人。学会对他人的尊重，也就获得了自己的自由，不受到别人侵犯的保障性自由。再如，世故不等于虚伪等等。还有一些概念之间的关系是时间过程和空间过程、因果关联、整体与局部及层次的差异性、延续生成性等等。厘清概念之间的关系，就像把握经络一样，能把握一个人的思想并帮助呈现自己的思想。

第六，《论教育学》体现了启蒙时代的精神气质，关注人自身价值的实现，关注人内在精神世界的品质与丰富，关注人的尊严。在那个时代，理性与道德是人作为人的本质性标志，维护理性与道德，培养理性与道德，就成为教育的必议之题。在康德的教育学中，看不到关于知识的实用价值的一面，这也许是那个时代的富家子弟不必考虑之事，理性与道德对于他们才是最根本的、最有价值的事情，才是保障其终身幸福和推进人类发展的最为重要的事情。这不禁让我感慨：当今时代，这些似乎都已不值钱，不如“钱”对于人生重要，果真如此吗？人们已像陀螺似的转个不停，无暇读书，无暇思考，人的内心世界被掏空了。

今天，是否需要有新的启蒙、新的人文主义教育，尤其是青少年的教育，这些相对而言较空闲的人，若不学习，若不充实，不是太可惜了吗？

作为哲学家的康德对教育学的讨论，让我们看到什么是18世纪的精神贵族！

第七，康德作为当时和至今依然可看作是哲学上的巨人、哲学史上里程碑式的人物，他的局限基本上是属于时代的。

一是对理性、规则的确定性和意义的绝对强调，对道德之重要性的决定式强调，他把其作为神学的基础。有人曾评论康德的局限是在对神学的重视，其实读一下他在《论教育学》中最后关于宗教的一段，就可以明白这种批评的表面性。正因为如此，在教育中他关注的是塑造，是因外在标准的内化而获得的自由。他只在能力上强调儿童自己实践摸索的重要，而没有关注儿童、青少年多方面的能动、自主和积极人生的培养问题。也许是时代的稳定使他不能感受动荡变革所带来的挑战。

二是对教育的专门机构——学校的活动缺乏研究，这与他关注的对象和学科立场相关。所以，只读康德的教育学无法去面对真实教育中发生的、不可避免的一系列重要问题。因此，在这个意义上，它只是教育哲学，而不是教育学。康德对普遍、一般、永恒性的追求，更使他的理论呈现出原理性的一般论述的特征。

三是康德提到了教师的重要，“人只有通过人，通过同样是受过教育的人，才能被教育”（P5）。他不喜欢糟糕的教育者，但他没有研究教育者，更没有研究在教育中教育者与受教育者的关系，没有进入过程，没有研究转化。

（2007.8.23）

读 C. A. 冯·皮尔森《文化战略》*

在“教育学原理”中写了“教育与文化”的关系，然而，系统地读一本有关文化的著作，却还是第一次。尽管断断续续经过了两个多月，但终于还是读完了，主要是这本书具有内在的吸引力，拉着我一定要把书读完。今天有点时间，把读书笔记写掉，算画一个句号。

作者独特的视角，造就了著作的与众不同且有相当的气势。皮尔森不是把文化当作一种产品、一种结果，或是历史的遗产，而是看作一种活动、过程。更重要的是，他不把这种活动的目的定位在具体的精神产品的创造活动与过程。如果这样定位的话，文化只是一个同类概括，并没有揭示“文化”所包含的各种活动之间的关系。它们大致上是一致的，各个历史时期的区别不能展现出来，文化与其他领域之间的关系也不能体现出来。十分出乎我意料的是，作者把文化定义为人对世界的一种策略，其中包括了认识、态度与决策。这样，上述所有问题就都解决了。重要的是出现了关于文化模式的思考。模式的立体性使我们对文化的认识再也不琐碎繁杂，也不显得大而无当，而是丰富又清晰。特别是有了明确的指向性和历史性。从人与世界的关系去研究文化，把人、自然、社会的关系都包括进去了。这是我读到现在的文章中，感到最出色的一种“文化”定义方法。记得我在“教育学原理”的“导论”中提及，现在是到了研究关系的时代了，但是我只注意到了教育与其他事物的关系，尚未关注每一个研究范畴都可或应从关系的角度去定义。这是此书对我的第一个重要启发。

作者提出本书的中心问题是：“文化”不是一个名词，而是一个动词。其实作为动词的文化，中国早已有之，“以文教化”，然而“文”是作为一种现存的内容，其作用是教化个体，使之符合社会的规范，这是注重个体社会化意义的文化，是社会与个体之间关系的一种独特表现，不是指整个人类的活动。我想是否可以把东西方这两个对“文化”的动词理解结合起来，前者体现人类群体与个体的关系，后者强调人与周围世界的关系，这样一种双重关系也许能帮助我们更清

---

* C. A. 冯·皮尔森．文化战略．刘利圭，蒋国田，李维善，译．北京：中国社会科学出版社，1992.

晰地看到文化与教育的关系。

作者强调各种文化的独特性，但他坚信能找到共同的模式和发展过程。

作者强调：对文化的理解是指人介入和干预环境的方式，而现在，人正在“努力控制文化所调动起来的力量”，这就是用伦理来调节人类文化的发展。于是问题转向发生论的研究，这就是发展模式问题，其目的是为了对今天的文化发展趋势和模式做出批判性思考。这是一个为了明天而对过去探索、分析、论证的过程。为此，作者强调文化应该寻求超越性，超越规范，用超越来突破固有性。阐述、评价都是为了重建，因此每一种文化都可以被看作是规划性的。正是这种超越与规划，为历史提供了发展的动力。由此也可以推及到个体，超越和规划同样是推动个体发展的内在动力。可以说，这是一种彻底的动态主义，世界被人的精神文化所包围。

从以上有关文化的论述中，我们已经看到他涉及多对关系范畴：目的、过程与结果，固有、规划与超越，多样与共同，未来与现实、历史。

第二个问题是关于发展模式的分析。这里也有与黑格尔不同的方面，主要集中在以下几点。

第一，作者承认每一阶段都有进步，但它不是清晰的。因为每一阶段模式的性质不同，不可比。

第二，突出了每个阶段都有正向与负向的区别。

第三，强调了人类文化每一阶段创造的东西都还保留在新的阶段中，只是以与以前不同的地位和方式被保留着。

关于正负两向的思考对人特别有启发。也许，正是有了反向的存在，才使人对某种模式的局限有了认识。所以，即使是反向的东西对人类认识和模式的改变也是有价值的。重要的是不把现存的都看作是无法改变的，人就会产生变革的需求和寻找变革的机会与方法。

作者在文化的发展中看到的是人不断学习的过程，这样，文化与学习又联系在一起了，文化是作为广义的人类学习活动来处理的。学习的发展和能力的提高表现为人的调控能力的不断提高，直至对自己控制自然能力的调控。这种调控的规则就是伦理的规则。

那么，什么是人类学习中一直思考并不断用新的方式去解决和回答的问题？按作者的看法就是人们关于生命意义和恰当社会秩序所提出的问题。这一结论是作者对人生活的环境与人之独特性的思考联系在一起的。人用什么来体现他自己的规范？作者用知识、技术和伦理作为三个尺度，作为人的力量、需求即最原始的动力，那就是死、性和探究。作者按上述几个维度把历史做了三分。

阶段	主题	需求	手段（人的能力）	功能
神话思维 本体论思维 功能思维	营养 生产 消费	生存欲 （死）性欲 探索欲	神话 知识＋技术＋艺术 伦理	表现事物保障认识世界

认识发展的最终目的是寻找进一步发展的更好模式、战略，以求得人对自己周围世界更自觉的控制。

三个阶段特征的具体描述，我觉得不是最重要的，重要的是怎样揭示这些特征的方法、出发点。作者是以人为中心的，人的需求、能力构成了人形成不同战略的基本依据。作者在所有能力中最强调的是伦理，在需求中最强调的是探索，其中包括了学习、创造与超越。

实际上，《文化战略》是作者对人的认识的一本哲学著作。他不是孤立地考察人，而是把人放在他的世界中，在与世界的现实相互作用中来考察人。我认为，这是本书的深刻性所在。尽管书中插了许多图片，没有冗长的引文，语句也不故作深奥，但却让人感到思想的力度——穿透力、整合力。此外，作者对发展可能产生的弊病，以及必然会丧失一些应有的东西，做了以发展为价值定位的评价。

文化与人的关系的又一层次，是文化被看作是人的潜能的不断外化过程，外化的目的是为了更好地把自然和社会纳入到自己的控制之中，体现了人对自然和生命力的超越，而且要求人走向更自觉地指导自己的行为，控制自己的创造。人应该对自己的行为负责。这个过程被看作是有目的的组织过程，不断改变旧的规范的过程。人对自己创造的控制可以看作是最高的控制，而这就是人的解放的真正含义。从文化出发，作者对人性问题做了两个角度的阐述：一是人与动物的不同，人能有目的、有评价地指导自己的生命，能靠创造文化的历史实现超生物的历史进化，实现文化进化；二是人能不断更新自己制作的规则，制定新的战略。总之，人能创造和超越。

继而引申出的是对学习、创造、超越的研究。作者把学习看作是一种发现问题和突破旧规则的过程，并将此视为人的学习能力最本质和核心的构成。他反对死记硬背的学习，认为这是把人退化到机械和自然的水平，而任何一种学习都可看作是一种新的可能性的过程，是一个改造已有状态的过程，这种变更不是符号式的变更，而是调节系统的变更，是对新的关系方式可能性的认识。此外，作者突出了学习不是一个单纯的认识过程，它还包括许多其他性质，带有实践的性质。学习也应该实现从“什么”向“怎样”的转化，从关注元素到关注规则。

关于创造。作者分析了它的两种类型（更大的包容和横向的沟通），它的前提是要把确定的东西看作是需要和可能改变的，而不是必须或者只能这样决定的，把一切看作是要进一步完善的，这就要求人有一种批判和反思的能力。而且他强调对关系、结构的认识（结构被看作是一套普遍应用的规则，这种规则使元素之间形成内聚关系，有助于转换），对新逻辑可能产生的个别联系的关注。

创造的结果是知识、技术。知识具有启思的作用，但固定化后就变成一种限制的力量。作者把它们尤其是技术，看作是人参与自然、控制自然和生命的最重要的手段。作者强调技术是人的外化延伸，这种延伸现在已发展到了组织能力的延伸，这就是计算机等对信息的组织。

这些论述使我对当代技术、科学、信息、教育、学习的问题，从结构、功能、组织的角度整合起来，深深地感到我们现在的教育还处在一种十分落后的状态。只把“是什么”看作是知识，而蔑视“怎样做”的问题，深感到一种受旧规则支配的无奈。我们需要对教育的宗旨、前提做重新思考，需要对我们现在处理问题的方式做重新思考，要寻找新的解决问题的方法。包括现在的学校管理，实际上是没有搞清楚它的组织，它依靠怎样的一个规则系统在运转，特别是两个不同层次如何沟通的问题，这已经涉及到工作研究了。

科学通过技术与伦理产生关系，作者最后把全书的重点放到对伦理问题的重新定义。由微观到宏观，由“什么”到“怎样”，由单向的评定标准到动态的构建标准，由对生命的敬畏到对责任的尊重，在作者眼里，用伦理来确定科学、技术的意义，对人类幸福的意义，这是人对自己创造物做出控制的关键问题。这些观点不仅使我要重新思考伦理的定义，而且对伦理在今日社会的重要性、举足轻重的意义有了新的认识和视角。伦理成了人类决策的重要依据。这种伦理是在道德意识和具体问题的相互作用中形成的。现在我们需要的是进取与发展性的伦理，需要具有责任感的社会角色，把道德的控制看作批判性的评价。

作者对人、对世界、对社会的发展是充满信心的，这种信心建立在对人的重要能力——“人是自己的导师”的信任基础上。为了重新认识文化，我们必须重新认识自己和自己创造的一切，从关系的角度去重新认识。

（1995.1.4）

读汤因比《历史研究》*

暑假已过了大半，真正为自己的写作定下心来读书，还是从 8 月 1 日开始的。前一个月，各种各样的结束工作，包括学生的，与“新基础教育”研究相关的，以及完成年度报告等占去了 6 月和 7 月上旬的主要时间，7 月下旬是为“新基础教育”研究基地学校的建设做策划，7 月底还到西宁开了会。回来以后，第一想认真读的还是汤因比的《历史研究》。2003 年年初的短暂接触，是在不得不放下的情况下中止的，但已经给我留下了挥之不去的印象，想要认真、完整地读完它。今年暑假，这就成了第一桩要了却的心愿。原先打算读三天完成，但实际却用了六天，这可能是我的时间“预算”和“决算”的基本差异：1∶2。“1”反映了急切的心理，“2”则是吸引力和实际需要时间的表达。

在读的过程中，我感受到了作为史学大家的汤因比的内在精神世界：一是对人类和社会发展命运的深切的人道主义关怀；二是独立进行学术探索的清晰的自我意识与能力，为之奋斗终生的执着追求与自信；三是深度的宗教情结，这与西方文化的根基直接相关。因此，读这本书对我们学派的建设有很多启发，其中有些是直接的，有些是间接的，有些是背景式的，有些是基础的，有些是核心的。总之，是丰富的。

一、关于西方文化的宗教情结

汤因比这本著作是历史形态学研究，抓形态的类型和演化过程，用比较和关系的方式去研究，成为重要特点。正因为如此，使我对西方文化有一种新的认识视角，尤其是对宗教在西方文化形成中的作用，这一在无神论影响下长大的我们非常陌生的领域，有了一些知晓，一种整体过程式的，不是局部细节式的了解。然而，就汤因比而言，任何一个结论的形成，都是在他所掌握材料的基础上形成的，不是猜测，这是一种大气地把握资料的研究能力。

---

* 阿诺德·汤因比．历史研究．刘北成，郭小凌，译．上海：上海人民出版社，2005.

第一，基督教在汤因比这里是看作希腊文化转化为西方文化，即完成古代文明向西方近代文明转换的重要因素。他把宗教看作是文明形态的重要特征和构成来处理。希腊文化与叙利亚文化的碰撞产生了一神教代替多神教、君权与神权（精神的和社会事务的）分离、精神影响超国界扩展和沟通的近代西方文化之形成。这使宗教在西方文化中的作用由构成走向了源头。

第二，宗教自身的演化史（在社会发展背景中）。作为西方宗教源头的犹太教，生出了基督教和东正教两个分支。两大宗教流派的演化命运与他们怎样处理世俗国家事务相关。基督教超然于政务之上，不受疆界限制；东正教依附于政权，使其精神影响力萎缩。作者通过不同文明碰撞的原因、结果等多个角度，重点阐述了不同宗教在不同历史时期背景下产生的作用，同时阐述了同一宗教与其他宗教之间的交互作用。其中留下深刻印象的是犹太教与基督教、新教与旧教、旧约与新约在关系上和教义上的联系与区别，其核心是一神还是多神、非偶像崇拜还是偶像崇拜。作者还提供了大量图片、照片来说明这些区别，并由此区分了低级文化与高级文化。

除了与西方文化直接有关的上述宗教以外，汤因比还对东方的佛教以及它与西方宗教的区别、与中国文化的关系等做了分析。

第三，宗教的价值。作为文明构成中不可或缺的组成，宗教在汤因比的认识框架里是最高层的，属于精神。他把文明归结为人与自然的关系、人与社会事务的关系、人与精神的关系。在这三个层次中，最高、最根本的是第三种关系。而所有的关系都与人性直接相关，因此人性是解释文明历史变化的最终真实，宗教信仰正是人的精神力量状态的集中表现，这种力量越是在困难的状态下，呈现得越清晰，而且它会成为一种凝聚人作为共同体成员的力量，犹太教在犹太民族保存中的作用是一个范例。宗教是一种人类战胜自我的精神力量，宗教是指向人类个体的一种精神实践，因此，高级宗教致力于使人能与终极精神实在发生直接关系。宗教的力量就与如何解释这一实在有直接的关系。

第四，宗教是什么。宗教是意识的产物，它为人生存于一个永远无法清楚把握的混沌世界提供一种方向感，并揭示出“神圣空间的结构”。宗教造成人能达到在精神上超越动物生存的状态，使世界变得可以理解，这是从生存的角度解释宗教。从人与自然、社会关系的意义上，人只有克服了自我中心才能处理好与自然和社会的和谐。超越了自我的人会产生对人类爱的高级情感，从而趋善避恶，这是宗教为何能指向“和谐”的内在依据。汤因比不把宗教战争、排除异教徒等趋恶行为归结为宗教本身的问题，他认为这是宗教在制度化和世俗化过程中出现的偏差，甚至是误区。他对视宗教为虚幻崇拜的批判，用的是使精神与实在、与人的生存沟通的方式来说明其意义。与无神论、马克思主义的区别在于，汤因比肯定这种精神意识的积极力量，并从所有高级宗教的实践中找到说明的证据，而马克思主义是把它作为一种消极力量，指出其用精神幻想的方式逃避改变现实的实践的错误。但从肯定精神力量的存在和强调精神作为一种物质不能代替的作用上是一致的，故汤因比甚至认为马克思主义本身也是一种宗教形态，并内含着犹太教的精神。

“皈依更高的实在”，这就是宗教的本质。如果这样来理解的话，我们可以不用“宗教”一词。因为宗教在中国，常与愚昧、迷信、庙宇、操作化的宗教仪式，加上许多许愿、还愿等直接对应的信教方式，对命运的无力把握而求之于上苍之类的非理性的东西联系在一起，常被强调理性和看重自己在实践中把握自己命运的知识群体所轻视甚至反感，似乎只有无力或贪婪的人才去求助于宗教。这与西方到宗教中去寻求精神力量，使心灵澄明等不同。因此，这次阅读使我从哲学、精神、文化和文明的层面，在人与自然、社会的关系中认识宗教，简单化对待宗教的思维方式开始被打破。这是一次视角和立场的转换。

二、关于人性问题的认识

人性问题，是汤因比著作中内在的核心问题。如果说显在的核心问题是人类文明的形态及其生成变化的解释的话，我感到他把社会文明本身当作有机体来研究，在他的论述中，似乎有一种拟人化，即按照人的生命变化来思考、讨论世事。所以，这本书尽管谈到教育和人不多，但常常让我想起教育和人的问题。

如果要分一些层次的话，汤因比在人性问题的涉及上（指直接的）至少有如下几个层次。

第一，人是有生命的机体，不能把生动的人类当作无生命之物来认识和对待，这是在方法论讨论中涉及的。他多次提到柏格森，在某种意义上对他的生命学说是认同和重视的。作为对人的认识，要求从整体上感受生命。“这种对生命整体进行审视和理解的深刻冲动，无疑是史学家心灵所固有的”（P8），这是他的形态学史观形成的心灵和生命依据。在他看来，生命运动的整体性是文明整体性的依据，生命运动的调整也是以整体和综合的方式进行的（P141）。

文明和人类生命的关系与对生命的理解相关。在汤因比看来，人类的生命在时间中展开，共同的人性以不同的方式、在文明的不同领域里诞生。人类先是与大自然打交道，从消极的依附到积极的耕作，人产生了独立感，是人的自由意志使人不断超越现实，以创造来开拓未来。这就是人类生命与文明的最基本的关系性质。

第二，人类的天性。天性通常被看作人类与生俱来的品性，或者说，只要是人就会具有的一种内在的冲动和能力。在汤因比的认识框架中，天性首先是好奇，人们想弄明白他所不知道的事情，这种好奇的发展一直可指向终极实在。这些事情总是在周围世界的刺激或他与周围世界发生关系时产生，这又涉及人的需求及对内在需求和外在世界的意识能力。意识与愿望的获得，转化为行动时，则构成目标的认识和实现目标的行动之策划。进而转化为人对自己行动的有意识支配，以及因行动后果而生的强化或退缩，或反思或再行动。这可以概括为人的行动意识与反思能力。在一个相对平稳的环境中，人每天的基本活动可能按照基本相同的模式进行，在大大小小不同的循环圈内重复这些，会造成一种相对稳定的反应方式，包括目标的选择、程序的安排、行为的操作和结果的处理等。习惯是人以自身为工具应对世界的一种方式，是某种程度的工具化，故有时把人称为习惯的动物（P39）或习惯的奴隶。但习惯也有积极的效应，它能使人较轻松地应付日常的常规行为，只要这些行为不把他的精力消耗殆尽，就使人还有余力去探索、发现新的东西。习惯节约的是时间，而习惯能形成的原因是人的记忆能力，不仅有点式，还有程序、结构和模块记忆。

概而言之，好奇是与探索、发现、创造联系在一起的，记忆则与习惯、积累、常规运行结合在一起。对任何人来说，从生命出生的那一刻起，新生儿从充满羊水的世界中走出来，在空气世界中生存，他的第一次的寻找，为满足生存吸食的寻找，就是母亲的乳房，这也是孩子第一次与环境发生关系，是孩子头脑中的第一个记忆。

第三，与环境相互作用而形成了人性中的各种生存与发展能力。首先是智能，包括认识能力，人在与自然交往中（自然是人的第一个老师），包括日后在满足生产需要的分工中，在新工具的创造中，逐渐形成分析、抽象和形式化的能力，分类、归纳、类推和比较的能力。人是社会生活中的人，在这个过程中他还形成一种社会化能力，即认识自己的角色身份与行为规范（通过模仿与权威），形成关系认识和如何处理关系的能力，即合作与分工、竞争与相助。也正是在这样的过程中，人对自己的能力和追求，包括个性的自我意识越来越清晰，逐渐形成个人独特的价值体系、理想人生和目标追求，并因此而产生自我约束与自我努力，形成与世界应对的基本态度和策略，构成只属于个人的内在精神世界（良知、善恶的抉择等）以及在公共社会生活中个体的生活世界。

在这里，我加入了一些自己的理解。重点放在人怎样在自主和与环境的关系（思想、认识、感受、策划和行动的关系）中形成独特的自我，一个健康的人如何逐渐形成自我发展的策划能力。人自己选择命运，造就命运和自我，这是在对偶然与可能中不断选择所造成的结果。

第四，挑战与应战中人性的表现。关系的变化、环境的变化、社会机体由诸多事件作用后造成的变化，成长在不同阶段必须面对的内部需求、目标的变化和生活世界的变化，怎样面对如此多样的变化，既是个人的问题，也是社会的问题。

可能的基本选择有两种。第一种是退缩，用迁移等方式来解决问题，即回到或找到与原先生存环境相近的地方，重新开始习惯的生活。这一般的后果是消极、保存、维持式的，是降低质量式的，最终甚至是消亡式的。这是生命活力缺失的表现。第二种是迎战的姿态，即用研究变化和寻找对策的方法去应对变化的环境。细分起来，迎战也有不同的层次：第一类是阻击或设法消除变化的环境；第二类是改变自己以适应变化的环境；第三类是发现环境中不同于以往的新因素，并把它开发出来，变成提升自我生存水平的力量，促使自身与环境都向新的形态转变，这是一种创造性、开发性的应对。人怎样选择，与他已经形成的习惯模式的顽强性、自信心以及思考的习惯、对变化的态度和理解、价值判断、前景假设等都相关，有时甚至与外在环境挑战的性质和强烈程度相关。

正是对挑战的不同态度，使每个人不同于其他人，使各种文明有了不同的命运。这是汤因比对文明演化分析的基本模式，也是他对人生演化的一个基本认识立场。

第五，关于创造的认识。对人的创造力的强调，是汤因比著作的基调之一。他相信，创造力是人生命力最具活力的表现（这与柏格森接近），也是发展的最基本的动力。

创造是一种遭遇的结果（P86），创造又是自决与自省的结果。创造之路并非铺满鲜花。在社会意义上，它伴随着原先平衡的打破、混乱甚至邪恶，规范束缚的打破，可能的结果是许多被压抑的恶之能量大释放。汤因比说具有创造力的人是能从火焰中取火的人。具有创造力的人往往呈现出执着追求的特性（P429），是一种有信仰的人，诸多内在因素和对外部世界的深刻认识是这种追求之坚实的认识基础。有创造力的人也是内心精神世界最丰富的人。在一定意义上，可以把创造性看作人性的综合、最高的表现形态，是人性美与力的最高显现。创造力也可称为“迎战精神”，它是使人成为人的一种精神。人如何造就历史，历史如何造就人。

第六，人性的弱点。除了消极意义的守旧习惯以外，人性的弱点还包括自我中心、贪婪和盲目自大、丧失自我和自制等一系列问题。这些都是历史发展中出现问题的人之内在的问题。

三、文明的空间关系

文明在空间的接触，是相对于时间上纵向延续的空间关系，这种关系同样也是催化文明变化的因素。

这部分的分析对我们理解全球化背景下本国文明的变化有启发意义。

首先，汤因比对文明按形态学做了分类。他认为在起源上和长时间内没有交往、接触的是东西方两大文明。他把西方文明看作一种扩张的文明，特别是技术发展带来的结果；而东方文明偏向于内部的一统，是在自身的朝代替换中发展的，其代表就是中国（阴阳学说，是他十分看重的一种学说）。正因为如此，自近代列强形成以来，任何不发达的东方国家都首先面临着“西方问题”。

所谓西方问题，就是如何面对一个强大的西方。西方问题的当代表现是全球问题，即在交叉、碰撞、依赖、渗透、屈从压力之中，如何保持自己的独立和发展本民族的力量，使自己在全球事务中具有发言权的问题。

发达国家全面渗入的需求与发展中国家有限开放的政策之间的冲撞、较量，是这一问题的突出表现。对这个问题的不同解决方略，也导致了发展路径的不同。最初的认识停留在技术，进而是经济、市场的进一步开放，包括投资、设备、经营、人才、金融，这可能已经是经济的底线了。商贸的关系变化，是经济交往中平等权的争取、扩大过程。

随后就是文化、生活方式在消费过程中的全面渗透。而学术，作为高层次的文化，从语言到概念、框架、体系，一直到思维方式，经济上相对落后的民族，为了追赶，必须模仿，甚至用丧失自决能力的代价去寻求追赶的胜利。

我认为在这场追赶的游戏中，只有不完全沿着老路的追赶才会真正有效，这需要发扬民族智慧和传统文化中最有力量的因素。巧学巧用、眼光长远、学创结合、全局谋划、自如应对、实力增强、自信决策等等，都是一个民族的智慧，尤其对中国而言是得天独厚的财富。中国智慧是当今中国社会自立于世界民族之林的重要保证。

尽管汤因比的全部教养和思维方式是西方的，但他的冷静睿智，使他能读懂中国的一些基本面，并对中西文化交融以后产生的新文明寄予希望。就凭这一点，他足以被称为西方的智者。他还在与俄国、日本对西方态度的比较中来认识中国。他研究中国文明的源头问题，尽管不愿意把夏、商、周当作真实存在的中华文明的起源，但他确实在主线上把握了中国的特征。

作为当代中国人，要为新文明的创立做出我们自己的贡献。而且也只有在做出贡献的努力中，才能实现真正的崛起。

四、启发

（一）立场

读汤因比的著作，有一种读“三论”时的同样感受。今天，在后现代一片欢腾的背景下，特别能感到的是：后现代的认识方式和观点，实际上早就开始了，至少在汤因比的《历史研究》中，就可见后现代的冷静形态、积极形态，也许在一定意义上还是更健全的形态。这在当代左式后现代的人看来，也许，是一种保守残余势力的表现。

说其积极，首先是从立场上看。他赞美人性的精神力量与创造力，他把再生看得比解构重要得多。涅槃，也是汤因比对东方文化看重的一个方面。

第二，他没有全盘否定确定性、组织积累和秩序的力量。他的目的是用另外一种观点来说明模式、规律、事实、理论等是什么，不是简单地全盘否定已有的认识，更不是维护已有认识世界的许多前提性假设，而是要建立一种在承认变化、动态、多元必然存在前提下的新“秩序”。因此，他给人的感受不是一种破坏的痛快，而是建设的深沉。

这一点对我们当今学派建设具有积极的启发。关于“立场”，是我这一阶段一直在思考的问题，但主要考虑的是教育学的立场问题，现在实际上指出了我一直采取的这种态度之局限，需要重提问题（以新的方式提出问题），寻找新的答案，重建理论。这种重建的积极立场，更需要有修养的批判和反思、更新，在更高层次的混沌中梳理，找到“一”，再生“二”，从无到有。这种“无”在一定意义上是无秩序的丰富，实际上是一种线索，其中包含着相辅相成、不可分割的“二”。再由此创生出“三”，或整理出相关的“三”。然后，再进入到一个能包含诸多丰富的新秩序的建立。另外，立场还包括时代和本国的立场。

（二）史学观

汤因比的史学观是一种面对已存在事实的思考，而不是从史学已有框架出发的填充。正是这样面对事实的思考，使他有可能形成新的框架。

第一，历史是一个整体，是一个过程，因此，关系和转化的研究是认识历史的基本立场，也是史学观的基点。这就使历史研究从因果论、单因果论走向多元互动论，从线性式发展走向非线性研究。在这里，他批判了技术决定论，但并不否认技术在历史中的作用。他批判了简单化的认识，如对希腊文明作为西方源头的简单肯定，文艺复兴作为中世纪的反动且只突出意大利的那一段历史等结论的片面，但并不否定上述两段历史时期的存在及其在人类史上的作用。令人印象最深的是他对中世纪史的那段分析，对君士坦丁堡保存希腊文化的肯定中的批评，以及对西方同一时期教皇制的制度化问题的批判和某种程度上的开放与多元化为随后近代西方的诞生所起的作用。关于所谓蛮族入侵的分析，也是令人难忘的。

第二，历史可以用形态学的方式来研究。形态学是整体研究的，要求选出指标，通过归类，而且形态学的研究方法一定要通过比较来实现（打破西方中心论的狂妄）。

第三，强调历史是人的历史，历史上的文明与人性、与人类自身发展的关系。尤其强调人的精神信仰和创造力的价值。

第四，变形是历史的本质。历史发展、变化是以“挑战与应战”为主线开展的，这也是人之生存的基本状态，即环境与人的关系。人在与环境的关系中体现自己的生命力量，实现文明的创造和自身的发展。人的发展或者也可以说文明的发展是以自决能力的发展为标志的。在外显的行为和结果上，能看出这种自决能力的强度与质量、覆盖面。突发事件是过程中的节点，它对此后的发展和全局都产生影响。

第五，历史研究时态上的全程性（现在、过去与未来）。

第六，历史研究受意识形态的控制。

以上几点密切相关，在一定的意义上也是其方法论的具体表现。其中，尤其是形态变化论、在历史中体现个体发展与社会发展的内在关联性两大观点，对建构教育史和教育学原理，提供了新的认识和思想方法。

（三）历史研究所涉要素的重新界定

1. 首先是寻找历史研究的单位

他打破了以空间（或国家，或地域）或时段为研究基本单位的思路，而是采取了以文明形态为基本单位。他强调不能离开世界史看国别史。

这一基本形态的选择，突出了整体和有机。

2. 提出了“历史思想”的形态问题

批判了以对自然物、非生命物体的方式来认识人，主张“有机论”，不以工业社会对人因工序需要而生的机械合作方式来从事研究。批判了贬低个人创造的风气（欣赏规模），提出历史思想的工业化表现为对工业化精神的病态夸张，对价值意义的贬低等。

在历史思想的讨论中，还提出了什么是可被认识的研究领域和历史思想受什么影响等两个问题。

3. 提出了界定范围的方法

从所处时代和我们自己国家的立场出发，通过时间上向前延伸，空间上向外扩展来界定这一领域的范围。社会是历史研究者必须处理的对象，而不是国家。

社会与社会间不仅会有地缘、类型上的关联，而且会有时间上的血缘关系。

4. 提出了术语定义的方法

定义可以是主观的、认识论的，也可以是客观的，这里的客观是指询问者心目中所相信的那种真实。任何定义都要从这两方面去考虑，并要研究主客观之间的关系是什么。正因为如此，任何一个领域的可认知性，都是相对的而非绝对的。艺术及各时代可显明的标志与区别，是各种文明在时间和空间范围上划分的可寻找或确定的界限，但这是一种显现，并非文明本身。人们实际上只是在思想和价值的意义上把握文明。

5. 关于模式

汤因比分析了模式的必要性和对模式的理解，以及模式可能形成的根据（心理的）。

此外，还有关于方向与环境的界定。

这些重新界定及其涉及的要点，是任何领域的研究，任何认真和具有反思意识、试图形成新认识的研究者都会面对的。汤因比的回答具有普遍启发意义。

（2004.8.7）

读怀特海《过程与实在》《观念的冒险》*

这是2011年寒假中的第一篇读书笔记。就内容而言，是暑假开启的怀特海阅读的继续，也是“生命·实践”教育学写作西方著作阅读的继续。前前后后，中间还生了四天的病，第一本前后花了十天，第二本花了五天，啃完了被所有人称作最难啃的、第二个黑格尔式人物的“三部曲”①，其中最难啃的自然是《过程与实在》。

怀特海的主要作品都是退休以后写的。他出生于1861年（2月15日），19岁（1880年）进剑桥三一学院；1924年63岁从伦敦大学教授职位退休后，到哈佛大学哲学系任教，接着就写《科学与近代世界》（1925年），1929年出版《过程与实在》，1933年出版了《观念的冒险》，1937年从哈佛大学退休，1947年12月30日逝世。“三部曲”是在其第一次退休后的十年中完成的。其中《科学与近代世界》是以自然科学为核心的关于宇宙、科学、哲学的论述，《观念的冒险》是人文社会科学、人类文明研究意义上的时代、人文与哲学的论述。而《过程与实在》则是其哲学观的集中、系统论述。三本书的共同点都是思辨与学术的综合、理论与历史的综合、时代与哲学的综合。自然，最难读的是《过程与实在》，把怀特海的这本书啃下来，再读什么大概都不难了。

一、《过程与实在》

（一）

读完《过程与实在》，我逐渐体会了怀特海著作难在何处、为何会难。最主要的是他想完成巨大的转型，但不是通过简单的否定，而是想通过转化和综合来实现。就转化而言，他要写出历史上不同的哲学家，从柏拉图开始一直到休谟、

* 怀特海．过程与实在．周邦宪，译．贵阳：贵州人民出版社，2006；怀特海．观念的冒险．周邦宪，译．贵阳：贵州人民出版社，2000.

① 指《科学与近代世界》《过程与实在》《观念的冒险》。

洛克，他们的基本哲学思想是怎样一步步走过来的，其中哪些提供了过程与实在思考的思想资源，哪些地方发生了差错。他想把全部哲学史作为自己思想提出的依据，而其中一直纠缠着他的是一切哲学中反复出现的哲学难题。怀特海有十分强烈的“难题情结”，只要遇到难题，他就兴奋，就会停下脚步纠缠一番。其中被他提到最多的是柏拉图（亚里士多德基本上是被批判的）、洛克、休谟、笛卡尔和康德。如果撇开这些纠缠，文本就会简洁、好读得多。这也是此书具有较强的思辨色彩，但思维又相当缜密的一个特点。

怀特海给自己制造的困难还不止于此。他还想在自己的哲学中实现所有知识的转换与互通，如他的“实在”包括了一切存在，从每一个具体的物质的实在，到上帝这样抽象意义上的实在。过程更是在一般的意义上讨论，过程即实在，实在即过程，这是最大的思想方式上的转换，由静到动的转换，这一转换同时实现了哲学的基本前提由古代向近代的转换。有一点我觉得特别混乱的是，他企图用生理学、心理学的一些词来解释事物间的相互作用、化生以及内部的建构形成过程，如摄入、满足、感受、传递、连接、想象、和谐等等，再加上逻辑学、数学的解释，对于没有一点这方面知识的人，读起来确实成了“天书”。我想如果他把这本著作分领域写成五本或六本，那就不会这么难读了。也许正是他的这些“难”，成就了他的伟大；也许这一写作的过程，让他有了极大的满足，他感到自己的哲学顿悟，让自己能把整个宇宙看作一个生生不息的整体，世界是那么生动，却依然如此有序。这种想以某种概念来统整式解释世界的冲动，可能是19世纪末、20世纪上半叶出现的西方哲学界冲动，柏格森如此，詹姆斯也如此，只是他们谁都没有在概念体系的意义上去创建一个庞大的“理论世界”，而是用已有的概念，改变的只是概念的界定。这使读者不停地在两套概念系统中转换，总会生出“烦”和“难”来。

（二）

合生与创生，这是怀特海过程理论中又一对重要的概念。合生最基本的是原始实在与形式、主体与永恒客体的合生。没有这个合生，就没有任何具体的实在可存在。在此，他把选择权（包括采用和排除）给了原始实在，把无限的可能给了“形式”，又通过不同具体实在的相互作用，使被某个具体排除的可能，进入到或对这一具体产生作用。正是因为这样的合生永远不会停止在原初的意义上，所以创造本身是内在的构成。怀特海用“创生”来克服二元论以及由二元论带来的僵化和难题。这些“二元”中最主要的是物质与精神、具体与抽象、环境与存在物、身与心、现实与可能、认识与对象，时间上的现在、过去和未来，空间上的广延与连续，互相客观化，彼此相关。其中，最根本的是本体论的改造。他以合生与创生（转化）这两个“生”，改变了机械论的实体式宇宙观。“世界不是事物的集合，而是过程的集合”，道出了怀特海在本体论上彻底的、奠基式的改造。这样，关系、联系、功能、结构、环境、相互作用、发生、发展、变化，关于过程的描述所必需有的一个更像真实世界的宇宙观被揭示出来了。“一切皆过程”就不是一句结论，而是一种丰富、生动的状态之描述，也包括变化的“一”的本体论表达。这个“一”是本身内涵着变化和丰富的“一”，而不是因多种“一”、分离的多样性构成的丰富的集合。没有不同的复合就不能成为真实的“一”，这个思想的丰富性和复杂性，为认识一个变动不居的世界提供了哲学支持。事物由合生而成为具体，由创生而呈现过程。怀特海把自己的哲学称为“机体哲学”，因为他把具体的世界看作本体的生动。怀特海批评 19 世纪大多数哲学家犯了一个重要的错误，排除了哲学思考与日常的严格事实的关联，从而走进了思辨、悖论、偏狭的死胡同之中。正是在这一点上，对真实世界的承认与关注，使怀特海与詹姆斯、杜威等成为新的哲学思想创建的同行者。

我们可以从他关于“实际存在物”的多种界定，来看怀特海如何改造旧概念，形成“机体哲学”的概念。

关于“实际存在物”，怀特海给出了三重定义：一是统辖自身之生成的直接性的“超体”，这里是指其整合生成具体的性质；二是发挥客观永恒性（潜在性）功能的原始创造物的“超体”，这里阐明了它与原始创造物及永恒客体不同的关系性质；三是每一种“生成”的潜能，这里是指向未来可能成为它物之生成的潜能。由此引出每个具体的存在物是其自身存在的原因（自因说），任何一种存在都包含着与其他存在发生关系、连接的可能。连接的持续是变化中的秩序，秩序是过程中潜在变化为现实的轨迹。

怀特海的这一概念，使其与笛卡尔等的实在论有了区别。在怀特海这里，没有不变的实在，没有无端的秩序，因而也不存在身与心的二元对立、绝对的观念世界与转瞬即逝的现象世界的对立（与柏拉图不同）。但怀特海十分强调，把抽象看作具有实物性的存在，是哲学上“具体的误置”，正是这种误置导致很多哲学的难题。抽象观念的存在是认识一般的需要，有了“一般”才有可能建立起特殊的关联与秩序，才有可能在认识上关注各种具体条件对于实际存在物的界定之必要，而不是去寻找“第一推动力”，寻找不存在的对立之间的统一。

（三）

在认识论上，怀特海克服外在存在物与内在精神观念之间的异质相符问题，这是近代哲学中的难题。怀特海的解决方式：首先他确认外界的具体实存物不以精神认识为前提而存在，杜绝了精神构造物质的唯心论基本立场。怀特海把重点放在两个接通上。一是由外到内的通道，他强调的是原初感，这种感觉不仅受外界实存物的影响，还受制于目的、欲望等。他用感觉主体的原因，解释了不同感觉主体对同一实体产生不同表象的原因，但并不因此而得出认识的虚幻或不可知等结论。在原初感觉上，他又将“身”的历史与“身”的现在结合在一起，将感觉与情绪、意志等结合起来，避免了“身”自身意义上的物质与精神的对立。怀特海强调的第二个方面是怎样从感性到理性，这一变化，他借助于“想象”，在此是指归纳的预设，而非抽象直接进入的预设，以归纳条件限制式的论证来说明。再通过对比，建立系统秩序，达到认识的理性化。对比是把事物纳入更大的系列，构建不同层面的必要手段。怀特海在逻辑的意义上不赞成简单主谓式的，以排中、非此即彼的方式判断命题，认为这种判断是实在论世界观的逻辑表达，他强调用相互包含、转化、结构功能、持续转换等方式来表达事物间的关系，构成有机的过程系统。最后，怀特海又把认识的完成看作主体的一种满足，随即而生的是新的探索、需要的欲望，以“欲望满足”的方式来构建认识意义上不断突破的内动力。

（四）

关于生命，怀特海也是泛生命论者，这与柏格森有关，也与他的有机世界观直接相关。在怀特海看来，生命是世界的微观模型，有过去，存在于当下又走向未来。其自身的丰富性包括从动物遗传而得的各种需要和能力，但怀特海不是还原主义者，他强调动物与人的不同，包括组织分工程度很高的如蜜蜂那样的昆虫世界，它们在做什么，但不知道自己在做什么，更没有关于未来的想象、目的和冲动、向上的追求，以及设计出一系列达到目的的手段。是精神、认识、理性使人与动物有了区别，产生了内在的认知和外在的组织行为。为实现欲望而做出的选择与奋斗、满足与希望，这一精神生活的享受领域，同样是人作为人的重要标志。

怀特海对生命的力量集中在有关新颖性上，同时又强调环境的丰富性和个体通过选择实现拥有的过程，即自我的形成过程。对环境与个体存在关系的重视，是对生命有新发展可能的关注所导致的。怀特海对人生持积极向上的价值取向，这也是他的机体哲学留给人从容而又温暖、明亮感受的重要原因，这点在《观念的冒险》中表达得更充分。他是一位有理性的人文主义者，这种温暖与明亮也表现在他对宗教的态度上，他认为有信仰的人也是创造世界的伟大的人。因个人的多样与独特，创造并构成着世界的丰富与多样。最让我吃惊的是，如此关注概念与逻辑的怀特海，竟突然蹦出了一句："仙女在跳舞，而基督则被钉在十字架上"（P613），以此来表达他对世界多样的形象体验。

怀特海从生命需要摄入食物，进而引申出伦理的必要性，是他沟通物质与精神的又一经典论述。他强调遗传的功能，但又强调"活力"不是来自遗传，而是当下的反应。他强调细胞的独立功能，又强调唯有有了组织和机制，我们才能做出反应，形成对经验的认识，所以在生命的构成中有不同的层次，低级的自主反应不进入意识，唯有意识到的反应才能起到协调与控制作为整体生命对环境的反应。大脑在整个身体的构成中不是最多的，但它是高一个层次的组织。怀特海强调生命的反作用作为特征的重要性，能动、活力、新颖性都来自这样的反作用。怀特海这部分的论述，还要与柏格森的结合起来看。

（五）

关于方法论。

在形而上学与实践的关系上，怀特海把对象与检验都付诸实践。思想的真正权威是实践，当形而上学的某种描述不足以解释实践时，要修正的是形而上学。

怀特海把形而上学的任务规定为揭示一般、整体和过程，而不是对具体、特殊的解释。在怀特海看来，理论的任务是能够解释真实世界本身是如何构造的。哲学是对抽象的说明，不是对具体的解释。

在如何处理对立的问题上，怀特海的方法是，先不把它们对立，而是使它们结合，做出相互作用、包含和有机化的解释，要从反题来说明正题，反之亦然，"各种对立要素是在相互需要中对峙"，因此，关系的揭示在一定意义上也是对相互需要的揭示，把对方看作需要转化和实现创新的工具，这样，对立就变成了必需，变成了发展的力量，由此可理解为什么怀特海在《观念的冒险》中强调"宽容"。由此，笔记可以过渡到《观念的冒险》。

二、《观念的冒险》

这是一本被称为"社会学"的著作，但怀特海完全不管社会学框架的限制，而是依着他的哲学观在社会问题领域行进。他把观念的冒险归为两大层面：一是人类历史中的观念的冒险，二是观念如何对人类历史的冒险做出解释。在此，观念被形容词化，但实际上是此书的核心。怀特海以人类历史为场域、环境，来说明对人类历史产生过重要影响的观念，这些观念在一定意义上是某种文明性质的集中表达。历史可以这样写，观念可以这样分析，这也是怀特海这样的大师级人物才能做出的选择和十分漂亮的学术创造，体现了他强调的新颖性。

（一）

对于西方文明史，西方与东方文化的关系，宗教在人类文明发展中的意义和必要，这是此书留给我最深的第一印象。其简洁、深刻、明了，与《过程与实在》形成了鲜明的风格对比。

全书对社会发展的主线是由征服到说服，将此作为社会学的观念，科学与哲学对自然规律的认识所形成的宇宙观是宇宙论的观念，哲学的观念，与过程、实在相近，此外，他还专论了哲学的方法。文明以真、美、冒险、平和为核心，且将平和看作一种满足的实现，是和美的理想。四大领域中，社会学是核心的构成。

（二）

社会变化的过程，怀特海以几个概念来表达。先是古希腊和古罗马时期，其前提是奴隶制，广大奴隶的被剥夺、受野蛮统治，构成了上层文明的基础。在讨论文明时，首先分析的是制度的预设，古文明是建立在不文明的基础上的，一个相对野蛮的下层和文明化的上层。而人类基本权利的观念来自人类的人道精神，效率导致野蛮，道德原则构成对制度的有限批判。正是对人类本性尊严的观念，导致产生了稍好的政府，人类的堕落引起不安，从而提出改革的观念。

人性尊严说，在基督教的教义中得到加强和行为式表达。他们致力于人类理想的构画，他们对世界末日的预感使其形成了有信仰的伦理学，通向彼岸的标准的伦理学，表达了一种庄严的力量。然而，至中世纪却成为制度的伦理学，同时，其功能也转化为保守的工具。

直至18世纪，才在制度的意义上，强调了人权、民主、平等与自由。人的尊严以废除奴隶制为前提，以商业社会为新制度的基础，而得到可能性的保障，通过法律、政治和经济的制度等方面，使之成为可能和必须。从征服到说服，是从奴役到自由的变化史。

(三)

怀特海专以一章讨论了“人道主义理想”的社会基础，那就是技术的发展、竞争（商业）的实现、个人自由的可能和公民责任的诞生。尽管在它的初期也出现过工业奴隶制，但发展本身破解了这一与竞争不协调的制度，它作为历史的遗产被运用到现代。一系列的生物、遗传、进化理论，也为竞争的合理性提供了科学依据。

此后，怀特海又对“自由”的观念做了探讨，认为支配人类行为与经验的方式，通常有本能、理智和智慧（其作用是调节力量，作用于理智，以便在已知条件下产生自我决定的结果）。在强调自由的同时，必然要求社会的宽容，这种宽容的意义是在对尚未穷尽的新颖事物的丰富可能性与尚未洞察的复杂性表示一定的尊重。这是我看到的关于宽容的最与众不同和深刻的解释。

除此之外，自由还必然要有强制作为保证。而职业的理论支持和理论修正，成了培养这种自由基础上的共同理性制约的重要培训。这是 1933 年的著作，也是第一次看到哲学著作中对“专业”的解释，比联合国教科文组织早了近二十年，故以前的讲法是有局限的。这一解释最重要的是区分了古代与近代职业的不同，是职业本身的理智要求以及通过自治机构来组织各种职业，使自由与控制统一在人类生活最基本的职业活动之中。各种职业的专业知识化，是学说和科学的进步改变了职业的性质。这让我想起怀特海在《过程与实在》中关于食物的解释。

文艺复兴的意义是产生了现代国家。

职业的专业化又推动了大学的专门化，同时要求在专业领域内的自由和不可或缺的限制，如教师职业（P73）。

经济组织构成了人类关系中最大的问题，即其中的契约式自由。公正的概念成为对自由的限制（传统与契约的关系）。

人类世界最高的自由是精神的，它与真理之间的和谐取决于人的思想品质和理解的力量。

(四)

在《观念的冒险》中，怀特海从对社会发展和人类观念形成的角度，对两个产业领域：一是农业，一是商业，所做的分析是深刻的。

农业是人认识自然的变化与伟力，并从适应、顺应而获得生存与发展的文明，这是农业文明中对天、自然有敬畏和感恩文化的重要原因。尽管农人的劳作是日常而辛苦的，但季节的到来，自然的风雨雷电，天下农民即使抱成一团也无法控制和改变，他们只能通过观察变化规律和按某些气候变化的预兆来抓住时机，或避免减少损失。于是预测、观察、策划方法等智力也得到开启。正是自然对作物生成的巨大影响，使人看到自己的渺小和对命运生死的难以把握，祈求与感恩就成为农业社会中人与自然的沟通方式。这种观念移到人间，统治者替天行道，与百姓之间也形成主奴关系。

商业的核心概念是自由竞争。它从个体发展到组织、法人等多形态的自由竞争，促进寻找新的可能与变化，不断使产品升级换代。市场拓展指向的是财富的获取。有一批人已经把获取财富本身当作事业和乐趣，并不是为交换劳动、获取生存与发展的需要而经营，这可能是商业本身发展到顶端的表达。

商业的价值都是与心理相关的。商业促进人去研究生活中人的需要、欲望以及如何去激发、诱导，以及通过为交换而进行的生产去完成诱惑与满足。商业对预测的要求，不只是可能，而是要去把握、制造、操纵这种可能，摆脱外界的控制，并不坐等需求的自然产生，这是商业与农业的最大区别，也是商业、贸易社会何以会使人类文明生出如此之多的丰富性和新颖变化不断的重要原因。商业比预测、比策划、比造势、比更新、比市场占有率，在人为可控的范围（技术改进）内，经商者使尽心机（P89－91），他超出自然的操控，开辟了另一个世界，使财富产生了超乎寻常的集中。野心、进取、冒险成了资本社会的特征。

通过历史的分析，怀特海提出了对社会群体命运起决定作用的四大因素：超验的精神目标、人对衣食的自然需求（自然对人的铁律）、人对人强制性的统治、说服的方式（人的尊严的尊重及自由的可能）。这四大因素在不同的社会中都存在，但各类社会从其已有的状态（包括习惯的作用）采取或倚重不同的解决方式，并影响着社会发展的进程。在文明的发展与更新的激变时期，有智慧、勇气、奋斗精神的伟大，也有血与火、残忍与污浊、混乱与黑暗，但发展最终指向更高的秩序与文明。从社会发展的分析中，怀特海还回答了个人的尊严与自由等西方民主社会所看重之物。

（五）

在有关社会的分析中，怀特海还讨论了一些与社会发展相关的矛盾，除了征服与说服、自由与控制、人道与野蛮之外，还有两对矛盾是值得关注的：一是常规与更新，二是个人与社会。

怀特海花大力气来说明常规在人类文明和社会秩序维持中的重要价值，我在不知情的情况下用常规与更新作为一对矛盾来讨论学校管理的机制问题，实际上是我对秩序意义的认识。怀特海指出：社会生活建立在常规的基础上，认识到这一点便是智慧的开始（P105）。常规节约了管理的成本与效益，没有常规之处就是没有组织与秩序之处，一切都在偶然之中。即使是预测也以常规所形成的稳定为基础，这表达了现实性与可能性之间的蕴含关系。其中，有些属于铁律式表达的常规，越通过自觉的认识越能以制度的方式来保证基本自觉的运行。

然而，常规的合理性不等于经验的合理性。经验在一定程度上可以说是人对一定环境中行为方式合理性的形成，因此它是与环境的状态联系在一起的。脱离环境做出纯行为方式合理性评价，并作为普遍的抽象，会导致经验失灵，甚至带来损害。因此，研究环境与生存之间的合理互动，以变应变，是更新的重要任务。更新并不因常规之必须而被否定。人对更完善环境的追求，对自己生存更高满足的需求，是打破常规的重要内动力。怀特海尤其提到近代社会重大变化的间隔缩短，它已缩短到要求人去适应变化，而不是适应固定的条件。这是为何当代人需要有创新能力的重要依据（怀特海的估计是每十年就要出现一次诸种新颖成分）。从什么视野去研究“创新”问题？在几个不同的层面去研究创新？创新与人性的关系是什么？这些都是需要去思考的（P109）。怀特海特别提到了“对社会变化质方面的观察”要“转移到对其量方面”的研究，他提出了某种活动的社会盛行期（社会行为存活期）（P112）的概念，这是一个很好的研究变化的定量概念。

在个人与社会的问题上，怀特海基本上是从环境与个体的立场来讨论，既把环境看作个体的构成，又强调个体的反作用。而评判两者相互作用的价值，则在相互的支撑与促进上。对社会的要求是有利于个人的实现，提高其个人社会生存与发展的强度，反过来，衡量个人的价值应包含他在提高高级类型的秩序的过程中所产生的影响（P344）。将社会视作超越个人局限的理想，每个个体与社会都带着当前的性质，灵魂超越了自身，因为其内部都会有“他者”（P343）。两个不同能量级的实体，都呈开放和过程态，这是怀特海的基本观点。人之所以能变，是因其具有承认自己不足的能力。超越个人局限的人，才会有“平和”，明智的人可以面对他的命运，成为自己灵魂的主人（P343）。

（六）

关于研究社会的方法，怀特海的基本思维方式在社会领域里依然保持。以普遍原则的立场来审视社会，在怀特海看来，是一种深思的能力、哲学的禀赋，他在全书中呈现了这种品质。

这种对普遍性的坚信，使怀特海要求在认识中不要对长存的事物轻易否定，进而摇摆到偶然的事上。要“完全彻底地弄清楚你所谈论的东西是最重要的”（P47）。然而，大多数人恐怕没有这种定力，也没有这个能力。事实常常是在还没有弄清楚自己谈的东西时就大谈特谈这个东西。他坚信任何论点都必须以比结论更基本的前提为基础（P346）。

在怀特海看来，哲学研究各种可能性及其与现实的关系，他把此称为“洞察力”和“预测力”以及一种对生活的价值感。怀特海是努力把哲学从玄思中拉出、走到人间的人。为此，他批判没有事实依据的玄想，也批判只管事实证实的科学方法（P102），在他看来，只有三者的结合才能有助于认识的澄清，怀特海努力做的正是此事，他提出：观念始于对习俗的解释，而终于建立起新方法、新制度（P115）。思辨与学术（怀疑为了证实）的交互作用才会出现有意义的观念的冒险。不管如何，第一手经验是无物可以取代的（P102），新的思想方向来自为学术领域带来新材料的那些刹那间的直觉（P125）。

这篇跨阴历年的读书笔记，写得有些匆忙，因为后面的阅读又紧盯着了。所有的记录都是为了理清自己体验的线索，并为将来需要时查阅提供帮助。

以怀特海的阅读笔记作为这本用了三年的读思录的收尾，这是一个大尾巴，他对我后面的思考和写作会产生方法论意义的影响。

怀特海，真是心怀一片独特的精神之海。

（2011.1.30—2.3）

读杜威《确定性的寻求》《哲学的改造》*

自本月 6 日下午起，读《确定性的寻求》，断断续续，前后花了六天多时间读完。因这本书与杜威认识论中核心的哲学思想阐发有关，故昨天中秋，接着花一天工夫读了他的《哲学的改造》，算是打了一种“趁热打铁”的组合拳，还确实有效。

一、杜威的方法与精神

杜威的文字具有极大的概括性，他的概念具有极大的坚定性。正因为简洁和坚定，一个概念或一套概念系统的形成，几乎像“照妖镜”一样可以顺利地让其他的观念、哲学系统露出“原形”，而其自身又有极大的开放性和适应性。读起来的流畅度与狄尔泰形成很大反差。

杜威这一套运用概念的方法是可以学习的。他从自己的核心概念出发，可解读整个人类学术史、社会发展史，从历史到现实，其中又涉及哲学、艺术、宗教、科学、技术、社会、道德，稍及教育，其范围之广和时间跨度之长都令人咋舌。他集中批判的是各种“实在论”，无论是客观还是主观，以及粗糙的经验论。在这个过程中，他对一系列重要的哲学概念做了重新界定。

杜威是清晰而犀利、丰富而深刻的。一颗冷静的头脑，却有着面向未来不断开拓和创新的精神。从这里，我似乎读出了当时已七十岁的杜威所散发出的“美国精神”：没有什么过去的权威可以让他们驻足、仰望，永远是平视与透视。面对事实，追求和创造更好的未来，坚定而清醒地向前看，不被传统思维框架下的老问题纠缠。他用自己的哲学信念与形成的核心概念之利剑，去除无用的纠缠，朝着可能的方向前进，这是年轻美国的气质在一位七十岁老人身上的呈现。也许，这就是学者生命的独特，只要能与时代和民族沟通，他就能保持精神生命的活力与青春。

---

* 杜威．确定性的寻求．傅统先，译．上海：上海人民出版社，2004；杜威．哲学的改造．许崇清，译．北京：商务印书馆，2002.

二、杜威的人生、学养、哲学与教育

（9.21 日，续）

我以《确定性的寻求》为主，带读《哲学的改造》一书。两本书都以哲学为主题，只是前者更集中在对认识论中关于“确定性”这一根深蒂固的，古希腊以来欧洲哲学传统中关于历史与现实、理论与实践的认识之批判，进而提出了杜威自己对确定性的理解与实验经验论的认识论，更着重于主题式的探讨。比起前者，后者是关于哲学整体的改造问题，在人类社会演化过程中，与人性相关，尤其是与人的生命和生存的关系，对社会和道德中存在的实在论，对人性善恶、幸福问题的讨论，乃至教育问题的讨论等，涉及更多方面。

写到这里，我产生了重翻一下杜威生平的愿望，想弄清楚他的学术背景以及两本书的写作背景。花去半个多小时，有了超出意外的收获。

杜威不仅并非出身名门，而且处于相对社会较低的阶层：杂货零售经营者，用新中国成立后的称呼法，即小业主家庭。这样的家庭使他的童年有较多机会接触普通百姓（不是贵族和富人），这也许是杜威思想中浓厚的平民情结和草根气息的幼年生活印记。在他六十岁后，在《民主主义与教育》发表后的第三年，他访问亚洲的日本、中国，后又去土耳其、苏联，并在中国逗留两年多，所做报告的主要内容都是教育考察，也可能与此有关。

就杜威漫长的一生来看，他的学术主要是在哲学。大学获得文学学士学位，后又在霍普金斯大学主攻哲学史，获得哲学博士学位，毕业论文题为《康德的心理学》。他在大学担任的第一个教职也是本科生的哲学讲师。另外，因哲学认识论、对人性的研究，与近代心理学、伦理学等密切相关，所以在人文、社会科学方面，他更关注的是心理学、伦理学和社会学。

教育学，在杜威的心目和论述中，从来都没有上述学科那样专门化。今天，在《杜威全集》第五卷中读到一篇关于作为一门学科的教育学的讨论。这是他在出任芝加哥大学教育学系主任，开始领导芝加哥大学实验学校的初期，为该校设计的原则性计划，也体现了他关于教育学的基本观点：（1）教育学指导教育实践，并在对学校教育实践的实验性研究中推进、实现其发展。（2）教育学是心理学、伦理学、社会学的应用，因为教育要解决的最终问题是实现社会与个人的协调。教育学因不是一门学科的应用，故它是一门需要综合应用各门学科而形成的学科。在当时，杜威认同教育学应是大学学科中的平等一员。但他生命中的最后一篇教育论文，则不认同教育学可作为一门独立的学科。（3）教育学最应成为一门实验的科学。教育学已有的资源来自两个方面：一是学校，作为教育场域的历史变化研究；二是教育思想，作为认识的历史发展，这可能又与他研究哲学史相关。

总之，杜威全部学养中各部分的综合产生了他的教育思想。他确实把教育当作哲学的实验场，因为教育关系到整个人类生活，哲学大概很难在其他领域找到如此综合的实验场。正因为如此，杜威对其他国家的考察都集中在教育上。然而，读完这些，我惊讶于以往教育学者对杜威作为一个教育学者的超出实际所是的推崇，反过来又不去研究他最核心的学术思想，由此带来对所谓实用主义的肤浅认识，有时甚至是滑稽的说明与判断。读懂杜威，需要有相应的学养做支撑。

了解了杜威的生命轨迹，上述两本著作中极少涉及教育也就可以理解了。

这两本书还有一个共同点：都是在国外讲学的讲稿整理。《哲学的改造》是1919年访问日本时，在东京帝国大学的讲演稿，杜威时年六十岁；《确定性的寻求》是1929年七十岁的杜威在英国爱丁堡大学吉福德自然神学讲座上的讲稿，共十一章，每章的页数大致相近，这也许是讲稿整理的特点。在内容上，因要顾及每一章的关联性，故核心观点在不同章节反复出现。

《确定性的寻求》一书，还让我看到了怎样围绕一个核心问题，展开成为一本书的创作过程。

全书从人类为了生存、逃避危险需要确定性作为出发点，引出哲学史上为何和如何寻找确定性，以实在“永恒、不变、完美”这样的古典哲学为批判的主要对象，指出其在哲学内外的种种表现，提出了哲学要从静观走出，进入智慧行动。这种人类认识方法与目的的改变，首先在自然科学中出现，然而自然科学的具体发展却没有带来哲学的自动变化，更没有影响到日常生活。人们对观念与实践的分裂、对立、高低之分根深蒂固，所以，要在哲学上突破这种现状，还需要对观念、理性进行重新认识，进而提出上述对立在人类思想精神中的改变，是要把理性转变为智慧。杜威强调方法的重要性，指出实验方法的重要性在于它可能改变人们的思想和行为方式。他要求不只是把这样重新认识的行知关系局限于科学，而应推到人类一切生活，使其自然化，要与对伦理学中的善和当今人类思考的方向指向发展、创造与进步结合起来，渗透到一切领域，这才可称是哥白尼式的革命。

说到底，杜威是用变化、发展、互动所产生的结果，并经过检验后可认同的相对确定性的寻求，代替了自古希腊开始树立的绝对确定性。杜威不是完全否定确定性的存在，他只是要改变人们认识确定性的途径和对确定性的性质的认识。这个判断被刚才读到的杜威1930年自撰的《从绝对主义到实验主义》所证实。

在这两本书中，我还读到了杜威思想方法一贯的破解二元对立、寻找对立两极统一的特征，只是这次用在哲学史与社会现实的分析及其实验经验主义的阐述上。在其学术思想的提纲式自传（1930年）中，杜威明确谈到自己深受黑格尔思想方法的影响。

三、杜威：哲学史与科学发展的两重奏

杜威思想的彻底性，首先在于他对哲学问题根基思考的彻底性，那就是人类对自身生存安全的最基本的需求，这是人类社会从野蛮时期发展到古典文明发生时期所面临的最大也是最基本的问题。可以这样说，任何时期的基本问题都是当时最大的问题。

在人类社会尚未进入文明的野蛮时期，当人遇到危险或生命威胁时，采取的方法往往是两种：一是祈求自然的慈悲，这是对超越自身的强大力量的屈从和寻求保护的姿态；二是在许多偶然遭遇中形成积极的经验，直至创造工具、技艺、人造生存环境与方式（如洞穴居住、树上筑巢、野火中动物熟食的提供）。在漫长的历史中，以不少原始生命的丧生作为代价，人类的集体经验、有用的工具得到传播与改进。也正是在这个过程中，在人的生存能力和生存方式变化、改进的过程中，在明确目的导引下的实践创造发展过程中，人自身对世界的认识能力，因行为目标产生的方法与效果关联的认识能力，逐渐提升。这是行知关系在人类发展史上最为原始的、在活动过程中统一的状态。

两者的分裂从最早的文明社会开始，在西方指的就是古希腊哲学诞生与繁荣的时期，其最典型的观念是“实在”观的提出，它指的是永恒（不变）与完美。它存在于人世之外，是抽象的形式，是现象背后的理念或本质，具有至高无上的对人世间的支配能力。哲学对世界的认识，对人与世界关系的认识，都要依靠对实在的揭示而不断接近，但永远不能达到。这种认识由人的理性来承担，人有了理性，就能获得更明智的认识，进而可能有更好的生活。实在与理性的牢固联系，在古典哲学中一直以各种不断变化的方式，在对不同侧面的强调中，延续了两千年。

（22日续）

17—18世纪的科学发展，为打破这一观念提供了新的事实、方法与结论，

从而引起了哲学由消极怀疑论走向批判与建设，对已有哲学观的整体性怀疑与重构，形成了几次大的冲击波：伽利略、培根是第一波，继而是笛卡尔—康德—黑格尔、洛克—斯宾诺莎等，唯心与唯物在认识论领域进一步各自展开与交锋。此后，詹姆士的观点对杜威有更多转向式的启发，这就是杜威哲学观逐渐形成的哲学思想史资源。重要的是，他用自己的“透视镜”对这已过去的两千多年历史做了全面审视。这种审视在史的研究中逐渐生成，再加上科学发展带来的社会经济生产和人类社会结构、生存状态的巨大变化，使他对科学何以有如此大的伟力做了哲学思考，经古今对比，产生了不同于古代欧洲哲学传统形成以来的哥白尼式的革命。这是一次因科学发展带来新哲学思考和观念的诞生，并以新的哲学观念指导社会未来发展，以这种新的观念系统审视哲学史的典型案例。杜威是博大而从容的。

看起来似乎没有自己体系的杜威，其实是以古希腊哲学的核心及其蕴含的全部为框架，在对历史发展演变的纵轴上不断评析的过程中，使自己的观点越来越明白，且最终彻底改变了古典哲学的气质。他借用旧砖瓦，建造了一个完全具有自己气质与功能的新建筑，这也算是一种继承与更新：继承了古典哲学的基本范畴，更新了范畴的全部内涵及其相互关系。

详细地分析这个问题，我暂时没有时间。在索引卡中，我以生命、实践、学科、方法论、教育等范畴为题，分别做了记录。为写作时易查找，在书中也相应做了标划与折页。在此，仅用表格的方式，把杜威对古典哲学的内涵翻转，做一核心问题的粗系统梳理式表达。

	古典				杜威		
需求	人类生存	等级		确定性	人类发展	非等级	变化中的相对确定性
世界	现世现象	低	高	永恒实体	现实环境	相互渗透	问题指向
人	感性变动	低	高	理性正确	有指导的经验		寻找目标
	劳作谋生	低	高	闲暇思考	生存生产	相互作用	做中思考
实践	经验技术	低	高	理论构架	改进工具		反省思考
	手段改变	低	高	目的追寻	实验手段	互动发展	价值创造
	经济功利	低	高	精神价值	生存基础		价值实效检验
目标	指向实际	低	高	指向真理	指向进步		指向变动中的确定
动力	情感欲望	低	高	理想意志	情感动力		选择持续
过程	随波逐流	低	高	自我控制	积极行动		有向互动

续前表

<table>
<tr><th></th><th colspan="4">古典</th><th colspan="3">杜威</th></tr>
<tr><td>结果</td><td>浸淫现世</td><td>低</td><td>高</td><td>向往来世</td><td>基于现实</td><td rowspan="5">走向未来</td><td>创造明天</td></tr>
<tr><td>个体与社会</td><td>习俗自私
无视法规</td><td>低</td><td>高</td><td>宗教伦理
法制规范</td><td>不断向善</td><td>实现发展</td></tr>
<tr><td>伦理</td><td>恶</td><td>低</td><td>高</td><td>善</td><td>不作为</td><td>有作为</td></tr>
<tr><td>认识</td><td>无知</td><td>低</td><td>高</td><td>真理</td><td>非绝对无知</td><td>非绝对真理、
假设、工具
可发展、
复杂检验</td></tr>
<tr><td>人与环境</td><td>受环境左右
（消极被动）</td><td colspan="2">都在永恒
实体之外
人与世界的
关系</td><td>仰望星空</td><td>改变环境</td><td>创造未来
脚踏实地</td></tr>
</table>

此外，他还特别反对亚里士多德把学科分等级，对亚里士多德基于永恒、完美实在，在根本不存在的基础上提出的有关内在可能、潜能、发展，做了与环境互动的、基于变革实践的发展可能与潜能分析。

杜威对每个历史阶段科学与哲学的关系都做了分析，他对康德的批判特别多，核心的一点是：康德把亚里士多德的外在实在变成了人的精神世界的内在实在，并对一些抽象范畴，如时、空等，做了脱离内容的形式的、永恒的规定。

杜威对逻辑方面的重新界定，如演绎、归纳等，也不是纯规则意义的批判，尤其对归纳的价值不只是增加案例，而是永远面对新的事实。

我只是为了对学科问题的寻根研究而开始阅读，没想到有这么多意外的收获，真的特别高兴。

四、杜威的核心理论与局限

杜威的核心理论是基于近代科学实验而发展起来的实验经验论。我认为这可能是一个更确切的、至少比起“实用主义”来更确切的对杜威理论的命名，而且也是他自己提出的一种命名，理由如下。

（1）杜威明确反对唯心、唯理论的哲学立场，因为它的绝对、分等级和对实践的轻视，断绝了最生动的、发展的认知源泉。

（2）杜威看重经验，但他不赞成无思考、无方法策划、无检验的对盲目经验的崇拜，也不主张把经验仅看作心理学意义上的、感知刺激—反应式的，只将感觉作为认知的门户、被动式的感知，而是将感知看作一种因有问题而生的寻找，是人的认知行为的主动态！这就是杜威的彻底性，确定性从一开始就是“寻找”的，而不是“观照式”的。理性、观念、理论都只是寻找确定性的过程与工具，是可以改变和发展的。因而，把真理作为绝对稳定形态的认识结果来看杜威的观点，是无法看懂的，这正是我们以往读不懂他的主要原因。胡适的“大胆假设小心求证”，只是对杜威的中国式简化版，丢掉的恰恰是杜威的丰富与深刻。而且胡适的求证又转到指向过去的考证式研究。一个生气勃勃的哲学，到胡适那里，除了有丢开陈规的解放以外，很少有真实的推进认识、改变世界的价值。

杜威的实验经验论，着力于：（1）现实中的问题，思想以“疑”为开端，这个“疑”基于对现实的分析。（2）努力寻找解决问题的可能方向和资源，在不完全或对潜在可能性分析的基础上，提出假设。（3）做出解决问题的设计，他主张理论、已有知识在研究过程中每一阶段的介入。（4）选择工具和研究路径的实施，实施过程中的反省，以期效果的出现。（5）检验、评定、反复检查，以求阶段性认识的完成。用杜威的话来说，科学实验的精髓是发现，是指向未来。

从中我们可以清晰地看到杜威的“经验”内含着对“经验”概念和对人的“经验”实践的改造，是主动的、反省的、面向未来的、积极发展的，是彻底地将过去与现在和未来相连，是感性与理性、理论与实践的渗透式结合。他把这种结合称为“智慧”，而不是“理性”。

杜威理论的科学精神之彻底性，还表现在他试图以科学的精神和实验的方法来改造人类社会的一切方面，包括制度与伦理、美德等人际关系问题，但这个彻底并没有实现。在我看来，这一认识论的“药方”无法单枪匹马地实现如此宏观问题的解决。尽管杜威也知道社会、美德的问题比科学、认知要复杂得多，但他因自己的理论建立在科学，尤其是对科学方法的抽象、普遍化的基础上，故而没有在问题复杂化后找出更加合适的方法。这里可能要用博弈论等新方法，即要加入利害权衡、情势判断等更复杂的方法、手段才行。杜威在此遇到了“大风车”，他知道假设的不确定性，但忽视了实验方法抽象的局限性。我至今认为，这可能是杜威在社会问题面前表现出的最大的天真与问题。

（2013.9.20、21、22 上午）

读莫兰《复杂性理论与教育问题》*

两年前，读莫兰的一系列书，思想上引起了极大的震动与共鸣。为莫兰博大、深刻的跨学科思考，重组碎片，在一个新的层面上实现思想观念的连接能力而惊叹。我已经很久没有这种被震荡的感觉了。我能意识到他着力在做的是：建设一个新的足以处理复杂事物、反映更高层次（沟通不同学科、侧面）、以复杂思维方式认识复杂事物的一般认识原则，以及由此构成的思维模式。所以在三篇已完成的读书笔记中，我力图捕捉莫兰思维的特点，他对一些基本问题的看法以及他提倡的复杂思维的特质。两年前，曾有机会请他来华东师范大学参加关于“方法论”的研讨会，但终因经费等因素的障碍未成。我只得请了莫兰著作的主要译者陈一壮教授来参会。实际上，请莫兰的愿望并没有在心中消失。没想到，这次还是请对了。在陈一壮的积极支持下，莫兰明年 3 月底将到中国访问（但最终仍未成行）。在此之前，陈一壮将莫兰两篇有关“教育”的论文送给我。一篇是应联合国教科文组织“为一个可行的未来而教育”跨学科项目而写的专题论文：《未来教育所必需的七种知识》（1999 年 10 月，联合国教科文组织出版）。另一篇是由法国教育部邀请他主持一个筹划改革中学知识教育的“科学委员会”而引起的他对相关问题的思考，是直接进到教育领域的论文，题为《构造得宜的头脑》（1999 年 5 月，法国色伊出版社出版）。两篇论文以《复杂性理论与教育问题》为名，结集翻译出版，这算是第一次把复杂理论与教育问题联系起来。

断断续续，两次放下又拿起（因为其他事情的插入和陈一壮送给我的书中缺了几十页），昨天读完。不再像第一次读那样受到强烈冲击，而是多了几份熟知和体验，这是因为近几年来，对复杂性的思考和试图用复杂性理论指导自己的改革、策划和研究教育本身，一直是我在努力做的事。所以，这次读这本书，在一定意义上，也是对我自己近两年在这方面是否有长进的一次检验：那些让我感到亲切的，是我在实践中已经有了体验的方面；那些我还感到陌生或有启发的，可能是莫兰新提出的（或直接谈论教育的），或者是以前读过但尚未完全理解的，

* 埃德加·莫兰．复杂性理论与教育问题．陈一壮，译．北京：北京大学出版社，2004.

或者是在读的过程中有了新体悟的。

第一，莫兰的这两篇论文，一个直指“知识”，一个直指“头脑”。虽然说的是教育，但主题未变，依然是关于知识和认识论的关系，是思维方式的革命，是元研究层面的产物，也是他已形成的研究主题如何在教育领域中、以知识为核心所做的一种认识论的哲学思考。

然而，这一革命实现的方式，不只是简单的批判，而是首先回到认识的源头，也就是与人类直接相关的整体世界。这是第一阶的问题：宇宙、天体、地球、生命、人类。在这里，人类是自然与人为的沟通点，沟通点的聚焦处在大脑。从人类这里又开始研究，在知识研究意义上依然是一阶的，但在问题意义上，则是二阶的，即指向人类自己的创造物：环境、个体、组织、社会、经济、政治、文化、宗教、信仰、技术。再进一步则是指向人内在世界的问题：情感、情绪、思维、假象、幻想、希望、抑制等。这是另一种意义上的“三个世界”（新的三阶的认识，是我自己的概括。这为我自己今后的认识问题，制定了一个“全球图”。我将更容易把自己对某一个具体问题的认识插入背景之中）。在人类出现以前的世界和人类出现以后的人类世界，以及人类的内心世界，都聚焦在人类身上，从物质、生理、社会与心理等多个层面（脑是人类微观世界的聚焦点）。人类的认识，在 20 世纪以前，发现、研究都围绕着上述三个世界中的局部或局部中的局部诞生。但在 20 世纪末和 21 世纪初，人类意识到自己再一次面临生存问题，即当代的人类生存问题。这个生存问题，是与人类通过自己的智慧和生产活动创造出来的物质世界与精神世界的关系问题，是人类在这样的世界中能否把握自己命运的问题，是人类自己创造的世界越来越复杂，有了自己的意志和运行方式，已经无法被人类已有能力驾驭的问题。于是，怎么认识自己与自己所生存的世界之间的关系，以及在这样的世界中人如何生存与发展的问题，就成为反思与认识重建的主题。

这是一个深刻的认识问题，也是人类生存的现实问题。人要改变的只能是自己，而无法改变自然的逻辑。这可能就是莫兰所说的人类的第四次诞生。这个诞生需要通过改变人的认识方式来实现。改变了的认识会产生改变了的策略，会创造改变了的世界，会让人找到把握命运的方式。这就是莫兰在探讨人类问题时把焦点聚集到认识问题的原因。这个认识问题的核心是思维方式的革命，具体载体是重新认识人类及其生活世界的关系。在本书中的提法是“人类地位”。在这个意义上，它是埃德加·富尔《学会生存》的续本，但莫兰是在深层结构、哲学层面上探讨这个问题。

生存问题，是当代哲学研究的聚焦点。这次的聚焦是从人怎样看待自己与这个世界的关系的反思开始。人开始了指向人类最引以为豪的精神、理性及其产品的反思，人开始了元思考。这是人类走向自觉、成熟的开始？（可以回顾这些年的哲学、社会问题研究，几乎无不与此相关）

第二，从历史来看，人类认识的每一次发展都会回到原初、原点，重新认识极富包容性和整体性的原点问题。人要想走出自己认识的误区，必须直面认识的对象是原始存在本身的复杂性：内在的丰富、多样、各种矛盾关系性质，不可分的关联性，在交互作用中生生不息的事实本身等等。它使人感到已经形成的认识成果之单调与贫乏，缺乏生机与活力，意识到人认识世界的方式不能与世界本真的存在方式相适应，这是来自原始端的启示和压力。另一端是来自现实的压力，人在自己的实践中感受到原有的认识武器，不足以把握现实中的问题和未来的挑战，这是人产生改革思维的需要的重要原因。自然，这只是爱思考者的觉悟。正因为如此，少数的先知先觉者，永远是引领时代和率先把握时代精神的人。

第三，莫兰当今要形成的复杂思维，与原始的直觉思维对世界、事件的整体性把握不同。他是在批判现代科学并借助于现代科学已有成果基础上所做的两种努力：第一是寻找被割裂、箱格化知识的连接处。对连接的关注，实际上包含了两层意思：一是相关性、相依性、共性（特性中的共性）关系的发现，二是转换、变异过程的研究。“相关”不只是一个关系模式的静态描述，它也是动态生成的。也许这是更重要的相关性研究，如果没有转换、变异、生成，那就没有发展（在有关生命的研究中，还突出了“永恒的再生”，即存在的“代际相关”）。

相关不是无矛盾冲突的代名词，在一定意义上，正是矛盾、冲突带来了变异的动力，使系统呈现出可变、开放的势态。

莫兰的第二个自觉在于，想要把复杂思维当作一种认识工具，形成与过去对世界的认识方法不同的独特、改变，或使之变得合理的关键性质，由此而构建方法论上的复杂思维模式，并以此来武装包括青少年一代的头脑，使他们能用新的方式认识和处理与世界的关系，创造出新的世界。

由此可见，莫兰是在两个不同层面上处理已有的认识成果和认识方法。他并没有否定这些认识成果在局部意义上的价值与有效性，只是他更关注如何在此基础上形成整体。莫兰的复杂理论在一定意义上是对直觉思维的复杂逻辑的重建。没有人类知识自近代到现在的发展过程及其创造的成果，复杂思维、人类自觉的元研究思维是不会发生的。这也可以说是从原始的整体发现式直觉思维向今天的复杂思维的遗传与变异历程。现代知识在创建复杂思维的过程中是不可或缺的

（不论是从反思对象的意义上还是从连接碎片的意义上），并且将在复杂思维的重缀下，呈现出其当代生命力，获得再生。

从这个意义上，我把复杂思维看作人类认识在更为抽象的层面上回归现实生活世界的本真，它是对人类现实生存的更为综合抽象的表达，是人类思维能力向一个新层级发展的标志性起点。莫兰把现实的 21 世纪称为“全球纪元”，是这种大整体意识的最简练的表达。

第四，莫兰在这本书中的讨论，集中在知识问题和学科的关系问题。他关注了教育，但并未提及“教育学”，不知他怎么看待教育学。教育学目前的问题似乎还处在无独立地位的状态，尚未成为一个相对完整的碎片，而是被其他学科碎片化。对我而言，即将召开的“教育学立场”研讨，就是要直面这样一个棘手的问题。关于这一点，我写到准备会议的提纲上，在此不做展开。

第五，莫兰对自己观点的论证，再一次证明了本源根据是合理性的最有力依据。这给我印象深刻的是，在工具方面，用语言的双逻辑可以说明（逻辑是我的弱项，除了形式逻辑和辩证逻辑之外就几乎不知。这里的问题可能需要在专业知识上有补充以后才能更好地理解）。莫兰又发展出了许多新的逻辑概念，如符号与结构（结构作为信息定位的方式，符号又有指称和意义的区别）、语言的组织方式（不同情境中的不同要求）等，以及不同民族的不同语言方式，孩子在成长过程中的表意方式等等。总之，语言是研究人及其世界的客观化、既具体又抽象的工具。我们在这方面的研究，远远不够。

第六，关于个体—生命—族类—主体—社会的关系模式。这可能是我想创建的“生命·实践”教育学的基础性问题。它们各自相互作为前提基础、交互作用，多种关系形态和可能，教育在此过程中的作用，实践的意义，在不同关系形态转换中实践的意义，教育的定向性、目标性与多样性的关系。

第七，我现在读起来觉得有体悟和一定意义上有实践经验的是关于“恰切的认识原则”“人类地位”“迎战不确定性”“进化：成功的离经叛道”“理解”，相对陌生的是“人类伦理学”和“地球公民”等方面，这与我对政治伦理学的把握不够相关。

第八，在第二篇报告中，莫兰还涉及了不同学科的教育意义，主要包括数学、哲学、历史、地理、物理和艺术，以及按不同学段谈论了教育的任务，提出了“新人文科学”的构建。

此外，在谈论全球之前，先是论述民族—法兰西的多次诞生—欧洲—地球。有些与汤因比呼应，也加深了我对欧洲文化的认识。其中关于移民法兰西化和美国吸收移民的能力，使我对文化足够强大以后带来的对生活在其中的人的浸润作用，有了更为具体的认识。在研究中国文化时，这是值得借鉴的分析思路。

第九，在谈到变革的时候，莫兰同样遇到了制度与思想之间相互制约、缠绕的难题。环节结构的思维方式做出的结论是：重要的是跨出一步，重要的是在行进中认识，在穿梭中行进。这不禁让我想到了自己在教育学科发展年度报告中三篇文章的题目：《构筑中国教育学科发展的世纪新平台》(2001)，《在路上——研究教育转型与教育学科研究转型》(2002)，《艰难的行进——学科发展意识的觉醒与迷乱》(2003)，又想到我曾经发表的一篇文章的题目《思维在断裂处穿行》(2001)。莫兰写过以“爱弥儿”命名的书，我在1994年写的“时代精神”(《时代精神与新教育理想的构建》)一文中，以呼唤当代的“爱弥儿”开篇。我对校长策划能力的重视，在“新基础教育”研究过程中的不断策划，以及对教师、校长、他人的理解等等，与莫兰真有些不谋而合。

这是否意味着我已进入复杂认识的领域，并用心地在思考着教育这一最为复杂的现象？

这是否意味着我的大脑皮层中正在生长出新的层次，融通，相关，进行更高一级的抽象并运用这种抽象去认识世界的层次？

这是否意味着我头脑中及行动中的认识革命已经开始？

学习复杂，与“新基础教育”研究的发展过程同步，是一个幸运的巧合，它给了我一次体验复杂思维的机会。

这也许是我生命历程中又一次重要的相遇：与复杂研究相遇，与莫兰相遇。

(2004)

读高德伯格《大脑总指挥——一位神经科学家的大脑之旅》*

这是 2007 年最后一篇读书笔记了，但是是一篇很重要的读书笔记，因为它是我读的第一份有关脑科学、神经生理学的书，又是神经科学前沿研究成果的开发（2001 年出版）。读一本书，不仅让我了解了全貌，而且将我带到前沿，还引发了很多思考，更重要的是这次阅读让我找到了“生命·实践”教育学建立的神经生理学的科学依据，懂得了这一学科的思维方式和问题趋势研究的指向，包括方法论。其内容之丰富及其可读性，都是出乎意料的，我的认识触角又伸向一个新的领域。为所有这一切，我兴奋了好久，我已好久没有因一本书而如此兴奋了。

一、重新认识大脑

重新认识大脑，无疑是我个人必须做的事，因为我有关大脑的知识基础，只来自中学时期的人体解剖学和大学时的巴甫洛夫“条件反射学”，此后，记忆中再也没有有意识地关注过这方面的知识。尽管从 90 年代末开始，中国也注意起脑科学的研究，包括心理学与教育，但较多引起注意的是多元智能和创造力的研究，总有点未抓到联结点的感觉。这次产生重新认识的需要，是因为看到脑科学发展的前沿问题，而且这个问题又是我自己教育学的发展方向和自我人生的经验体悟可以说明的，故而有了更明确和强烈的需求。

脑的研究是与人类对人的智力认识需求联系在一起的。智力的测定最终是为了研究人的认识能力和个别差异，并为个体或有关机构选择相应的教育、发展方向和职业提供相关依据。这是本世纪初人类对人自身在智力方面科学化的认识。

随后的发展可以从认知心理学的角度进行分析。皮亚杰发生学的心理化研究，作为结构主义心理学的代表，关注的是认知结构的形成与经验模式的同化和

---

* Elkhonon Godlberg. 大脑总指挥——一位神经科学家的大脑之旅 . 洪兰，译 . 台北：远流出版事业股份有限公司，2004.

异化问题。加涅的重点在于目标分类，试图把人的认知能力和学习结果进行分类，即言语信息、智慧技能、认知策略、动作技能和态度，这些被看作是可以习得的技能（作为教育心理学家）。此后，产生影响的两位智力理论心理学家是加德纳和斯滕伯格。加德纳在1983年发表了《智力的结构：多元智能理论》，强调了对一元（一般G理论）的突破，以“多元”破“一元”。在多元中，又分为物理世界与非物理世界、直接与人相关的自我与人际两大类。同在80年代中期，1985年，耶鲁大学的斯滕伯格提出了智力多重信息加工理论（情境、经验、成分），从多元转向多重。十年后，提出了成功智力理论，认为成功是指个体在现实生活中达成自己的目标，使智力超出心理学家测试研究的范围，而成为促进人成功的内在力量。于是，在教育上也提出了一系列心理品德的达成，强调的是个人内在力量的提升（20种品德），关注的重心已经走出学校、课堂，而是面向人类的现实生活世界。斯滕伯格对什么是最重要的智力的选择，已经从分析走向综合，从元素走向策略，从物质性存在走向个体自我的把握。

但这些相对于脑神经科学来说还是宏观的认识，并没有进入到对脑本身的结构与机制的认识。脑神经科学的发展，将从神经物质运动的基础上，为人之自我为何能形成，为何如此重要，认识人之为人，提供重要的依据。

脑科学的发展也经历了从混沌的进入—产出、刺激—反应，到脑的区域分工、定位理论，并以这样的认识为基础构成了关于人的一般智力理论。脑分工、定位理论的缺陷是，缺乏有关大脑不同部位的关系与沟通机制，缺乏综合、整合和决策机制。而在人的行为表现上，明显地需要整合、选择和决策机制。高德伯格（又译高德伯）的研究回答了或补上了这个空缺，在我看来主要在三个方面。

第一，大脑内部的结构，是既区分，又沟通，且能实现转换的。右脑不只是辅助的、动作的，它的功能主要有：学习新奇事物，要求创造性应对，形成新的应对式。右脑与左脑的关系，不只是分工，而且有同步，有转换。分工关系在以往研究中早就明确。同步是指丰富刺激物唤起的同步活动，也是指额叶决策后要求各部位执行活动的同步性。转换是指当右脑对新鲜刺激形成应对形式后，当新鲜逐渐变为熟悉时，相应的应对方式就会转移到左脑，当类似刺激物再次出现时，就由左脑迅速提取，做出熟练应答。这是对人由创造向学习转换时的大脑功能的描述，打破了长期认同的“右脑辅助论”刻板印象。额叶与其他脑的组成部分之间的关系，是前后关系，整合与局部的关系，聚焦、决策与扩散、执行的关系。前后是一个行进路线的表达，这意味着大脑不只是对外部刺激物通过神经通路做出反应，大脑内部也存在着整合、决策，应对复杂情境协同行为的能力，这是大脑更高级的功能，信息的内部整合功能。同时，大脑的这种整合与平衡也是动态的，而非绝对、静止的。

第二，大脑接收信息后，经整合、协调，形成目标和做出选择与决策，以及自我觉知和他人觉知、自我控制和人际合作协调等重要功能，都由作为“总指挥”的额叶承担。额叶与大脑所有部分都有联系。原先以为它不担任具体职能，因而被称为“寂静的大脑”，事实上却是“大脑的大脑”，是运筹帷幄的“司令部”，这是一个了不得的发现。在一定意义上也揭示了人类发展及个人发展中理智成熟的秘密。

第三，大脑的演化史，不是重量、大小的演化史，而是结构、模式的演化史，是关系复杂化、层次多级化的演化史，也是基元单位、神经通路的化学物质多元丰富、交叉、沟通，形成宏观、中观、微观三种不同形态与功能的网络化过程，是物质与结构演化的统一。其中，使人区别于其他动物的是额叶的发展，是人分析情境、研究需要、形成目标、做出选择等能力的形成，即策划未来能力的形成，内部自我总指挥能力的形成。这使演化史上的认识与个体脑生理学结构意义的成熟过程，及个人生活、成长史上的成熟过程，有了相对过程意义上的一致性。

二、认识方法论变化意义上的启示

这一大脑的重新认识过程，就方法论角度看，作者提出问题、分析问题及其论述过程，给我很大的启示。

第一，在我看来，作者在学术渊源上，与鲁利亚、维果茨基、列昂捷夫学派联系在一起，这使他对神经心理学的认识不仅有微观的实验意义，更有哲学和宏观意义上的视野。宏、中、微三观之间的互通，使他的视野和知识背景不同于一般实验室心理学家。而他对有关神经科学的临床研究，又为其在宏观与微观意义上的沟通，提供了一个以科学及正常人行为比照的观察视角，使脑生理病变与人的外部行为之间的关联性认识有了可能。在高德伯格身上，体现了哲学、神经科学和病理学意义上对人的行为观察研究之间的统一和互证。也正是在这个意义上，使我近些年来对科学在教育研究上难以运用的认识产生了变化，而且一下子撞到了脑科学中，因此，我还应该在这个意义上关注脑科学。

第二，从哲学的角度来看，我们可以明白地看到，他的研究是以复杂理论为背景的，相信事物系统达到一定的复杂程度后，就需要有整合机制，否则无法实现目标、过程与行动之间的合理性。因此，大脑的微观机制中应有多层意义的整合机制，这是他的问题指向：寻找大脑的整合机制，寻找人何以能做出非常机智和复杂的整合。仅凭条件反射式的刺激反应，人无法做出带有前瞻性的决策，无法应对复杂的环境。高德伯格认为当组织（或有机体）的复杂度超越某阈后，领导功能便与其他分离出来了。在他看来，一旦领导功能凝聚成一个特殊的角色，领导的智慧就在于维持组织的自主性和控制性之间微妙的动态平衡。而元素多重排列组成复杂的状态，在自然界与人文世界之间是普遍可见的。因此，我们应研究学校教育作为系统的内在结构复杂性与合理有效性。

在方法论上，高德伯格是部分与整体相互关联影响的整体论者，也是十分有历史意识的演化论者（他让我想起汤因比）。他认为大脑演化的重点是从固定、没有弹性功能，再到弹性适应，这个变化以物种变化到哺乳类时出现新皮质的突变为标志。一种新形态的出现，不是以取消旧形态为代价，而是变成在层次和强度上有区别，又统一在整体中的结构复杂化过程。但每一个新功能的出现，都能提升前一个功能弹性不足的水平，实现更大意义的整合。正像分析是不可缺失的一样，在系统中，整合同样是不可缺失的。整合的单元越到高级层次，单元自身的组织也越复杂，成为一个小系统。此外，各系统、各层面的连接形态也有区别。这在一个复杂的系统中，不仅是允许的，而且是必需的，即复杂系统需要且实际存在着不同层次、不同强度的各种特定连接形态。高德伯格从大脑的演化出发，又回到复杂，提出了一个僵化的组织无法应付高度复杂，它既需要分散的责任和局部的自组织性，又需要在局部自主性基础上更高水平的整合。他提出了由小部件构成的“阶层性网路”的概念。

在此认识基础上，高德伯格确认：寻找不同系统的普遍原则，正是“复杂”新兴领域的精神。他的结论是：从模组的组织原则转移至分散演进式的组织原则，总裁控制在一个高度演化的过程中出现。前额叶在功能上，则形成内外连接与沟通、接收、整合、形成决策，再分布到各部门的过程，形成了全脑网路式的沟通。

网路式的沟通是最原初的结构与化学的双重结合式沟通，相对而言，结构的沟通更为刚性，化学的沟通则更为弹性。各种不同的化学成分又为大脑功能的个体差异度在整体上的呈现，提供了解释的微观基础。

第三个方面是关于科学。高德伯格应用科学的方法与手段，但不迷信，也不绝对化。他对我有关科学的认识在两个方面有推进。

一是从形式抽象意义上，他推崇计算技术的应用对于模拟和做出有关大脑认识的新预测的研究价值。二是他强调了科学语言，用单位来解释外在世界，然而这个单位不一定容易观察到。同时，他强调科学的认识形成过程不受限于实验和实证方法，这主要是因为大多数学科的发展要得到理论的帮助，无论是视野的变化，还是假设的提出、最终的概括，都不能没有理论，而且实验室研究不同于情境中人的真实行为。因而，他提出了“工作记忆”和“未来记忆”这两个有关记忆的新假设。

就科学发展总体的特征而言，他强调的是连续性，而不是断裂，强调每一新发展的有限意义，而不是无限意义。总之，这是一种理性的思考。

三、由脑到人，为“生命·实践”教育学提供科学支撑（要点式表达）

高德伯格从脑入手，其实他要说到底的是关于“人”的认识。在我看来，主要有以下几点。

第一，生物演化史中人的出现及其特殊性，它与人脑演化的关系，与个体成长的关系，三种关系的相对应性。

第二，大脑的可塑性带来关于人的发展性可延续到终身的支撑。

第三，人是能学习的动物，大脑两半球在认知角色上的动态性、相对性与个别性，是人的生活实践、学习过程所造成的，不能忽视人的发展与其生命实践质量的不可分割的联系。学习角色与习得行为经由演化而增加，其代价是本能的减少（从右到左）。要改变人，必须改变人的内心图像（改变人的内心图像，要通过改变其生命实践的方式来实现）。

第四，人类认识依赖储备，人类具有储备和转移全体祖先所遗留的知识和经验的机制，在稳定的社会中更是如此。因此，习得（“继承”），一是要认识人与动物的差异，二是要认识当代社会与传统社会的差异，从天性和遗传的意义上，人偏向于借助习俗经验和已有知识，这在社会机制上就是教育的意义。从“新奇”到“惯例”，也是一种解放心智生产力的过程。

第五，强调无论是认识还是品格，都有脑生理机制做支撑，不要夸大无支撑的精神道德的作用。

第六，关于创造力，不要盲目夸张，要看到其正负效应，创造力与疯狂的关系。创造力是一种把握现实的能力，它包括高瞻远瞩与执行决策的能力，两者应集于个体一身。

第七，人的选择在决策中的重要性，这种自由在不确定性状态下才存在。自由抉择是有度的，越是复杂、混沌，越需要决策，控制自由度，自由度与规范是不能分割的，它们之间需要平衡。

第八，额叶在不确定性中做出选择，人类是主动的生物，而不是仅仅做出反应而已。人具有前向主动的可能（及时组织未来行为和推断未来的能力），人能走出旧的思路，改变认识事物的能力，被称为“心智弹性”，没有这种弹性，僵硬化就导致强迫症。弹性反应还包括能对不同情境中的同一事物做出不同反应的能力（人的思考之情境性）。

第九，个人的决策能力是个人智慧的重要特质。识己察人、预测他人行为的能力，洞悉别人是人的社会性的重要特征，其基础在于自我感知。生活中众多的不确定性锻炼了我们的决策能力（前瞻性决策与技术性决策的区别）。不同于科学处理不确定性的方式（严法胜于无法），决策能力不同于认知能力。认知决定习得性学习的快慢，决策则影响处理生活情境的能力（P132）。一般性设定策略的能力表达个人的一般性智慧，情境性设定策略的能力表达个人的情境性智慧，最终，决策在两者中取得平衡。

第十，教育对于人一生的价值。

（2007.12.22—30）

读《梁启超与中国思想的过渡（1890—1907）》*

又花了一个星期，读了第二本关于近代思潮与思想家的相关著作。这次是以梁启超为中心，前连清朝在传统哲学继承上的大趋势：自魏源始，还可前溯浙东学派的经世致用，发展到今文学派，区别了程朱（宋、汉学）与陆王（明、春秋）影响下的清朝今文与古文这两个流派（与前面相关）。再说到康有为与梁启超的关系，梁启超从追随康有为到戊戌后逐渐疏远、分歧（在怎样面对革命派的态度上，梁启超在革命上比康有为要激进，尽管最后梁启超也不参加革命党。但民族主义不是“反满”，而是反帝）。在谈到梁启超自己的思想变化过程时，作者注意区分了西方政治学说中的民主、共和、自由等不同流派之间的区别，以及梁启超在吸收过程中的选择与区别。梁启超对传统中的那些观念一直保留，但做了重组。作者是借梁启超的思想演变，从整体上描述中国晚清在意识形态上的新旧更替过程。

读完全书，让我深感震撼。梁启超是一个宝库，他不愧是中国近代化的思想巨人，他一生思想变化的轨迹，对我们今天而言无疑是一面镜子。

一

梁启超是中国近代学人从士向知识分子转化并完成了的转化者，是保持了士的信念，对传统文化中养育自己精神的核心精髓充满温暖和敬意的转化者，是清醒地将中西文化、国情、历史、经济结构等做了全面比较后，再做出判断、定夺的转化者。更有意思的是，梁启超在学习西方著作的同时，改变了自己原先认识世界的坐标参照系，学会了用西式逻辑思考问题的方法，并努力找出东西方相近、可容概念的相关性，再对中国原有的概念做出新的不同形式的改造。但他不是用“西源于中”的方式，使中国文化处于保守封闭状态，把近代西方纳入中国，然后就自得其乐。正是这种开放又智慧的方式，使中国文化从古代走向近

* 张灏．梁启超与中国思想的过渡（1890—1907）．崔志海，葛夫平，译．南京：江苏人民出版社，1995.

代，使中国新一代知识分子成长起来。而后，再有一批激进的文化变革派，他们从日本的西化中，引用了大量西方概念，包括学科名称，然后用恰当的中国话语方式命名（如“进化论”被严复译成“天演论”）。到 20 世纪初，一套新的近代学科体系初步建立起来。

作者说，从中西学的沟通到中学的近代化加速，是在 19 世纪最后十年完成的。他同时指出，梁启超这代人与“五四”时期一代人在对中学的理解和情感上不同，他们是由中学养成，并因中学而立身。梁启超在 1895 年进京赶考时已是举人，康有为是秀才，确实是饱读诗书之人，也正因为如此，他们中的心态开放与好学、善学者，才成就了这一历史伟业。我还同意他的又一说法，梁启超在近代史上的作用，主要还不是戊戌变法，而是中国学术内涵的近代转换，而且他所强调的中国文化内在的东西，至今还是重要的，且存在着影响，成为中国人的特征。所以，在某种意义上，我们可以说研究梁启超的学术演化过程，就是解剖中国文化走出古代、形成近代的过程，故而可称他的思想是个宝库。

二

作为镜子的梁启超，我想至少有几重意义。

首先，他照出了传统文化的短与长。

在梁启超的笔下，对自己的文化有褒有贬，但其立足是在保存和发展，而非打倒、破坏，再用一套新的、西方的来代替，这是梁启超与胡适、陈独秀等的不同，也是他与王国维（主要兴趣在学问）、章太炎等的区别。民族本身的发展是梁启超的中心，可以说在一定意义上，梁启超代表了中国传统士大夫，尤其是儒家学人内在的入世立场，又因他对当时中华民族军事、经济、政治，最后直至深层文化危机的准确体验和把握，他代表了知识分子的良心！从而成为对时代发展有意义的学问家。

梁启超对中国文化的褒，已从仁、和、中，发展到对内以“群”、对外以“强”为实力的自我保护，不被侵犯，为国家、民族独立而进行抗争，这是作为一个中国人至今还义不容辞的责任，无论是商工农，还是学生、教师。梁启超的了不起，就是在当时他已经看到经济帝国主义的本质是扩张。在中国实力弱的背景下，一定不能强调内部的争，而是内群外争。与此同时，他又把“我”作为一种值得重视而不是要卑视、丢弃的要素，强调要使国家内部生利者多、分利者少，义利结合方能强国。对一个文化研究者、书生而言，在当时不是简单地投笔从戎，以抗外敌，而是在国际比较的意义上，在社会各领域及其关系的意义上，去认识自己的民族应该改变什么才能达到目标，这已经不是一种理想主义式的描述，而是注重辨识之后的强国策划与文化关系的思考。由此，我们也可理解梁启超为什么在自己教学的“读书月”计划中，把西学单列一项，这就是说，他清醒地意识到：西学中有中学里没有但对一个国家来说是重要的东西，尤其是在当时列强虎视眈眈中国之时。

对于中国的问题，除了以国家和民族为单位的思考之外，梁启超还关注了个体构成的国民问题。他主张集中统一领导，国民有参与政治的权利，但并不清晰。政府有义务保证人民的民主、自由权，但不赞成西方个人主义基础上的自由，其主要的依据是中国人还普遍缺少教育和文化，在这样的背景下推行民主，除了造成大乱之外，几无什么好结果。与西方或日本相比，他深感这一点。

正因为如此，在近代改革家、思想家中，梁启超可以说最重视并系统地思考了中国教育由古代向近代转化的一系列关键问题，这也是作为镜子的梁启超的历史意义。

在制度上，他提出了废科举、兴学校，并在自己所办的书院中做了中西合编的课程和读书要目。在师资上，他提出了“论师范”，并对京师大学堂之师范专业的单独成院做出了重要贡献。最重要的是，他提出了“新民说”并将他理想中的中国称为“少年中国”。近代教育史的开端，没有浓墨重彩地描写梁启超是一大误！近代史中，变革史与文化转型、教育转型的集中人物应是梁启超，中国新教育思想、人格由古代向近代的转换也发生在梁启超身上，他对人的近代化问题做了系统探讨。我一直在想：中国教育界是从何时介入近代学术和社会变革包括教育自身变革的？现在清楚了。因为我原来的思考把改良时期的一代人排除在外，故而看不到梁启超，这是一个十分重要的原因。

为此，我需要对梁启超的教育思想与实践做一个转型式典型的专题研究。

梁启超在谈到“新民”时，我认为他除了对儒家在心学意义上的人格养成之肯定以外，特别提出中国人易为“四奴”：古人之奴、世俗之奴（这都是缺乏独立人格的表现）、境遇之奴（这是梁启超批判“命”、安于现状的思想的针对性对象，强调要有冒险进取的精神，也是他对西方人精神中进取的肯定）及情欲之奴（指缺乏意志力，在稍有条件后易放纵，或遇到障碍后自暴自弃），这可以说在一定意义上反映了他对个人独立精神力量的关注，故不能断论梁启超没有受到西方个人主义的影响，这实际上反映了中国原来强调的“群”中阻碍个人和社会发展的一个方面。尽管他未从权利的角度进一步肯定个人在社会与国家意义上的独立之价值。

作为镜子的梁启超给我的另一个十分重要的启发是，梁启超对自己、对中国当时已有文化传统的清晰，并在清晰的基础上选择、构成了自己的文化信仰与作为个体精神世界的文化内质。在这个方面如此清晰的人，世上本来就不大多，但梁启超还有另一个方面，就是对西学可算全面，尤其是在社会和意识形态上的清晰把握，对西方发展趋向及其与中国关系的判断，尤其是在他游历欧洲之后，开始用批判的眼光认识西方文化，并在比较中形成了重构当时中国文化的意识。他已经把世界放到中国之中，也把中国放到世界之中，在这样一种双向的意义上来构建新的文化。在我看来，这不仅在当时是了不起的，而且就今天来说，不仅是他之所已言，而且他这份清醒、责任和气度，都是当代中国知识分子尚缺的，也是我还不够清楚的。

因此，这本书的阅读让我对学术、学科与教育学，政治意识、社会结构与教育改革和发展都有了沟通感，而且在头脑中形成了一个新的梁启超，不只是戊戌变革的失败者、康有为的合作者，更是一个大写的，在中国近代史上大写的思想家梁启超，推动中国文化走上近代之路的梁启超。改革之路上，一定要有这样的思想家，才能把各种碎片式的力量聚集成推动历史走上关键一步的力量。

梁启超是没有章太炎式的傲气和胡适式的绅士派的学者。我不懂，为什么更多的人会关注章太炎，因为他的桀骜不驯？为什么有更多的人好胡适，因为他的八面来风？当然，也有人说梁启超的学问浅。且不论深浅的标准问题，就梁启超对当时中国思想界和民众思想的影响而言，有几个能比肩？

（2013.7.22）

读林语堂《苏东坡传》*

这是在新居开篇的第一篇读书笔记。写的是读苏东坡，想以此作为艺文及杂读的笔记之开篇。没想到东坡先生排第一，但我还是感到相识恨晚，真是“少不更事”“不识庐山真面目”。

想认真地读苏东坡，缘于我在“以身立学汇”的微信中给中国历史上几位几乎家喻户晓、人人能呼出其名的诗人分别定“性”：“诗仙”李白、“诗圣”杜甫、“诗哲”苏东坡、“诗逸”陶渊明，如果要加屈原的话，我愿称其为“辞狂”（关于屈原，是刚才想到的，似乎不该不提他）。此信一发，引来反应，说从未听人说起把苏东坡称为“诗哲”。此话引起我的注意：为何在我的直觉中，会把东坡称为“诗哲”？仅凭他几首著名的诗词，如《水调歌头》《题西林壁》等？于是生出读懂东坡的念头。谢小庞帮我挑了三本书：林语堂的《苏东坡传》、莫砺锋的《漫话东坡》和王水照的《苏轼选集》。起先以为多了，读后方知她是精心挑选的。“林本”是第一本，也是众人称道之本；“莫本”是专题性的，特别是后几章，有相补之用；“王本”是对其多方面原著的挑选，还加详注，属知识类的读本，现在尚未读完，需慢慢品。三本相得益彰，真是读东坡的“最佳组合”。现在已读完两本，第三本得慢慢品，但笔记却是要先写了，我怕时间长了，会丢失不少直觉式的体验。

一、社会人生意义的“苏海”

两本传记，写的是苏东坡，但因东坡一生的经历与朝廷党争直接相关，前后涉及三代皇帝，还有三个太后，他两度任京官，两度自请做外官，还两度遭贬，其政治生涯虽历时不长，但大起大落，曲折复杂，曾受到王安石新党的两代迫害，还因“乌台诗案”而在历史上留下了宋朝第一大文字狱的记录，住过官牢，几成死罪。与《水浒传》中的梁山泊相比，苏东坡的人生是在一个大“宦海”中

* 林语堂．苏东坡传．宋碧云，译．南京：江苏人民出版社，2014.

历经狂风恶浪。

苏东坡作为一个读书世家出身的人，天资聪颖，志趣宏大，又精力极充沛，具有极强的自信心，若非经过此等宦海风浪，恐怕成不了今日留在世间和人们心中的苏东坡。

苏东坡在出仕之前，是一个出色的书生。殷实的家庭使他过着衣食无忧的生活，父亲苏洵耿直的个性，及其对待功名世事宁为玉碎不为瓦全的态度，对苏东坡的影响，事实上几乎成为血缘式的牢固，并贯穿其一生。有人生的原则，坚信不移，坚守到底，在我看来，这是家庭给他最重要的影响。也许，这是每一个家庭留给子女的最深的影响。只是不同的家庭境遇、社会地位，留给每一个孩子十分不同的人生原则。这些原则往往伴随子女一生，并在不同的人生历程中以不同的方式呈现。是什么东西让苏东坡能有坚守自己人生信条的力量？我的认识是，首先是来自幼年时学习的儒家经典化入心间，对“理”和士大夫精神、节气等力量的坚信。他入仕初期喜欢与人辩论，科举及第的策论《刑赏忠厚之至论》，都可视为其入仕前所受儒家教育化成他自己认识的一次集中表现，并且表现在他入仕、出仕时的各种表现中。概括地说，至少有以下四点。

第一，爱民、扬善，是他为官的第一要义。对恶，则要惩除，防微杜渐才会有好社会。

第二，无论赏罚，都需适度，不求极而行之。

第三，对行为后果的判断和处置是仁、义的具体表现。

第四，忠厚之至，是君子之道的根本。喜怒均有制，致中和，君子之道也。

个人信仁义之道，愿践行仁义之道，且坚信仁义之道能治天下，这是儒家思想对东坡成长的最大影响，也给了他精神的力量。

其次，言行之“不过”、求适、明断、至中庸，是苏东坡对儒家思想方法论的把握，这是其策论中独特的一面，也成为他此后人生无论遭遇什么，都显示出恢宏大气的重要内在因素。这是一个从小就养成大气象的人。

除此以外，苏东坡出生于眉山，而不是汴京这样的大城市，家境又殷实，使他在读书期间能与自然亲近，喜好花草树木等自然景色，这也是其宽容大度性格养成的一个原因。自然的丰富与变化无穷，让孩子去体验、观察，这是打开儿童心灵的一个很重要的方面，一个能与自然亲近的心灵常常是活泼泼的心灵。他并不为谋生、劳作去亲近自然，而完全是把它当作观赏、体悟的对象去相处，再加上大量诗歌的阅读（宋已经有了唐代诗歌全盛的财富），使他具备了文人观赏自然、感悟内在心境与人生的独特眼光，这也为他日后成为一个大诗人做了文化上的孕育。家庭和睦，兄弟同学又能相互切磋，超乎饮食嬉戏局限的浓情，在苏东坡的性格中植下了温厚的本色。阅读中，我常常被兄弟俩的难舍之情感动，同时又惊讶于子由的性格和子瞻的巨大差异：前者收敛，但决不作投机状；后者则率直豪放，不受环境的制约，总能活出一个畅通的自我。除了遗传编码所致的个性原因，是否与老大、老二的序列有关？胸有大志且生性豪放的大哥总是出挑在前，使弟弟慢慢地习惯于跟从、被保护的地位？

三苏的关系，两代人和同辈兄弟的相互关系，是苏东坡最早的人际关系格局。此外，还有一些亲属及其子女间的交往，构成了苏东坡进入社会之前的第二层人际关系。在所有这些关系中，我们可以感受到：个体最初的人间关系是温良还是争斗，也许会形成终生影响。苏东坡入仕前的生活，基调是健康、温暖、好学、崇理，善于用言辞表达自己的思想，并乐于与友交流讨论。他对自己有信心，对将来入仕后可能的作为也极自信。

具有这样禀性的人，进入宦海是难以在官场上自如生存的。他往往对自己的书生气太有信心，认为政治舞台是实现抱负的最好地方……从宦海仕途角度看，苏东坡无疑是个不成功者，但从他的个性在宦海波澜起伏中得到历练、考验而言，却使其才华与个性得到了异乎常人的发挥，成就了个体生命意义上的“苏海”。

二、个体生命意义的“苏海”

可以在两个维度上来把握个体生命意义上的“苏海”：一是创作维度，二是个性维度。创作维度是个性维度的外在表现，个性维度是创作维度之所以成“海”的内在根基；创作维度是被外人所见的，个性维度则是他人从其作品呈现的一贯风格、特征中，结合对其生命历程的研究而得出的，故可由外而内地来逐一剖析。

（一）“外海”

苏东坡由个人性格和创作活动所产生的“外海”之独特，可概括为以下几点：

1. 所涉领域之广泛和产品数量之“浩瀚”

苏东坡创作所涉领域之广泛，在我看来，可称前无古人后无来者。

作为一个官员，他到过“中央”，到过“地方”，蹲过牢狱，还被贬到贫苦之地。但无论担任什么，他都有所作为；无论遇到什么困苦或荣誉，他都会有自己的定思。这是一个才思汹涌，只要醒着就不会停止思考和创作的人，是一个什么都难不倒、压不垮的人。

作为一个宋朝文人，他散文、诗、词样样都能创作。作为一个官员，他不但能写奏折，还会代皇帝拟旨、诏。其文笔之流畅，表达之简洁清晰，都令当时和后世叹服。

但这还不算，尽管大多数文人连这点都做不到，最让我惊叹的是，他居然会对当时意义上的土木工程和技术创造有兴趣，且会行动。林语堂说他有建亭盖楼的爱好和能力，在徐州当太守时，他带领众人为抗击洪水而筑墙筑坝，后来又在墙上修了黄楼。之前在密州时，他就筑过“超然台”，以登高望远。后因事入狱，出狱后被发配到黄州，苏东坡能自己开荒种田，建盖居所，这是他死里逃生后的生境，无论是精神和身体都经受了一次震撼性的考验，经深度反思，反而变得能从容面对，东坡居士之号由此正式命名，并成为他此后被人广为称呼的大号。在黄州，苏东坡还留下了著名的雪堂，以及他因感受农人劳作辛苦而关注“插秧机”的文字。此后，当他第二次去杭州当太守时，又开展了挖掘西湖淤泥、筑“苏堤”、开新运河、引山上泉水于城中供百姓饮用等一系列工程。为治疫病，他开设了中国最早的公立医院“安乐坊”；为让农民乐意而非被硬性规定去清除湖中水草，他竟想出让他们种菱角的主意，这一呈现出他管理才智的举措，几近20世纪70年代末始，后在国内农村普遍推广的“承包制”。

苏东坡最后一次流放，先是在惠州，他又盖屋，想就此终老。但屋盖成（后被称为“朝云堂”，在其作品中称“白鹤居”），又接到流放至岭南的命令，到海南儋州。当被逐出驿站的官舍后，他又用余钱盖了“桄榔庵”（三间居）。因岛上无好墨，他还自己制作起“墨”来。

苏海之“外海”，是一个诗、词、书、画、文字笔墨、土木工程、治河治病、炼丹采药，无所不包的“大海”，就此而言，苏东坡足以称全能之人。凡他遇到的问题，只要他想解决，只要力所能及，除对付权倾一朝一时的恶对手外，他无所不能，顽强坚持，直至问题解决。（补，他还能因地取材做美食“东坡肉”。）

2. 诗、词、书、画领域的融通与独树一帜

每一个朝代都会有博学的人，但在博学基础上能在某一方面有突破和创造的人，或形成独特风格者，则屈指可数。浪淘尽风流人物，历来如此。但苏东坡不

仅在一个领域，且在他所涉及的各个领域都能有所突破，独树一帜，并在历史上留下深刻影响。

艺术上，无论是诗、词、文，写景与情，还是写事与人，苏东坡的作品总透着哲理和情怀，这与唐诗重记事、写景、抒情相比，有了很大不同。不只是一个方面，而是形而上层次的跃升，这更是一件很不容易做到的事。

苏东坡的哲理有认识论的，如《题西林壁》中的“只缘身在此山中”；有人生哲理的，如“宁可食无肉，不可居无竹”；有本质和现象的，如“淡妆浓抹总相宜”。这一方面是苏东坡好诗又好思，故他能把生活变成诗，把思考变成诗；另一方面，又和宋朝理学思想的盛行有关。但到了东坡的诗文中，因事、物、景结合，就再也没有死沉沉的严肃，而成了活泼泼的灵魂在歌唱。我觉得东坡是因中国哲学和文化的深度浸润而得了精粹，抽象与具象的结合如此天衣无缝。

在词的方面，苏东坡的贡献是改变了词风，从缠绵闺怨到从容大气，开辟了人文词的疆域。在读书的过程中了解到，词的起源是歌坊唱曲，作词、演唱都与歌女这样一种社会角色相关，词是由唱曲的调来定的，故词有词牌，诗则只有“律”的规定。苏东坡作词，深情又大气，决非小家碧玉式的婉丽、小身段的忸怩。相传至今，最普及的是《水调歌头·明月几时有》：“人有悲欢离合，月有阴晴圆缺，此事古难全。但愿人长久，千里共婵娟。”从天上到人间，都有必然，千代如此，故不必求全、偏执，只要人好好地在一起生活就知足了。五句话的哲理真把天上人间的事都说透了，此曲千古流传也就毫不奇怪了。还有那句“高处不胜寒”，何止只指天宫？在人间，无论哪个领域，越到高处，能对话的人就越少。这“高处不胜寒”又道尽了人的社会地位和人际关系的性质，一个私利、争名夺利、你死我活的争斗世界更是如此。这也告知天下只求“高处”的人，你将丢失的是什么，自己必须想清楚。

在词的发展过程中，苏东坡开了一代新风。不同于辛弃疾在战争意义上的豪放，他是从容清澈，呈现出大气与深刻的完美结合。

在诗词上，苏东坡另一个明显的特征是在简、约、平、实的事、物、境中开发出深刻的哲理和诗词的意境。在形式上，他谙熟规则，但不拘泥于规则，能做出令人乐意接受的突破，决不因规则、形式而束缚内容和情感的表达，但又不以怪异生僻为乐。

在书法上，他熟研诸种流派，具有很好的基本功训练，重要的是他不只是熟知，而是最终以自己的心性所向，形成了稳健又洒脱的苏体，《寒食帖》就是该体的代表作。

关于画，他无多作品，但画怪石与竹，已经成为标志性的作品，其价值是文人画精神的开创，不以写实、工笔、花鸟、山水的描摹为己任，而是借象表意、借物画心，以达到具象与抽象在绘画意义上的整合。

散文，是他的强项，唐宋八大家，苏东坡为一家。重在文笔的流畅，行云流水，自然转折，当行则行，该止则止。除 23 岁殿试那篇被列入《古文观止》之外，《前后赤壁赋》《石钟山记》等，都已成为百读不厌的名篇。在各种形式的散文中，他的内心世界与外在物境水乳交融，自然转换，让读者不仅身临其境，还能时时与他的内心世界对话。这样的散文风格非纯说理、引经据典，非纯写景、纪实，而是借景抒怀，是一种内外融通转换式的苏体。

有关“外海”的深入分析，怕是要等我细读“文选”后再作专文表述。

（二）“内海”

苏东坡是一个内外一致、几乎澄明的人。可以想象，与苏交往不必提防，不会有大的压力，你只需自然、真诚，他的平民情怀、善良心地与平易随和，使他的朋友三教九流都有，每到一地都是如此，“鸡犬识东坡”是最风趣的说法，但他依然是“东坡”。所以，要说“内海”，首先就是强大的心灵。

1. 强大的心灵

“浩然天地间，唯我独也正。”——苏东坡《过大庾岭》

我们通常把一个人的精神世界总体称为心灵。每个人心灵世界的内存不同，结构不同，呈现出的整体气质亦不相同。苏东坡的心灵所呈现的整体气质，林语堂用“如火”来形容。我觉得不够，更愿意用的词是“强大”。这种强大是生活在人间，在各种境遇中都表现出的从容，不怨不艾，不骄不纵，安然面对，用内心的定力来“定”外界的“风波”，能用自己的力量转危为安，还能把自己这一强大的心态外化在生活中，使无论何物、何时、何地都能呈现出祥和，使由此心生成的作品对不同的人产生不同的影响力：或美或善或真者得到的是感动，心灵共振；或阴暗或丑恶或狠毒者则因其不被征服、吓倒，反还能从容歌唱而生出惧怕，乃至暴跳，更欲置之死地而后快，但却怎么都无法置他于死地。

因此，我用“强大”来表达对苏东坡心灵的描述。他不是一味勇猛，而只是对试图加害于他的人不屈服，对困苦生活、恶劣环境不畏不怨。强大是无法战胜，而非战无不胜。他是有力量把世界变得美好，能无处不在、无时不显地润泽自己人生和他人心灵的人。强大的心灵是人类的财富和宝藏。自然，这一切都须通过他的人生和把心灵化入其中的作品来表现。

这种心灵的形成或称成熟，是在黄州之后，故林语堂说，即使福慧如东坡，也到四十后方显成熟。

苏东坡有自己的说明：

凡心尽处，胜解卓然

吾上可以陪玉皇大帝，下可以陪卑田院乞儿。眼前见天下无一个不是好人

吾侪虽老且穷，而道理贯心肝，忠义填骨髓，直须谈笑死生之际

门前万事不挂眼，头虽长低气不屈

试问岭南应不好？却道，此心安处是吾乡

海南万里真吾乡

天涯何处无芳草

由此可见，其心灵强大的根本原因是在"心安"。

心安方能安然，安然方能超然。

何以能"安然"？一曰"道理""忠义"贯填心中，无物、无力可动摇，自然安然；二曰"凡心已尽"，识透人事，方能安然；三曰，无愧无怍，光明磊落，定会安然；四曰真挚恳切，忠于自我；五曰，如此健全的天君守己，必至安然。

如此的"安然""超然"，在他的作品中表现为随物赋情，舒卷自如，我将其称为"超然的平淡"。其不同于常言中的平淡往往是因循成习，了无生气，使人望而生厌，而是内含韵味，出入奇丽，能变凡为奇，变险为安，神出鬼没，无痕无迹，达到出神入化之境，处处都能透出意趣。

这一强大的心灵，是由哲理和诗性融合而化成的。

2. 热爱自然、热爱人生的生命历程

无爱不成诗人，诗人是情的代言人。苏东坡的诗情大气、丰富、健朗，又附着于人间大地，因为他热爱自然，热爱人生。因其有爱，故能以审美的态度去拥抱一切：自然、人生、他所际会的天地人事。尽管其一生在他人看来饱受变故，但他心中对世界的爱，因爱而生的"悦"，却从未泯灭。他的灵性，也来自人生与自然。"人有悲欢离合，月有阴晴圆缺，此事古难全。但愿人长久，千里共婵娟"道尽了他心中对自然、世事变故之不可避免的认同，而他最看重的，还是现世中人情的长久。也正是这种对人情的看重，以及他善待众人，使他无论在何种困难境地，都能获得援手，直至人生的最后阶段，无论是离去还是到达，都有众人迎送。人间的诗人中，除他之外还有谁如此与众人相亲、相善，终成彩霞漫天

映黄昏。

这里有必要说一说苏东坡的自然观，它包含几重意义：一是自然自在，不受他人对自己态度的影响，人生来往如梭；二是自然朴素之美是最高的美，值得称颂、垂范；三是人只有有闲才能读懂自然，与自然对话；四是唯有爱自然才会有健全、博大的心智。苏东坡之所以能变凡为奇，与他对自然的热爱直接相关。人的心灵受启，能突破常规，一是来自本人个性上的探求新奇，出自日常却被忽略的新奇；二是来自自然的浩瀚、变幻无穷。林语堂在描写苏东坡对自然的热爱时，有一段精彩的评论：

我相信任何一个人如果和自然、四季、雨、雪、山、谷那么接近，接受它的治疗，一定不会心思闭塞，具有封闭的人生观。

拿苏东坡的诗、词与杜甫的相比，更能看出其独特：东坡所用之力，无迹无痕，自然流畅；杜甫则处处着力，步履艰难。

林语堂称：苏东坡是大自然中的顽童，他喜山、乐水、爱月、随风，走到哪里咏叹到哪里，在他眼中无不可咏叹之物。他爱美的心灵给自然抹上了浓浓的诗意，真所谓“何夜无月，何处无竹柏，但少闲人如吾两人者耳”，能否成主人，全在人自己。

3. 通透变达的人性论与认识论

人性论和认识论，是人形成自己人生观的重要理性基础。如果说“两个热爱”是苏东坡情之充沛的人生之源，那么“两论”则是其从容一生的理性之源。

具体地说，其人性论的观点有：

（1）万物都由气构成，万物生长各得其时，植物、动物、人，因气而相通。浩然之气“不依形而立，不恃力而行，不待生而存，不随死而亡矣。故在天为星辰，在地为河岳；幽则为鬼神，而明则复为人”。

（2）人之性形成后难改，因“道不足以御气，性不足以胜习，不锄其本而耘其末，今虽改之，后必复作”。

他结合自己的人生经历，坦言：“我被聪明误一生，惟愿孩儿愚且鲁”。

（3）人要改变自己，须“深自省察，则物我相忘，身心皆空……一念清静，染污自落。表里翛然，无所附丽”，他知道自己的问题是内心的矛盾，“眼看时事力难任，贪恋君恩退未能”，这样的矛盾，使他两次请退，又两次奉诏进京，这一矛盾直到对君主彻底失望后才克服，那已到晚年。

（4）取相对的态度，可以在困苦中聊以自慰，不被苦难击倒。

当被流放到黄州时，他这样解释自己的困境：

未成小隐聊中隐，可得长闲胜暂闲。

我本无家更安往，故乡无此好湖山。

最后一次被逐海南时，他聊以自慰的是“我想到京师每年有多少人死在大夫手中，觉得自己真幸运”。

可见，在人生的不测遭遇面前，他总是以乐观的态度处之，这是由人生观而成的一种随遇而安的内心定力。

这实际上已经涉及认识论了。苏东坡对《易》有深研和体悟，故而在他的认识论中深刻地体现了中国智慧（《易》乃忧患之书，古人云：“作易者，其有忧患乎”）。

（1）现存事物的认识：一靠自身的认知器官，眇者不识日；二靠亲身的经验和体悟，“春江水暖鸭先知”。

（2）事物认识后的判断：好与坏、吉与凶都是相对而言的，不要只知其一，不知其二，要懂得“相对”，最精彩的诗句“咫尺不相见，实与千里同。人生无离别，谁知恩爱重。”（致兄弟子由）

（3）人对自然具有的感受是人的自我感受：“孤烟落日不可摹”“白云还似望云人”。人可以通过对自然的感受反观自己，他曾自言：“何人更似苏夫子，不是花时肯独来”“卧听潇潇雨打窗”“自爱铿然曳杖声”，写的都是独特的人、景、情交融之感，正因为如此，他无事、无处不可以入诗，其实，他是在不断地做自我表达，在观景生情、出思中认识自我。就此而言，苏轼是自我意识极强之人。

（4）事物处在变化之中，相辅相成，不必太执念于自身的感受，否极泰来，泰极否来，“离合既循环，忧喜迭相攻。悟此长太息，我生如飞蓬”“有情风万里卷潮来，无情送潮归”“暂聚水上萍，忽散风中云”。

（5）事物构成复杂，人有立场、视觉的不同，认识难识真貌，是正常、不可避免的认识能力（缺陷）。“横看成岭侧成峰，远近高低各不同。不识庐山真面目，只缘身在此山中”，这是最典型的主体介入过程相对论的表达。

（6）人的行为未必与愿望相符，预测、判断的关联性会有误。“笑韩退之钓鱼无得，更欲远去，不知走海者未必得大鱼也。”

（7）识变、通（还包括古今的时间之通）、相对者，方能重综合和实现综合各家（儒、道、佛）。他是第一个将佛教哲学注入儒诗的诗人。正是如上的情理交融、强大心灵和超人才华，产生了这样一位将天地人事都诗意哲化的诗人，给后世留下永续难忘的中国智慧和情怀。能如此通达地度过一生的诗人，至少到现在为止，我只认苏东坡。

形成强大的心境，喜纯朴、自然，不愿混迹官场，力争以退获得更多的自由，致力于天地人事的通，致力于生活的哲诗、智性与感性的统一，以营造自己的美好生活，学会有容，得大自在。在这些方面，我能与苏东坡通，尽管并不深解，但非一窍不通，故读完顿生“相见恨晚”之感，也算是一个“通”——古今文人的心灵之通。

也许，我已成“苏迷”，虽背不出多少苏文，但又何妨？想到能与近千年前的一个灵魂沟通，喜由心生。

补记：读东坡也在读写东坡的人，特别是林语堂，用英语写成，原意是给西方读者看，所以经常有一些与西方相关的比喻、比较、联想插入，由此看到一种怎么向外国人讲中国故事的方法，更多的是看到了林语堂的学识与见识，知道他为何欣赏苏东坡，有点懂得他的幽默所指。读东坡，不只是读他一个人，也是读一个朝代，读朝代间的关联与区别，主要是读了唐宋，以前对宋了解太少。读东坡还是读中国传统文化中的政治、文人世界与市民、各地不同的风土人情和生活世界。

苏东坡是一本大书，苏海也包括一个人身上所反映的人世间的全部丰富性。

（2016.9.7—9.15，中秋夜，无月，念东坡写成）

读爱默生《自然沉思录》*

计划中，今年暑假要完成关于学校四季系列活动研究的文章。为此，想打开一些视野，多读一些书，从根本上把人、自然、社会的关系做一次“古今中外”认识格局上的梳理。有限的时间，当然做不到那么完美，有这份念想，无非是为自己今年暑假的读书定个“向”，不然，喜读书的贪心又不知会把自己拉扯到哪里。

决心从读《瓦尔登湖》开始，这本书买了好久，看题目，以为是一个鲁滨孙式人物的人生实验。知道梭罗是个自然主义者，知道他在瓦尔登湖隐居两年的故事，但未读之前，真的不知道是什么使他产生隐居的念头。鲁滨孙是无奈的遭遇，在荒岛上与“星期五”（一位黑奴）共同创生，而梭罗则是自觉的选择，只有读完了《瓦尔登湖》，才能明白他为何做此选择。

探索自然，是为了探索自己。梭罗用实践的方式践行了爱默生的哲学思想，被称为“超验主义”的哲学思想（但我觉得这顶帽子不合适。在读完爱默生的代表作之后再说）。表面上看，他们要人们超脱只关注日常生活的琐碎世界，从不必要的、多余的、超出满足基本生存的所谓“更好生活”中摆脱出来，把目光投向自由自在的大自然，其实质却是为了使个人从贪欲的束缚中走出，投向人的内心之海，明白何为生的意义与自由，从他人的世俗眼光束缚中走出，用自己的心灵面对世界与人生。

梭罗批判社会，但并不用激烈手段去对抗社会，在他看来重要的是改变自己，让“生命”作为最高的原则来对待自己、他人（包括黑奴）和自然界的万物。

显然，未读原著之前的印象是肤浅的。梭罗要比现在的“环境保护主义者”深刻得多。他是从反思社会、人本身而得出怎么重归自然的。

然而，读《瓦尔登湖》给我的最大收获是，让我知道了梭罗与爱默生的关系，他称其为老师。原来就打算读完梭罗就读爱默生，这一了解更使我感到自己无意中选对了（当时只是从关注“自然”这一主题的相同性考虑）相关著作。爱默生的《自然沉思录》也是我早已买了的书，只因喜欢“沉思”这个题目，书的

---

* R.W. 爱默生．自然沉思录．博凡，译．上海：上海社会科学院出版社，1993.

版本是瘦长型，这种风格我也喜欢，还可在出差旅途或宾馆休息时随手翻阅，像读帕斯卡尔那样，但一直未践行。这次在家里打开一看全错了，我知道了爱默生与美国新文艺复兴、超验主义之间举足轻重的关系，一惊。说实在的，不知道美国亦有“文艺复兴”，由此知道这次触到个人知识地图上的盲点了，很兴奋，读完此书，会点上一盏新灯。于是先请朋友上百度找出这些人物与名词的解释，知道了爱默生与梭罗都是马萨诸塞州波士顿附近小镇康科德人，是同乡，又都是哈佛大学毕业生。爱默生从神学院毕业，当过牧师。梭罗的天赋在数学，尤其擅长的是测量以及对水文、地理的研究。“超验主义”俱乐部就在康科德，美国的一批诗人、文学家，如惠特曼、《红字》的作者霍桑、《白鲸》的作者麦尔维尔都受到爱默生思想的影响。美国的“文艺复兴”是继美国独立、美国宪法之后的第三件建国大事，确立了本国文化精神之魂——个人独立。爱默生作为精神领袖的地位，无人可取代。

预知了这些，更认真地进入阅读。此书的排版为节约纸张，字、行之间特别紧挨，看起来眼睛较累（而现在的书，则是太铺张了），花了一星期左右阅读，再花了三天摘抄。今天完工，想静静地、慢慢地把这次读书的感受写出来。

于是，抽丝似地写了这一段过程式的“序”。

还要提及的一点是：该文的译者傅凡是一个认真且诚实的人，他尽量把该注明的问题注明，把其他版本中明显的错误指出，把自己没有把握的译法附上原文，并说明自己这样译的原因。

以下将以爱默生为主（顺带梭罗）写此笔记，我将按对自己不同方面的触动分述。

一、爱默生与美国文化性格

也许是受好莱坞影片和小说的影响，在我头脑里的印象，美国文化与欧洲、中国文化相比还只是个少年：牛仔式的勇敢、独立和冒险开拓。随着两次世界大战中的经济腾飞，国力、军力的加强，对世界市场，尤其是美元在金融上的操控性地位，这一切在我的心目中，特别突出的个人主义和民主制度，并没有营造出乐土和安全感。应该说，我更喜欢欧洲文化：英国绅士与淑女的贵族精神，法国的浪漫与艺术的想象力，德国文化的深度从哲学人文研究到科学贡献，其中最优秀的灵魂，都在各领域最深处——基本理论处寻找突破。

爱默生让我看到了美国文化性格的另一类深沉和为民族文化之独立而呈现的

勇气。这对于我们这个有几千年文化传统，但近百年来从上层到平头百姓、从高章学问到普通生活常以西方为上、为准的中国文化现状，无疑具有惊雷喝醒的价值，提出了要深思文化古国今日的“文艺复兴”之深意及复兴什么、如何复兴和我们应有怎样的新文化等问题。这是读书触动我最深的一面，也是因此而提出的一个大而深的教育与文化问题。

爱默生《自然沉思录》包括6篇文章：“论自然”写于1876年，美国独立战争胜利一百周年之时；“美国的学者”“在神学院的演说”写于1837—1838年，在美国南北战争（1861—1865）之前；后三篇“自我依靠论”“诗人”“经验”，尚不知写作年份。爱默生逝世于1882年，即在“论自然”之后的六年，可以说，“论自然”是其成熟之作，而“美国的学者”是其中年初期之作，是最有锋芒和冲击力度的作品。

美国文艺复兴，也称新英格兰文艺复兴，其本质是美国文化与英国文化的“断乳”，是继政治独立、宗教独立后，美国的第三个独立运动：文化上的独立运动。19世纪中期的美国还是一个初生的独立国家，迅速成长且处于动荡变化的时代。爱默生对时代、国家的命运与生存在这个时代的美国人、学者的关系，及其应承担的责任，有自己的深度思考：

政治、宗教独立之后，文化的状况如何？

人的精神状态如何？

爱默生对时代的敏感，在“论自然”的首页就被提出：要用当代人自己的眼睛、思想、语言来说出自己的精神，按照自己的意愿工作，形成自己的法律，因为我们已经处于一个变革的时代。在他看来，生活在这个时代的人可能更有作为和更为丰富的感受，新与旧、恐惧与希望并存，只要人自己自信并有力量，就能创造出新的世界（P89）。

给人启发和耐人寻味的是：他对这个时代何以可称为变革的时代，做出了类似标志性特征的描述，这说明爱默生并非是因被什么事刺激、冲动而提出这些观念，也不是因自己社会地位发生重要变化而形成这些认识，他一直以个人和学者的身份（与个人利益并无直接关联），以冷静而又充满发现时代发展潜力的眼光，打量着自己所在的国家，出于斯、生于斯的土地，思索着他当前面临的时机和需要唤醒的每个人，尽量多地唤醒每个人去改变自己，有所作为地行动。

爱默生的第一个标准是：提高国内最低阶层地位的运动已经影响到文学领域，文化反映普通人、日常生活，描述穷人、孩子这些社会弱者的生存状态，他并不把此看作文化的堕落（以传统文化高尚、优雅的贵族气而言）。这让我想起了狄更斯，这位与爱默生同时代、写出《双城记》和《艰难时世》等伟大的现实主义作品的英国文学家。爱默生把文学这样的走向看作是“时代迈出的巨大的一步”，“它标志着一种新的活力的产生，这活力使四肢灵活，温暖的生命之流涌向手和脚”（P90）。这里的“手”“脚”指的是普通大众，是相对于富人、官员、文人而言的普通民众。在爱默生的心目中，文化不但关于博爱，还意味着社会的进步与变革让普通人具有平等的人的权利和享受，让文学将普通人的内在活力激发出来，这样的世界才有更多的创造与希望。简而言之，普通人享受和创造文化的权利（能力）的增强，可看作是时代变革的重要走向。

（7月20日续）

联系到今日中国社会转型来看，网络、通信等的发展，图像化的文化表达，事实上也在起着文化大众化和反映日常的变化，一般人的生活进入到文化领域，文化关注起人生与生活，而不再只是富贵人家的家族纷争、宫廷政变、战争及富贵温柔之乡的诗情画意、闲逸雅趣。毛泽东《在延安文艺座谈会上的讲话》，在解放区，为了革命、动员民众的需要，也提出过文艺要反映工农兵生活，让工农兵广大人民群众喜闻乐见。这些说法虽然与爱默生的出发点、目的不同，但却异曲同工，到达点也相同（还有更早的梁启超等的维新运动）。总之，在现代工业化过程中，没有一个时代变革可以不涉及民众的文化解放。与爱默生同时代的马克思恩格斯，尤其是恩格斯，在《英国工人阶级状况》中，描写了工人在为工人阶级开设的讲座中对科学知识的兴趣。普罗大众的文化问题，在中国已经提出了一百多年，治贫与治愚的关系，许多仁人志士都关注、提出并行动过（如陶行知、梁漱溟、晏阳初等的平民教育），但在大多数知识分子心目中，并没有被真正当作是一种文化发展、时代发展的标志，最多被看作是一种普及、服务，而不是把它当作源泉与标志。

对今日世界、琐事、现世的洞明，对平常之物的感知认识，是新发现产生的条件。爱默生要反对的是对过去和遥远的兴趣与追求，这既是为了让人采取更务实的态度和有所作为，也是摆脱历史和外国影响，产生独立国家自己文化的必须。

还需要提一笔的是，爱默生不仅关注了需要强化的一面，而且提出了要将“高峰”与“壕沟”连成一片，让文化充满内在生机的理想图景。这不是从一个层面，而是从系统整体的内在关联与生机的意义上思考“美国文化”问题。

无论如何，文化重建是转型时代必须进行的事，也是时代转型是否完成的重要标志。对于中国这样的千年古国来说，这是一个复杂而重要的问题，也是当今中国教育必须考虑的问题，我们用什么来培养当代有文化且有创造文化能力的中国人？这是一个重大的社会和教育问题。

第二，爱默生称其为“类似的政治运动”，怎样使每一个个体更重要，这种重要是使“每个人各自占有自己的世界”，即自主与自由，成为具有自主与自由的权利、自觉意识和有能力践行的人。

若与马克思恩格斯相比，正好是两个取向：爱默生是想通过精神、文化的改变，解放每一个个体，让每一个个体强大到成为自己的主人和社会发展的创造者，而马克思恩格斯则是想通过阶级斗争，夺取政权，让工人农民因赋权而成为主人。社会、个人、生活、世界是息息相关的一圈又一圈的有机生态，改造究竟从何开始，才是最有意义和效力的呢？前工业社会的发展与工业化初成的社会应有所不同，而且在不同时期成为社会发展障碍的主要因素不一样，可能重点也不一样。美国也是经独立战争和南北战争才最终稳定下来。

但不可否认的是：个体要成为有尊严和幸福的人，前提是必须意识到自我解放和人格选择建构的重要，这实际上是每一代人、每一个人在生命历程中都必然面对的人生问题，不管你处在怎样的社会，均无例外。

相对于社会转型（发展）而言，这可能是更为普遍和长远的主题，也是人文主义的起源之处。每个人都要活过自己的一生，不管长短，人的觉醒，应先从对人生、对作为自己王国的主人问题开始。这是爱默生在著作中论述得最多，也是最深刻的问题。虽然未直接提到教育，但却是教育学确立自己的价值取向，以及随后一系列选择、策划都绕不过的问题。

二、关于“人”、“个人”与生活

爱默生在讨论人的问题上，有几个不同的维度。

一是前提性判断：作为上帝创造的人，与上帝的关系，以及与上帝创造的自然之间的关系。这是一个最大圈的三角形关系。

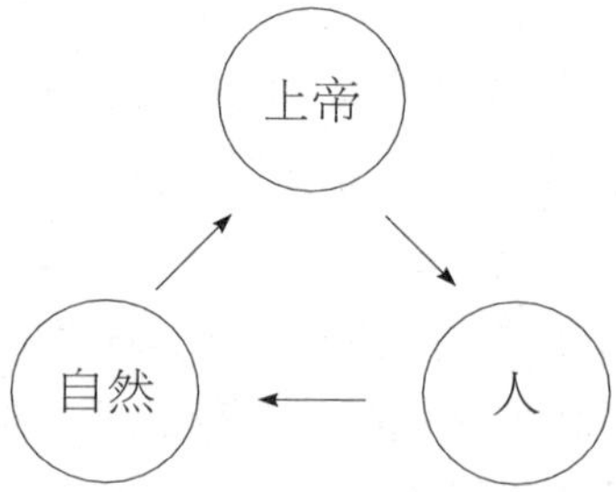

在三者的关系中，除了创造与被创造之间关系的绝对性，其实质是内在和谐、真善美聚集于一身之外，其他关系的性质是：整体式分有（而非分析拆解式占有）、共时并存的对应关系，以及人作为个体存在的全部丰富性，与自然、与人类组织起来的社会之间的关系。上帝作为绝对的存在处于第一位；人作为自己的主人，在自己的生命世界里处于第一位，且相互之间平等、独立；自然作为自在、自足、流变、循环有据的世界，也有自己独立和永恒的天启式智慧。这几对关系和关系性质，是前提式的判断，是无须证明的自成真理，这是读懂爱默生论人、个人所必须确立的出发点。在爱默生那里，上帝是精神、灵魂式的存在，而非偶像式的存在。

在三者的关系中，爱默生的重点是讨论人与自然的关系。

二是人类，其中他最看重、区分的是学者（不同于普通人的独特性与责任）和诗人。学者是真实存在的人中的一部分，而诗人是爱默生的理想人格之集中表达。普通人，是大多数，但同样重要。关于普通人的人生问题，他是通过作为人类之类的构成者所具有的类之共同点，以及作为个体的人来论述的。

三是个体层次的人的分析。在此除了内在建构之外，就与人的生活联系在一起讨论。关于与生活联系在一起的方面，我放到第三部分再写。

（一）人与自然

自然是一种与人密切相关，又早于、先于人类的独立存在。爱默生强调灵魂至上和先在，但不同意否定物质世界存在的反唯物主义观点，这是爱默生与一般宗教式绝对唯心论者的重要区别。在我看来，这也是他的高明之处，唯有如此，自然才可能成为人类观赏和学习的对象，成为人可享用的资源，以维持生活和存在于其中的环境。

爱默生明确自己的自然观，一是在价值意义上，一是在规模意义上。他把人改造过的自然也列入其内，因为相对于“世界给人之影响的深远与广大”，人对自然所能施加的改造微乎其微，可忽略不计。

由此可见，就当时而言，人对自然资源的使用及其带来的污染还“微乎其微”。自然，从浩渺的宇宙来看，从尚未认识的能量及物质的微观世界来看，人类对自然的影响，就今日的意义上，仍然可认为也还是微乎其微。

爱默生自然观的第二个特点，是认定自然非固定不动，而是流动不居的。尽管他把流动不居的原动力归于精神。他说，上帝织造的网，具有不可理喻的连续性，无始无终，具有“一股回归到它自身的周而复始的巨大力量”（P69），且以不断向外放射的方式无边无际地扩大，这就是爱默生一开始所言的规模及其运行方式。我特别关注了“回归自身”“周而复始”这两种具体描述自然作用力方向和运动的轨迹。自然这样的运动方式，不仅影响着人的生活方式，在一定意义上也内化为人的生命节律和一代代人之间生命的延续。生与死，在每个人身上都不可改变，这是个体生命的铁律，但通过繁殖，则达到了代代延续、生生不息的人类世代。人类用纪年和世纪的方式，让每一个生命，都有了时间的标号。

除了昼夜，自然的时间节律还有四季的周而复始，除了春夏秋冬的变化，还涉及四季的花草树木、飞鸟走兽的生命、群落之周而复始的变化。人的生长、生命气息也随季节的变换而变换，人与自然同呼吸、共生长！所有的生命都有自己的年轮——生命周期。自然呈现的反复重现和节律，催生了人的时间观念。

回归自身的原始力对于人认识生命而言，又有两点启示：一是生命的连续性；二是每一次回归不是回到原初的出发点，而是以“新的”，因适应式遗传变异经长期积累以后形成的新的，到一定阶段又达到“高一级”的事实为出发点。这种表述与进化论的观点在方向上不谋而合，从哲学的角度看，为人的自我认识提供了生命回归自身是一种必然原动力的观点。爱默生明确提出：把表面看来杂乱无序和相互隔膜的东西统摄起来的是“事物的规律”，这种规律同时也是“人类心灵的规律”。几何学的认识纯粹是心灵对自然的一种抽象，这就是人与自然的“亲谊”与“感通”。

(7 月 22 日续，大暑)

自然与人共同的精神创造，使自然能成为人的朋友和导师，但前提是你自己是什么，即人自身的状态：“我们是什么，我们就只能看见什么。”(P64) 就生理结构而言，如，眼睛的构造决定了你看到的是什么。时间与空间也是如此形成。就心情而言，自然是悲剧或喜剧都适合上演的，你的心情如何，你就能看到、感受到悲剧或喜剧。

抽象能力使人能把握住自然的形式与规律。

融通感与自然的象征性联通，通过直觉、想象、幻觉，能使自然进入你的生命，自然能给你身体健康和精神健康的力量，因为它的博大与永恒、自在与恢宏。

正是这种精神上的同质，使得一个挚爱自然（挚爱之必需，是因为唯有挚爱，才会把形状不同和外在于自己的自然当作同类，当作可沟通而不是绝对相对立的主体与客体）的人，“他的内在感官与外在感官总是息息相通的”(P5)，即不是要通过感觉经验与理性分析才能认识自然。人与自然通过内外贯通之自觉而实现沟通与认识，这是“超验主义”之名得来的主要依据。

爱默生这一认识世界的方式，在人与自然统一的意义上实现了人对自己能力的认识，以及认识世界的方式之突破与综合。

综合认识最终上升到道德、精神的净化和美感的产生，达到高境界，它的产生更取决于你是怎样的人。在某种意义上，要求每个人在与自然沟通的过程中完善自己，体验美德，提升美感，实现精神上的自我独立。

这种自觉、通感式的认识方式，事实上是我们日常生活中最常用、经常出现的认识世界的方式。近代科学的特征是轻视日常，致力于寻找背后的原因与稳定。然而，正是这种越过日常，使日常生活、身边的自然界对于人的意义被忽视，被消解，人匆忙于身边的事，忘记了自己与自然生身父母血肉似的养育关系，人变得冷漠与萎缩，尤其是在自然面前。

最终，这种直觉式的认识，必然导致美学意义上对自然的欣赏与崇拜，产生心灵上的对话，这也是爱默生的自然观，充满着他个人对自然纯净、高远之美的崇敬，从而产生一种在一般审美活动中难以感受到的全身心的升华。

在爱默生和梭罗的文章中，我们能经常读到的是：日出、日落之前的静穆与壮丽之美，清新的空气和草木的清香，蓝天下云朵的舒展和无法统计的变幻，深邃的夜空中闪烁的星星，河水的清洌，飞鸟的自在与优美姿态。这一切，都使你可与广袤、无边无际的宇宙联通，你会有一种浩瀚之感，心理空间也自然如白云般舒展、自如起来。爱默生能在自然中嗅出温暖的生命气息，他自己也全身散发着温暖和自然之光，这也许是他的演说能打动人的重要原因。自然的“表情”也有庄丽与阴郁之别，他由天象再谈到物象、地象（比梭罗少）。也许正是对天象的观察与感受，使他确认，美只是人与自然界一瞥式的偶然触动。

爱默生对美的内在含义是宇宙的表达，是真善美，世界一切的完满与和谐。无论是天空苍穹，还是海洋水世界。季节成为一年时光“镶边的外衣”，谁能有如此美丽的想象，把四季看作时光镶边的外衣？爱默生对美的感受还有一个特点，他赋予环境一种流动变化，关注转换的时刻：“太阳即将升起，熄灭所有的星星”（P171）。正是这些对光的敏感、对自然界变动转换的描写，使读者感受到自然温暖的生命气息。

爱默生把我们带到了一种可以在日常中，又完全不同于日常的对自然美的感受。实际上是改变了我们看待自然的眼光。

住进石门路的高楼房以后，天天看晚霞，使我深有体会并得福，也更能读懂爱默生所言：与苍天和大地的神交是日常生活的组成（P5）。

（二）关于每个人

爱默生在乎每个人的生命质量和生活状态。他认为，人目前的处境是一种自我堕落的结果，丢弃了灵魂，失去了主动，把自身的力气放在向周围的人看（随俗），向历史看，或者只是虚幻地想着未来，只是批判现在，甚至故意破坏。人站错了位置，忘记了自己是谁，不知道人世的意义，不知如何幸福而有意义地度过自己的人生。人的改变必须从认识自己的问题，知道毛病在哪里，因何而生开始。在此意义上，爱默生是牧师，是人类尊严的捍卫者和对世人而言的唤醒者。

第一，他把人也看作是上帝精神的具在，人与自然一样具有神性："每一个精神都为自己建起一座房子，房子之外建起一个世界，世界之外建起一个天国。那时你才知道世界是为你而存在的"（P64）。这也许是人的独立性的第一层觉悟：世界为你存在，而不是相反；你是世界的主人，是自己生活的中心。

第二，人是造物主本身，造物主赋予人灵魂，人则可通过灵魂来创造出属于我的世界。"人借以安身立命的不是物质，而是精神"（P59）。目前，人的局限在于不知自身生命的内部有一种不在时空中的能量（即神赋精神自身）。积极主动的灵魂是世界上唯一有价值的东西，这是每个人都拥有的。"天才"不是"天之骄子"，而是每个人都拥有的"天然财产"，"天才在其本质上是不断向前"（P73）。从这个意义上，爱默生确立了天赋人权、人人生而平等的理念。这种"天才"的定义确实适合每一个人，且要求人人不断前进！

（7 月 23 日续）

爱默生又从主体与手段、他人的关系角度，进一步说明了灵魂的创造力不能被手段左右，一旦"反客为主"就不会有创造力，手段成了束缚人前进的阻力。对于权威、习俗，人不应俯首帖耳，我们听别人讲，是为了"自己也能说"（P74）。

爱默生的主体并非仅是中心、享用，而是有积极自我生成和能创造出对时代与人类都有贡献的人，每一个意识到这一点的人都可以这样做。他反对的是对权威、习俗的迷信，但并不反对人要学习历史和科学。唯有为创造和能创造的学习，才能把今天与昨天连接起来，把昨日精神财富的潜能转换为当代的熠熠生辉之光。通过一系列论述，爱默生指出了灵魂、学习、创造，历史、现实与未来的内在关联。

第三，"我必须是我自己"。如何才能实现这一命题，爱默生并不是用背对、逃避、谴责来解决。每一个人只能生存在一个并非由他自己选择或创生的，而是他人给定的（包括出生前的身体所有的“原始资本”）世界，然而，却要在这样的背景下成为“我自己”，这是一个普世性的人生难题。说其是普世性的人生难题，是因为每个活着或活过的人，没有一个能不遭遇这个难题。

再看爱默生如何从理论上解决他自己的问题：“我必须是我自己”。

这一提法本身就暗含着相反的一面：“我会异化为非我”，所以用的强调词是“必须”，而非“必然”。“必然”不以人自己的意志为转移，而“必须”则是强调要清晰意识方向和可能遇到的问题，通过坚持的意志力方能达成。就“必须”而言，爱默生提出了如下几点。

（1）你是自己世界的独立的主人，不要让手段左右自己。（前已述）

（2）“相信你自己”与先贤、哲人、天才具有同样可能得到开发的潜能，即不仅要“认识你自己”，还要对自己“内在的力量”、巨大的发展可能性，有充分的信心。只有相信自己的人，才会敢于去行动。

（3）在认识你自己的意义上，爱默生的说法是“要让天才自身与他的内在的海洋相沟通”（P147），因此，不能说爱默生是用“相信你自己”取代“认识你自己”。要关注自己内心发出的“微光”（P124），使其光大成为大家的认同。

（4）在与现实的鏖战中焕发出强大的力量。现实是一种促使人成长的力量，生命的光辉状态是在战胜阻力、实现自我追求的过程中完成的。一个人的内在能量到处都在起作用，他的品性也由自己的行为所揭示。

在现实中，个人心态的从容，表现为“必须把自己一切好的或坏的机遇都看作是他的命运使然”（P125），坦然面对，从容处置，在尽力试过以后才知道自己能做到怎样，唯有如此努力过，不论最终结果如何，自己才会感到踏实、快乐。奋力而为，就有创新，有希望。爱默生以人在生存过程中的状态来说明何为踏实、快乐。“你的道路是从人出发，而不是以人为终点的”（P145），走在自己选定的道路上，义无反顾地奋力前进，使生命变得丰富而踏实，并因此而快乐，所以，天才的本质是不断向前。

人唯有直面现实，自我依靠，方能开天辟地，自我实现，激发潜能，积极行动。

爱默生认为，对一般人而言，顺从于人或独处时顺从于自己的本性而生存，都是容易的；伟人之所以被称为伟人，是因在喧嚣的尘世仍能轻松愉快地保持其独立性（P131）。也许，这正是他用“必须”一词的原因（P131－132）。（P133：把沧海横流看作明月清风）

(5) 人生，即使成为最成功的航程，也“总是经过无数次改变，因而是曲曲折折的”，但如果从一个足够远的距离看，却可看到其趋势保持着一条直线(P136)。想起鲁迅的话，真的勇士敢于直面惨淡的人生，敢于正视淋漓的鲜血！人生的曲折是不可避免的，敢于和最终能成为自己，则要不怕曲折，认清方向后坚定不移。所谓进取，就是灵魂向更高的形式进展。

无论是欢乐还是好运，美德都源于人的自我决定、信任与努力，唯此才能获得。

(6) 对于每一个人来说，“性格超乎我们的意志之上来指导我们的思想和行为”(P135)。性格并非天成，也不是短期能形成的，性格的力量是积累而成的，因此，它具有足够的内在力量，使一生中的“劳作”，把零散的偶然连成一个首尾相接的“完整的链条”。人的脾性是比时间、空间、条件等一切更左右人的东西。

概而言之，个人内在的素质确实是起决定作用的，它包括性格、意志、脾性、心境、情绪（感性格调）、动机等，此外，就是他的思想深度，这决定他的满足程度，与由此而生成的眼界内触及并对之发生影响的对象的数量是对应的(P155)。

这些可看作爱默生对人的内在素质构成的表述。

他把一个人的内心当作“海”，并不夸张。

三、关于个人与社会

对于社会，爱默生认为，“社会是一个股份公司，在这个‘公司’里，股东们达成了一个协议：为了确保他们基本的生活权利，每一个享有这一权利的人都必须以放弃他们的自由和文化为条件”(P128)。人只有顺从才能获得，而习俗总是涣散你的力量，空耗你的时间，使性格变得模糊（P131－132)。

这正是爱默生最反对的：“难道一个人不比一个城镇具有更高的价值吗?”(P163)

人不应做“弱者、懦夫”，人应“讨伐和痛斥所有时代的极度的平庸和极其可耻的不求进取的人生态度”(P137)。“不求进取”成了极其可耻的人生态度，在我们的文化中，没有这样强烈的谴责。特别在近些年来，“混”几乎成为一个最通用的词，有的表达蔑视，有的表达潇洒，有的表达无奈，有的表达从众，没有谁会把它当作可耻来批判。爱默生强调，一个真正从事劳作（不管是什么性质的劳作）的人，就是一个伟大的、可以信赖的思想者和行动者。一个真正的人不属于任何别的时空，你“永远处于事物的中心”（P138）。这样对位置的强调，是否就是美国个人主义价值观的突出表现？

“人必须充分地存在，以致任何环境对他来说都显得无关紧要。”（P138）

“每个真正的人都是一个原因、一个国家和一个时代。”（P138）

社会与个人的关系，在爱默生那里，和我们头脑里的关系，来了一个彻底的颠倒。不能不说，这样的冲击力是强大的，我想：是否要加上社会发展、时代进步已达成的水平与条件，爱默生的这个等号才能在现实意义上成为一种普遍的存在？今天的中国，对于进入中产阶级的人群来说，是否已经可以这样来思考问题？

置个人的生命价值于何等地位，是否可以作为衡量人类社会文明的标尺？

四、关于学者

学者，与每个人一样，都可以根据自己的人生际遇提出疑问，给出渗透他个人经验的答案，“他首先是作为一个生命实践了这答案，其次才是作为旁观者感悟到这答案。”（P2）也就是说，学者要能发出自己的声音，形成自己的思想，形成自己的理论，生命的实践和感悟是思想独特性和真实性最重要的证据。在这里，生命对于认识价值的重要性，被空前地强调和突出。也许，这也可以作为我们学派提出“以身立学”的生命实践意义上的支持。

一个人只有满足了精神上的种种要求后，才可能成为真正的博物学家。在爱默生那里，爱与感知都属于精神需要，两者是不可或缺的。与一般的科学理论强调去主观、去情感完全相反，他强调在认知中，人要全身心地投入到研究之中，“用一种最神圣的情感的火焰点燃冷漠的科学，那么，上帝就开始重造万物。”（P63）情感是使科学富有生命热力的重要之源，人不能仅凭知性来认识世界和劳动（P61）。

“对于学者来说，行动是第二位的，但又是必不可少的。”（P77）若“没有了行动，学者就不是真正意义上的人；没有了行动，思想就永远不会成熟为真理。……我生活了多少，我就只能知道多少”（P77）。这在行动与读书的意义上，再次强调了践行的重要，并不止一次地批判拿别人的权威的结论与言行，代替自己的研究，去吓唬、糊弄人的所谓学者。

爱默生并不否认大学要“把历史和实证科学的基本要素教授给学生”（P76），

但不能只着眼于操练而不是创造。到目前为止，现实生活中的教授还是重在操练和把文凭当作谋生的工具。

学者与常人最大的不同，是他要集过去和现在的所有努力与贡献于一身，把人当作一切，对人尚未被唤醒的探知能力具有信心，竭尽全力去唤醒那些被教化得只关注低级目标，最后自我吞噬的众生（P91－92）。这是学者最大的责任。

学者的心灵成长，依赖于由外而入内心的状态，是将单纯的生活转化为真理，将行动、事实转化成思想的过程。重要的是洞察、体验，由此出发，做“思想着的人”，而不是成为“蛀书虫”，以读书为职业的“第三等级”（P72－73）。恰恰是责任使学者成为“思想着的人”（P82），凝视与沉思是转化的必要条件（P78），学者从狭隘的个人考虑上升到以公众的杰出思想为生命源泉，这是责任与公众又一层意义上的关系，唯有如此，他才不会向世俗低头，才能把自己的思想深入到每个人的内心，使人们能从中体验到快乐（P82－83）。

因此，学者更应该是自由而勇敢的人（P85）。伟人之伟大，不在于他能改变物质的状态，而在于能够改变人的心灵状态。

五、关于诗人

爱默生赋予他们最美好的人格与能力，他不仅具有前面所言的善与美，更突出的是他能发现美（于无人处得佳景），感受世界的美，使自然与自己的心灵化为一体，并能用诗性的语言表达所看见、体验到的独特之美。

“诗不是魔鬼的酒，而是上帝的酒。”（P186）

“诗人就是这种解放人的神灵”，他们自身是自由的，同时创造自由（P189）。

爱默生自己，至少是追求着成为上帝的酒，创造自由、解放人的神灵之诗人。他已经用自己的文字证明了这一点，他能用最健美且深刻、精练的语言表达自己的思想，对自然、人、上帝与生命的歌颂，把常人看来如此不同的三界，用词语浑然一体地呈现在人的面前，且因他对首先是美国学者的心灵和文化的渗透式影响，深传至今，能与每一个热爱自由、智慧，勇于直面现实，主动走出人生路的生命呼应、对话。他的精神之光和生命之温暖，我们至今还能感受到，一个伟大而圣洁的灵魂。

最后，录下这段话，以证其思想的超时代性：

> 自然所遵循的法则是跳跃性和冲动性的。人的生命是靠时强时弱的波动来支持的……人心灵的活动是回还往复，从不做积累性发展，而是常涨常消

地活动。偶然性使我们成长壮大。我们首要的经验一直是偶然性……天才的思想里常常包含着惊异……（P218－219）

这是美国文艺复兴与欧洲文艺复兴的重要区别：后者是与古希腊文献的重新发现相关，口号是“回到古希腊”；前者是与对自然的关注相关，意识到人远离自然是工业社会带来的恶果，其口号是“回到大自然”，以自然为师。后者回到古籍钻研，阅读拉丁文；前者是关注自然中蕴含的内在自生力和循环发展的生命力，关注自然生存状态给人的哲学启发，把人引向现实和日常，重建人与自然的关系，从而改变人与社会的现实关系。

我们忘记自然，不思不究自然，太久太久了！

（2017.7.19—20）

读乔治·吉辛《四季随笔》*

《四季随笔》是我在20世纪80年代购买的一本书。历来喜欢读描写自然景色和写人生、人性体悟的文章，这也许是我当时购买此书的动机。同时购买的《蒙田随笔》已读，因蒙田不仅在散文方面，而且在哲学史上有影响，更为我熟知一些，“吉辛”却是个不熟悉的名字，于是搁下，直到今日为写“四季”主题而读，完全被书名所吸引。

昨日读完，感受到完全不同于爱默生的一位英国作家。在自己的记忆中，我似乎未读过英国散文作品，而据译者介绍，这本是英国散文作品中的精品。有幸，又与精品相遇，感谢译者与出版社。

这本出版于作者去世同一年的散文作品，最大的特点是以四季为名，写出了自己一生的思考和感悟，基于自己个人生命体验的思考和感悟。与爱默生不同，从文字来看，爱默生是一个身体健康的人之世界、自然感悟，而吉辛则是一个多病、体质虚弱者的感悟；爱默生没有少年、青年时代贫穷生活的体验，吉辛则有深刻的相当长时间的体验，直到中年以后，才因收到一份遗产馈赠而改善了生活状态，过了不长一段衣食无忧、倾心阅读、体验自然和宁静的生活，然而，因身体底子和贫穷的伤害，不到50岁就离世了。这些个体的人生经历，使著作散发出特殊的个人生命气息。再加上吉辛所处的英国已进入到成熟的资本主义状态，而美国则刚从英国独立出来不久，还经历了国内的南北统一战争，是一个一切尚在形成中的少年，不同的国家处于“成长”的什么年龄段，也影响了作者的表达风格与基调。

吉辛在“四季”中描写自然并不多，但他充分表达了对乡村与自然界亲密、经常接触的宁静生活的热爱。书中表达的主题，可以简单概括为：

人对世界、自然的体验，与其健康、财富、文化、个人价值取向、性格、所处阶层以及生命的年龄段密切相关。前面两条，是个人难以选择的。吉辛体验的是弱的体质会生成内向、忧郁和喜欢宁静的性格，对自然的欣赏也偏向于此。贫

---

* 乔治·吉辛．四季随笔．郑翼棠，译．长沙：湖南人民出版社，1986.

穷妨碍人对自然的体验，只为生存疲于劳作，常为饥饿所迫，无心甚至无视自然美学意义上的存在。衣食无忧、有闲暇是宁静生活的基本要求。他得出了“金钱就是时间”的结论。身体健康和拥有一定的财富（包括足够维持生活的稳定工作）是人的生存丰富性的基本保障。

文化，是后天提供的条件和个人是否养成了热爱阅读乃至一生中不能舍弃阅读与思考的习惯，就像人体不能无饮食、睡眠一样，精神营养的需求与质量对一个人的精神品味、学习的不可或缺性产生巨大影响。吉辛虽然出身贫穷，有幸的是他接受了教育，热爱阅读经典的文学作品、诗歌和戏剧作品，从而热爱自己的母语，为莎士比亚的作品是用他的母语创作而自豪。为了能阅读《荷马史诗》，他愿意学习希腊语。对人文作品和自然的热爱，是对他贫穷和体弱的最大补偿。

正是上述三点，对他个性和生活的价值取向，对自然的体悟产生了独特的影响。

可能是因为这些作品的写成是在吉辛生命的最后阶段，所以在书中对不同年龄段的生命感受尤其多。对于老年阶段，更是多用反思来描述，衰老的不可避免性以及平静面对，是吉辛的文字中十分真实的构成，这使正处于老年后期的我产生更多的共鸣。与此相关，他对四季的感受之重点，也重在生命不同年龄段的比较，四季是自然生命的初生、勃发、衰退和寂静的循环往复过程。

喜欢传统的英国而不是当时的英国，吉辛用对城市、工业、科学、政见党争、社会喧闹的反感（贫穷、有害、退化、对自然的破坏等）来表达。他心目中的好社会，就是让人人能过上衣食无忧、摆脱贫困、宁静生活的社会。他批判了科学，指出这是人类自己祸害自己的创造，到今天，科学的这一问题，似已到了人人能感受的地步。尽管偏激，但不得不承认，吉辛看到另一面，令人清醒。

吉辛同样不主张用革命或空洞、不着边际的许诺来糊弄大众，这些改变不了社会，他赞成传统政治制度的自然完善。尽管出身贫穷，但他拥护贵族，不相信贫穷对于人品格形成的价值。

对英国文化和民族性的概括与说明。

(1) 稳重、讲秩序、平静面对世事的变化。

(2) 相信贵族是英国精神的代表，君主制是人们多年的习惯与选择，没有必要改变。

(3) 彬彬有礼、精致的语言，反对粗鲁。

(4) 清教徒的信念，内心对道德的信仰。

(5) 得天独厚的自然环境和悠长的历史，孕育了伟人，培育了丰厚的文化土壤。英国慢，优雅绅士有条不紊，不放过细节的周到，是这种民族性格的日常体现，也是这样的日常生活培育了文化生长的土壤。

这是一本慢慢地与你倾心交谈的散文集，你不得不与他对话，在听了那么多心里话之后。

写此笔记，以回应吉辛的倾心之谈，告诉他我读懂了什么。

（2017.8.10）

读泰戈尔《人生的亲证》*

一直喜欢泰戈尔，把他当作诗人，一首《纸船》写出的意境和童心，温暖，令人久久难忘。但却一直没有读完他的一本诗集，只因想着读诗需要品，需要闲适，最好还有一定的环境，所以不轻易去触碰。我是属于把最好的水果留在最后吃的人，做事首先完成必须，其中又以与他人合作、团队在先，然后才是自己，只有这样，才能无负担、放松地做自己，去享受最爱之物、书与事。没想到，这次为了完成“四季”写作，计划中要读的最后一本国外译作，竟是泰戈尔的《人生的亲证》。未读之前，以为这是他的人生哲理诗集，没想到，竟是一本阐述印度哲学和宗教名著《奥义书》理念，以“梵”为代表的著作（一下子想到季羡林、《西游记》，奇怪的联想）。总之，就这样闯进了诗人泰戈尔的哲学思想，走进了印度民族的精神世界。书虽不厚，但引起我许多思考，也使对此书——印度大诗人的哲学著作的阅读，成了这个阶段的阅读从西方到中国相关著作的一个过渡。

一、宗教与科学

宗教与科学，长期以来的教育和多少年的思考与阅读，在头脑中形成了一个相对稳定的框架：宗教是虚幻的，科学是真实的，这些年来关于教育学科学性的深究，使我清楚了科学及其方法在面对社会事实、人文性质学科上的局限，意识到只有当哲学进入到研究“复杂”事物时，人文、科学的对立才可消解，教育学才有自己作为一个学科去研究的思想方法与哲学基础。我把教育学看作是一门“通学”，但确实还没有在宗教与科学之间形成相关性思考，这次读《人生的亲证》，产生了相关思考，应该说这是一个最大的意外收获。

也许是因为在读“亲证”之前，先读了介绍尼尔·泰森《给忙碌者的天体物理学》的一篇文章，我终于意识到，宗教中的上帝、印度教中的“梵”，在天体物理学中就是宇宙，都是人类对不可全知的宇宙、过去与未来有着统一的掌控全

* 泰戈尔．人生的亲证．张明权，译．上海：上海文化出版社，2006.

局的必然之力量和能量的一种假定。在天体物理学中称其为宇宙，在宗教中称其为神，东西方民族、不同的国家，又为这样的存在赋予不同的命名。哲学家中也有，如海德格尔，称之为存在、永恒者。只要是想把天地人统一起来的，或在物质意义上，或在规律、秩序规定意义上，都会有这个假定。在中国的哲学思想中，它就是“道”。正是在这里，我们不仅可以捉摸到科学、哲学与宗教在内在出发点上的一致性，而且可以意识到，这是人在认识世界、探究自我时不可无的基点，是一种认识意义上的出发点和终极点，一种必要的信仰，否则，人的视野和思维、精神，永远不可能超脱眼前的事之解决和理之明白，不可能飞翔遨游。这个信仰，这个“是”，无须用逻辑、推理论证，也无法论证，但人们确信，因为在日常生活和科学研究中，在对问题的解决中，在经验的积淀中，总能看到、体会到和认识到，在所见、所行的事实中总有一些共通的东西，这就是所说的规定、规律与界限。这类现象、事实之外的存在，是反映共性、普遍和一般的，正如甲骨文中的“昰”，当太阳与日晷达到吻合的中点，不偏不斜，无影而合一，这就是地上的晷与天上的日在方位上取得了统一，天地一致之点解释为“是（昰）”（联系两个不同的名词，或解释词，表达等同，表达该判断存在，也是“存在”的意思）。

这样认识意义上的一致的存在，表现在哲学范畴里，主要有如下几对范畴。

1. 无限与有限

有四种认识：

（1）无限有区别地规定有限（创造有限）。

（2）无限无区别地将其基本构成与规则体现在每一个类的有限之中。有限在体现无限的意义上具有一致性与同理性（爱默生：自然与人的关系）。

（3）万物体现神（存在），万物证明神，人以自己的生命亲证神，这是人的生存的最高价值。人与神可达到合一的境界（泰戈尔，与西方宗教不同）。

（4）在理的意义上，天人合一、对应，天理是人理的依据，自然作为范本、天启、命令、要求，人以天道行事（中国古代经典）。

2. 运动与转化（以下重点写泰戈尔的观点）

存在与人，一直处在运动和转化之中，存在的转化是化为万物并使万物归一。万物的转化不仅与存在的“来去”沟通，也在万物间建立联系与相互转化。

3. 两极的存在与统一

两极的存在与统一是万物运动和转化之所以能发生的内在动力，这是万物的生命性和生命不灭的大宇宙观之重要构成。

这里带出了更清晰的时空观认识。

（1）空间。

1）分层空间：人周边、地区、地球、太阳系、银河系、宇宙茫茫（科学表达），无边无际，但每一个物体，都有自己被规定的界限，人也是如此。但物质和运动可在层间跨越。

2）外空间的无限，内空间也可无限分割；内空间在分割意义上的无限与有限。

（2）时间。

1）时间永存，无始无终。

2）时间的两种运动方式：线性延伸和循环往复。万物在时空的运转中生成、存在，万物以自己的生存与变化表达时空，看不见、摸不着的时空变得可见、实在与丰富，且使万物有同一的时空观念，可用来说明其存在的时间与空间（地点）。有与无的变化。

3）时段有短时段与长时段两种不同的视角。

二、人的生存与意义

基于上述宇宙万物关系观，体现到人的生存上，泰戈尔提出如下主要观点。

明确几种关系（为达到和谐）。

1. 人与神（梵）

人与神最大的统一体现在存在的意志。人用自己的生命、爱与行动，亲证神的存在与价值。

2. 人与万物（首先是自然）

（1）人与万物的同与不同：同构成、同体现神的存在，不同在人有意识和灵魂。

（2）人与万物的关系：相通与转化，平等与合作，同宗而异形异存。

这方面是我读此书时最初的意图，想了解的观点。泰戈尔在这里强调的不是静态分析，他更重动态分析。动态一方面表现为物质相互转化：因有同，故能通，能通就能转化。这在一定意义上规定了人在宇宙中的地位与他物平等，同样渺小而不是凌驾于他物之上。人唯在神之下。这也说明人与万物共生、相通和转化的可能。人在万物中，非在万物外，万物可转化成人的内在构成，人也影响万物的生长，转化为万物的能量。另一方面，对于人，还有精神的相通与转化，这是因为人有灵魂，能在灵魂的意义上去感受物，这不是科学可以解决的认知问题，而是灵魂与灵魂（万物中的神之灵魂）的感知（P8），犹如水不仅能清洁人的身体，还能净化人的灵魂，因而不是科学的问题。

人要把自然界看作是“拥抱着自己的那同一个活生生的真理的呈现”。人的意识“正是在与外部世界的牢不可破的连贯一致中运动和存在的”（P9），所以，人和万物的协调运动是意识存在的可能和条件。人通过自然获得永恒与节律之美，内心平静，才有自己内心的视野（P11－12）。

人与自然的关系性质，不应是占有，而是融合，能与自然“共鸣”。正是在这点上，泰戈尔开始进行对西方文明的批判和反思，这成为本书在坚持弘扬本民族文化上的鲜明立场。

3. 人与他人

（1）除了与自然相通的一面之外，泰戈尔还强调了人与人之间的合作，强调了群对于个人的价值。世界上不可能只有孤立的个人，他不赞成西方无限放大的“自我观”，自我的膨胀是封闭自我，只有开放、包容、接纳非我，才会有真正强大、生生不息的自我。

（2）与万物（包括他人）同在，还要理解任何事物中的我们自己。

4. 独特的对人及自我的认识

概括地说，有如下几个重要的方面。

（1）人由自我与非我组成。人只有善于从非我中吸收能量，认识自己，才能使自我强大。

（2）自我超脱是一种生长。有限与无限在自我生长中的表现就是自我的存在首先需要界限，要不然就不能说有自我，但这个自我的界限不是不可改变的，犹如人之生命从孕育开始的生成，其内部变化的空间（属微观）无限细，日日变，而到了一定阶段以后，只有破胎（茧）而生，才进入到新的发展需要与可能。这种“破”在一定意义上是重生，是重建自我的界限。此时人的自我的界限是由自己的能力，包括独立行动，感受周围世界，思考、精神需要的发生与发展，与他物沟通（泰戈尔用“爱”来表示），建立各种不同性质的丰富多元关系等，似无形，但实存。这些能力每发展到一定阶段，聚合成一种跃迁的需求，加之个人的努力，将出现又一次突破。泰戈尔把自我的突破与个体的发展、生长，与外在世界即对非我的吸纳与包容，使自己有可能扩展到生命意义的最大限度，看作完全是一致的事。

(3) 人的自我，内含多个层面的需要。首先是身体的需要。它以短时段和即时需要的满足为特征。欲求无限，时时消失，无长期的幸福可言。其需求、满足、变化、发展，都外在可见。

其次是精神的。尤其要注意的是，泰戈尔在这里增加了灵魂的认知需求，且不只是向内的反思，而是精神不断与外在世界中的自我契合，越来越大的包容与自我澄明。

这是一种境界!

泰戈尔还提及了自我内部的矛盾：善与恶，生与死。两对矛盾是必然构成，相伴相生，时时共变，相衬相识。

区别非道德与不道德。恶是短暂的，善是永恒、根本的。恶不可能阻止生长。宇宙法则必定转化为内在规定。克服、痛苦、麻烦都是人获得解放、自由所必付的代价。自我的力量呈现在对痛苦的超越和转化中，这种能力是度量自我力量的尺度，也是自我展现的方式。印度文中的“梵”，其意就是“事物的内在规定性”，是自我的“法”，是真理之所在。

前提：造物一定是不完善的，有不完善才有运动，无恶无善，无死无生。

泰戈尔在关于“梵”的论述中，主要批判了以下几方面的观点。

1) 把自我的克制与超越，当作是否定人的自然需求、非健康的生活，不是当作达成了一个阶段的需求之后的舍弃，新阶段的发展与重生。

人只有在克服痛苦后，才能比以前更完善，这是“梵”宗教的重要本义。

2) 只把不断从无中生出的有，与以前的、传统的、已存在的东西完全不同，看作是积极的力量，是创造，看不到一种更为深沉和长远的创新（发展）是“古老的世界的永远不断的更新”，“梵”的创新力是生生不息、永不枯竭的本质。

3) 在方法论上，不能用西方已形成的科学的定义、观点与方法为标准，来判断关于灵魂、宗教的价值，认为不是科学的认识就是迷信、荒谬。泰戈尔确认，在人类划定的科学世界之外，还有一个更大的世界，科学所能认识的只是其中的一小圈，它有用，但不是全部。泰戈尔提出了“亲证”而非“实证”的方法论。

4) 人类不要用自己创造的科学与技术来毁灭自己。这是对科技发展最重要的人文规定。

总之，上述几个方面和其中内含的重要思想，都让我对印度的哲学、宗教有了全新的认识，看到了以前从未看到的“光”的一面。对作为哲人的泰戈尔的思想，有了一种敬仰，因他对西方、对科技——这些在20世纪已经成为众多东方人（包括知识分子在内）顶礼膜拜之神的不卑不亢，因他在揭示其不足、批判其傲慢中，阐述清楚了自己的信仰、认识和逻辑，这是对一个不只是伟大诗人的人的敬仰。

泰戈尔无愧为诺贝尔奖获得者。

（2018.8.15）

读林西莉《汉字王国》*

结束了泰戈尔的阅读，开始转向关于中国人与自然关系的相关书籍。一想头绪太多，可以从不同的方面，如文字、艺术、建筑、学校、医学等一个个领域，找典籍慢慢地读过去，最后再做概括。这自然好，但时间不允许，于是我只能走自上而下、从总到分的路线。拿起的第一本书就是冯天瑜的《中华元典精神》，只因读过他一本关于“魏晋南北朝”的著作，觉得与众不同，是一个有思想的人，故选择从他的著作开始，但没读两页，觉得他绕得远了一些，想想还是从具体开始。最根本且有兴趣的是“汉字”，那就从汉字读起吧。以前有好几本关于文字和汉字的书都读过，这次，正好看到并买了林西莉的《汉字王国》，一个瑞典的外国人会怎样写汉字？抱着好奇开始阅读。只以为她大概也是猎奇式地写，就把它当作导入书来读吧。

一

昨日傍晚读完，前后花了约一周时间，又是一次意外的阅读过程。此书2008年初版，我近十年后才遇到，算晚了，但还算好，没有错过。

因为在我心中，对国外，尤其是西方人的中国研究，总不抱太大的希望。一是文化的隔阂，二是他们骨子里对中国的轻视。这是一本研究“中国文字”的书，一个在中国连大多数知识分子都知之甚少的人，她能研究到怎样的深度？我是怀疑的。之所以看，是想了解她的视角和研究方式。

编辑部的前言和译者的后记，就对我做了矫治。林西莉20世纪50年代在瑞典就随该国汉学家高本汉学习，汉字从此让她入迷。60年代她多次到中国学习汉语，读中国书籍，游走四方，在山东和陕西还有自己的“点”，能与当地村民做交流、访谈，去博物馆，切实触摸中国文化，从历史到现实。在瑞典，自70年代起，她的工作就是“教汉字”。这本书的形成，前后耗时八年，是她教学的

* 林西莉．汉字王国．李之义，译．北京：生活·读书·新知三联书店，2008.

积累、实践证明有效后的结晶，是她近半个世纪了解、接触、熟悉，不只是从书本上，而是切实进入中国大地、文化、汉字本身的结晶。

仅此一点，就让我刮目相看。

瑞典是个出语言学家的国度。索绪尔是瑞典人，现在又知道了两个研究中国汉字的两代学者：高本汉和林西莉。是什么原因？也许气候的寒冷，使他们静得下心来慢慢探索、思考人类最伟大的创造——文字符号的来龙去脉。然而，林西莉的文章并非冷冰冰的，文中透出的是她对自己所研究的符号，对创造符号的民族及其文化的热情与真挚、善意的理解。这使我想去了解瑞典这个民族的生活世界。也许，我以后会关注这个国家的文化与人物，冷静而不冷酷。

二

这不是一本猎奇之作，而是一本认真的学术著作，但充满着文化的灵动和作者的思考、感受、赞叹与疑问，正是这一点使它不同于我以前读过的那些纯文字学，或说文解字式的、字典式的著作。全文的结构也有其独特。

全书从现用汉字的前身甲骨文、金文开始进入汉语世界，出现了四个字：日、月、卜、明。先涉及的是浩瀚宇宙，以及人期望与天地沟通的愿望和手段（卜）。在这个过程中，简洁、带有故事和考古发现的讲述，说明了中国文字起源被发现和不断发现的历史。用已讲过的两个字的合体字“明”的四种写法，说明了汉字表达在书法上的历史变化。

带图、带文，一共只用了 11 页，真是举重若轻的大手笔！若没有对全局线索和关节点的深切把握，能和敢这么写吗？

此后，没有章和节的区分，只有标题看出其文思进行的路径：先是写“人与人类”，本书即以“察乎身”的方式，由近及远，然后是山水环境→动物（野生、家畜）→行走（车、路、船）→基本生产（农耕）→产品的使用、加工（酒、器皿，麻与丝）→竹与树（与人的生活最密切）→劳动（工具）与作战（武器）→居住（屋顶与房子）→读书、娱乐（书籍与乐器）→抽象（数字和其他抽象字）。共用了 13 章。

最后一章“意与声”，进入到对中国字构成原则的研究。

讲文字，却不按文字本身的要素结构原则来组织全书架构，而是用文字表达的世界，以及如何通过文字来读懂当时的世界，它与今日世界的关系，这又是一个大胆的逻辑结构。在林西莉那里，只有看懂了汉字与它所产生的世界的关系，看到汉字表达世界的智慧与独特，才能读懂“汉字世界”，才能将“汉字世界”与活色活生的中国山水、天地人事、生产、娱乐、思考等联系起来，才能透过汉字看懂中国人的世界，乃至“人性”！

人的世界与符号世界的关系，本不该颠倒。人的世界生成于、依赖于自然的世界，自然世界才是创造人类世界，更是中国人的汉字世界最深远、最生生不息的本源。汉字与自然世界的关系，在这本书中，没有太多的理论探讨，但通过一个个字的解读，就说得非常清楚了。

林西莉明确指出，尽管汉字在书写上发生了巨大的变化，但最初的象形字仍然是书面文字的基础（P393），其形都是模仿人自身或周围的自然世界。“创造文字的人永远不会离开大自然”（P397），这也许可以说明中国文字与大自然最密切的关联，以及天人合一的中国理想怎样在汉字中得到保存和表达。

就因为中国文字的基础是“象形”，中国文字由秦始皇始，有了方块的规范，有了组字、书写、结构的规则，这些规则通过最基本的识字教育，代代相传，代代活用。文字保留了它的魂，它与世界生动又理性、自由创造又规范成则地相互关联。恐怕世界上真的再也没有比汉字更美妙的文字了。汉文化的魅力之根，在汉字中得到充分表达。

林西莉能读懂这一点，实在不容易。

三

取舍，字。

汉字这么多，林西莉的取舍很机智。她取与主题关系最直接的原生字，有独体的，也有合体的，以独体字为主，但都因主题，并能一目了然或可以用甲骨文、金文图解的字为主。

先从人入手，本身就可组成以人为基础的好些字。然后再到面部，到内部，到人类之间的关系。其中包括许多部首的出现，为后面的分析提供了偏旁部首的基础。

取舍，不同意见。

一类是解释有争议的取舍，林西莉不会详细地去讨论这些争论，她在列出主要争论意见之后，总会给出自己的看法，并说明理由。或赞成其中之一，或把两种观点整合，或说出与已有结论不一样的观点。还有认为这些争议不重要，只要知道什么是基本的，会意即可。这些取舍体现了一个研究者的思考与机智。

取舍，阐述、展开的维度。

书中可以读到多侧面的维度，不同的字有不同的展开选择：有考古的，有采访的，有风俗的，有评价性的（如对简体字，有否定，有肯定），有寻理式的，有历史性的，还有赞美抒情性的（印象最深刻的是关于“鸟”的描写）。有时会有一些小幽默，需要时还会有些统计、比例的表达。在她的文字中，你可以读出一切的内容、材料和方法都是她自己认识和感受的表达，行云流水，无学究气，但依然是真做学问的人才能写出的文章。

如此的自如，在丰富的材料面前，只有深悟此道者方能如此。

四

印象最深的几点。

第一，对中国文化在汉字世界中的表现，以及因而生成的独特。

第二，写学术却无学究气。最灵动的还是富有生命气息的人的世界。

第三，有些字的解释，如“中”，指战鼓，以示关注的中心，从来没有这么想过。关于一个领域，如鸟、兽、器乐，尤其是关于数字的神秘化解释，没有对中国文化的深度了解，是说不出来的。

这是本值得读的好书，从字入手，又专用文化、人的世界来阐述。不少关于汉字的书，是从字入手，到有关字的研究，少涉的恰恰是人之生存与文化。前者可赏识，后者可作参考书、工具书查阅。

说有“品”的，反倒不值得品；不写品的，倒是耐品。

有意思的颠覆性感受。

（2017.8.30 下午）

编后记

《俯仰间会悟：叶澜随笔读思录》是“叶澜教育思想文选”第三卷，与前两卷相比，有明显不同，但互为表里。如果说前两卷体现了学者的“学术志业”、研究成果，那么第三卷体现的则是学人的“思想生活”，是成果背后的“海洋”。仰观俯察，天地人事，士农工商，无时无处不可学习，无人无物不可品味，无事无情不可评析，无文无字不可鉴赏。学术志业如海上冰山，思想生活则是汪洋瀚海，由日常点滴组成，又巨大无边，全息式反映着学人的真实根底。此外，与前两卷相比，第三卷所选 64 篇文章，2/3 以上都是初次公开面世，是作者从私家笔记本里挑选出来的，原本只是说给自己的，若可公开面世，那不是一般意义上的真诚与深切所能做到的，而是思想成为日常生活，思维触角万千连通，写给自己的也写给人类。最难是“通”，通了才会“俯仰之间”有大“悟”。最后，与前两卷相比，第三卷选文数量最多，但字数却最少，选文数量几为前两卷之和，字数却不及任何一卷之半。“随笔读思录”和前两卷的学术论文、研究报告性质不同，前两卷的风格是抓住“老大难”，鞭辟入里，条分缕析，系统绵密，第三卷则大都短小精美，即使是读书笔记，也不以体系化取胜，而以最有心得为要。全部选文以会通、会悟为特质。

“随笔”，尤其是文人随笔，文字自然精致，文法也多考究，其弊常在流于随感，失之纤弱，精气神和格局不大。“读思”，尤其是学人读思，条理自然清晰，思想也常颇有深度，其弊或失之呆板无趣，或失之思维技艺，鲜活、温润不足。文质兼美，情理趣兼备，活泼又深刻，最为佳品，也最难得，常常可遇不可求。而这正是《俯仰间会悟：叶澜随笔读思录》所追求的风格。

《俯仰间会悟：叶澜随笔读思录》包括三个部分：随笔，书序、刊首语，读书笔记。其中，随笔根据主题又分为生活启示录、与自然对话、纪念抒怀、学术随笔四个子部分。如第一本编后记所言，在按主题分的每个子部分内部，基本上按时间先后排序。

第一部分选文 45 篇，连通了生活、自然、人物和学术，作者对天地之间无字之书的解读，也让我们读到了许多无法从论文著作等有字之书上读到的学人

“秘密”，让我们感受到更真实、更丰满的学人日常之修身养性。所选第一篇文章《进与退》是叶澜教授60岁时的私人笔记，那是达到一定境界之后，为了内心深处的独立自由，为了更大的自在自为，以退为进的积极进取，“真正的退是没有的，退总是为了进”。第二篇《伞》看似漫谈，娓娓道来，却读出了人在环境中的能动性、创造性和丰富性，“伞，让人对自己有信心”。诸如此类，平凡妙悟，兼美兼备。

特别要说的是第一部分“生活启示录”的第四子部分“学术随笔”，原来的编排只是按时间排序，后来叶澜教授从读者阅读角度，按照感受性在前、学理性在后的原则，将10篇文章分为前4篇、后6篇，内部再按时间排序进行调整。其中最后一篇《杂读有悟》原本放在第一子部分，后因其偏学理分析，调整到第一部分的最后。微妙的调整，背后是读者意识、他人立场，往大里说是教育学人的“读懂”功夫、习惯和修养。

第二部分“书序、刊首语”虽然只选了6篇文章，但依然能多角度综合反映叶澜教授的研究重心：教育基本理论与“生命·实践”教育学建设、当代教育改革与“新基础教育”研究、学校改革研究与师生主动健康发展，以及教育的系统分层思考和社会的教育责任。其中，《〈回望〉序言：知往思来》，首次专门解释了“生命·实践”教育学的logo“冬虫夏草”。《〈卓越，从这里起步〉序》可以和第二卷里的《“卓越”新解》联系起来看。

第三部分“读书笔记”是从作者20余年的读书笔记中选出来的，最后定稿之前，还删掉一篇，所留13篇也做了大幅删改，这是从私人读书笔记转向公共读书笔记时，作者慎重的他人立场，甚至在很长一段时间，作者一直在考虑要不要“读书笔记”这个部分，最后经编者坚持，综合考虑才得以保留。“一千个读者就有一千个哈姆雷特”，作者在第一篇读书笔记《读康德〈论教育学〉》中也写到“阅读主体自身变化之于阅读预求和阅读收获产生重要影响”，但每一次真诚的阅读都是有价值的，何况是多次重读、读出久违的兴奋感的阅读。它将不仅是对读者有益，而且将对爱读书者，对读过此书或此类书者，对解读读书笔记之作者都是有益的。“奇文共欣赏，疑义相与析”，本就是读书人之间的乐事。

此部分选文虽少，但涉及面广，包括教育学、文史哲、科学哲学、文化研究、思想史、人物传记等中外佳作，这和作者读书喜好之多元有关，也和教育学是通学有关，做教育学者需要综合修养。作者读书，既为教育学发展而读而思而研（如，为了寻找“生命·实践”教育学在神经生理学上的科学依据，阅读当时大陆没有、台湾才有的《大脑总指挥——一位神经科学家的大脑之旅》；为了提炼作者自己提出的“学校四季系列活动研究”，找寻“教育与自然”关系的演变，有计划地从爱默生读到泰戈尔；更不要说作者曾长期有意识地读思、锻炼复杂思维），也为生命成长、爱读兴至而读而学而悟（如，作者因在微信中不经意谈到“诗哲”苏轼，引发大家“从未听说”的热议，于是认真地读起苏东坡，结果读出个“相见恨晚”，乔迁新居后的第一篇读书笔记即在无月的中秋夜念东坡而写）。

作者不仅有自己的读书法，而且形成了独特的“阅读节律”：从开放式阅读到专题系列阅读，专题阅读也是先从整体上把握全局，从根本上做到心里有底，然后再在具体中深究特质，弄个通透。写作亦如此，先以日记方式打开来写，再以论文方式专业聚焦写，如此多层相互观照的阅读、读写、写作，犹如千锤百炼出深山！作者的阅读写作也是长程整体策划与阶段推进实施的，如“复杂”“立场”等，作者很早且持续关注，不断在研究过程中调整、完善。作者不是论文多产者，但年年有新作，有作则有力，每个时期都有持续数十年影响力的文章留存。

作者自言“我的人生读的就是两类书：第一类是无字的生活与自然之书……第二类是文字之书……我感谢这两类书对自己心灵和人格的滋养”。记得读书期间，叶澜教授曾提醒大家“读无字之书”，并转告严复“观物观心者，读大地原本书”，当时理解的“无字之书”是实践，其实不止。“天地人事”，俯仰之间，时时、事事、处处、人人，都是可读可学的无字之书，善读、乐读、读懂这样的书，才能称得上是真正的“好学”吧。“三人行，必有我师焉”，“学习是可以时时、事事发生的。学习，不只是读书，今天，更应包括向所有你可能遇到的各行各业的高手学习”。“高手”有时候就是看似普普通通的司机、护工……好学，则心灵向天地人事打开，观剧能观出传承与创新的内在转型，听歌能听出传统与现代的转换，看微信能看出碎片与系统的转化，存在与存在感的关系、类型并自我省察……面对“一百个理由”的狡辩，悟出为自己找理由是自我消耗，为弄明白自己找理由才会不断实现自我；面对讨厌的“办公室腔”，思考平凡职业中的人格提升与自我完善；面对丢东西“寻物”的烦恼，悟出确定性与不确定性的转化策略，并由之得到“小小的精神补偿”；身处不得不去的医院，感受、反思工业化、信息化及其背后的人性与教育问题……

好学、深思、为了自我与他人变得更美好，天地人事、有字无字、俯仰之间都可通，都有悟，这已成为作者的生活方式、生命实践，这样的生活方式、生命实践，创造了“生命·实践”教育学，这样的“生命·实践”教育学提炼出了

“教天地人事　育生命自觉”。

“叶澜教育思想文选”的编校工作即将告一段落，但学习仍将继续，学习应再上一个台阶。文选的授权、选编，是叶澜教授对后学的殷殷提携，过程中的策略定向、主动关切和具体指导，令人受益匪浅，非此，很难在有限时间里顺利完成编校事宜。知道我是叶澜教授的博士，尤其是她的学术助理的人，从父母到师长、朋友，常常对我说的就是：你好幸福！要好好向叶老师（大家对叶澜教授的亲切称呼）学习！是的，这是难得的福分，自然珍惜，来了便不曾离开。但生性散漫，尚需从深层自知自明，改变许多积习，包括文化的包袱，见善则迁，有过则改，开放心态，学会转化，“生命自觉”不只是文字里的，身边就有这样的人。“仰之弥高，钻之弥坚，瞻之在前，忽焉在后……如有所立卓尔”，已有所立卓越，仰之钻之，前之后之，无他，尽力而为。

编校过程也不断得到中国人民大学出版社的关心和帮助，在此一并感谢王雪颖等编辑的耐心与认真。

庞庆举

2019.1.21